法兰西经典 02

Mythe et tragédie en Grèce ancienne

古希腊神话与悲剧

［法］让–皮埃尔·韦尔南（Jean-Pierre Vernant）
皮埃尔·维达尔–纳凯（Pierre Vidal-Naquet）　著
张苗 杨淑岚　译

华东师范大学出版社·上海

华东师范大学出版社六点分社 策划

出版弁言

1

法国——一个盛产葡萄酒和思想家的地方。

英国人曾写了一本名叫 *Fifty Key Contemporary Thinkers* 的书,遴选了 50 位 20 世纪最重要的思想家,其中居然有一半人的血统是法兰西的。

其实,自 18 世纪以来,法国就成为制造"思想"的工厂,欧洲三大启蒙思想家孟德斯鸠、伏尔泰、卢梭让法国人骄傲了几百年。如果说欧洲是整个现代文明的发源地,法国就是孕育之床——启蒙运动的主战场。自那时起,法国知识界就从不缺席思想史上历次重大的思想争论,且在这些争论中总是扮演着重要的角色,给后人留下精彩的文字和思考的线索。毫不夸张地说,当今世界面临的诸多争论与分歧、问题与困惑,从根子上说,源于启蒙运动的兴起。

法国人身上具有拉丁文化传统的先天基因,这种优越感使他们从不满足于坐在历史车厢里观望这个世界,而是始终渴望占据历史火车头的位置。他们从自己的对手——英德两翼那里汲取养料,在知识的大洋里,法国人近似于优雅的"海盗",从早年"以英为师",到现代法德史上嫁接思想典范的3M和3H事件,①可以说,自18世纪以来,启蒙运动的硝烟在法国始终没有散去——法国总是有足够多的思想"演员"轮番上场——当今世界左右之争的桥头堡和对峙重镇,无疑是法国。

保罗·利科(P. Ricœur)曾这样形容法兰西近代以来的"学统"特质:从文本到行动。法国人制造思想就是为了行动。巴黎就是一座承载法兰西学统的城市,如果把巴黎林林总总的博物馆、图书馆隐喻为"文本",那巴黎大大小小的广场则可启示为"行动"聚所。

2

当今英美思想界移译最多者当属法国人的作品。法国知识人对经典的吐故纳新能力常常令英美德知识界另眼相看,以至于法国许多学者的功成是因为得到英美思想界首肯而名就。法国知识界戏称"墙内开花墙外香",福柯(M. Foucault)如此,德里达(J. Derrida)如此,当下新锐托马斯·皮凯蒂(T. Piketty)也是如此。

移译"法兰西经典"的文本,我们的旨趣和考量有四:一是脱胎于"革命"、"改革"潮流的今日中国人,在精气、历史变迁和社会心理上,与法国人颇有一些相似之处。此可谓亲也。二是法国知

---

① 法国知识界有这样的共识:马克思、弗洛伊德和尼采被誉为三位"怀疑大师"(trois Maîtres de soupçon),法称3M;黑格尔、胡塞尔和海德格尔这三位名字首字母为H的德国思想家,法称3H;这六位德国思想大家一直是当代法国知识谱系上的"主食"。可以说,3M和3H是法国知识界制造"思想"工厂的"引擎"力量。

识人历来重思想的创造，轻体系的建构。面对欧洲强大的德、英学统，法国人拒绝与其"接轨"，咀嚼、甄别、消化、筛选、创新、行动是法国人的逻辑。此可谓学也。三是与英美德相比较，法国知识人对这个世界的"追问"和"应答"，总是带有启示的力量和世俗的雅致，他们总会把人类面临的问题和思考的结果赤裸裸地摆上桌面，语惊四座。此可谓奇也。四是法国人创造的文本形态，丰富多样，语言精细，文气沁人。既有狄德罗"百科全书式"的书写传统，又有承袭自蒙田那般精巧、灵性的 Essai（随笔）文风，更有不乏卢梭那样，假托小说体、自传体，言表隐匿的思想，其文本丰富性在当今世界独树一帜，此可谓读也。

3

伏尔泰说过这样的话：思想像胡须一样，不成熟就不可能长出来。法兰西民族是一个早熟的民族——法国思想家留给这个世界的文字，总会令人想象天才的模样和疯子的影子，总会自觉或不自觉地让人联想到中国人的那些事儿，那些史记。

从某种意义上说，法国人一直在骄傲地告诉世人应当如何生活，而我们译丛的旨趣则关注他们是如何思考未来的。也许法兰西民族嫁接思想、吐故纳新、创造历史的本领可以使我们一代人领悟：恢复一个民族的元气和自信要经历分娩的阵痛，且难免腥风血雨。

是所望焉。谨序。

倪为国
2015 年 3 月

目　　录

卷二

卷 一

张苗/译

序　言

在第一卷中(第二卷将承接本卷)，我们之所以收录了在法国和国外发表的七篇研究论文，主要是因为这些论文都属于我们共同研究多年的成果，而路易·热尔内①(Louis Gernet)的教学课程是支撑这一研究的根基。

《神话与悲剧》，由这一题目我们具体会想到什么呢？当然，并非所有的悲剧故事都是神话传说。相反，我们认为，悲剧这一艺术样式是在公元前6世纪末才出现的，此时，神话语言不再与城邦政治的现实紧密相连。悲剧世界处于两种世界之间：其一是神话世界，此后被认为是属于一个逝去的远古时代，但这个已逝去的时代却仍存在于意识之中；其二就是新的价值标准体系，这是随着庇西特拉图(Pisistrate)、克里斯提尼(Clisthène)、地米托克利(Thémistocle)和伯里克利(Périclès)时期城邦的迅速发展而逐渐形成的。这种双重世界的参照体系，构成了悲剧艺术的特色之一，同时也成为悲剧行为的推动力。在悲剧的矛盾冲突中，英雄、国王、僭主仍保有英雄式的和神话性的传统，但结尾的胜利却不属于他们：最终的胜利从来就不是一个

---

① 参见韦尔南(J.-P. VERNANT)，〈路易·热尔内眼中的希腊悲剧〉(La Tragédie grecque selon Louis Gernet)，出自《向路易·热尔内致敬》(*Hommage à Louis Gernet*)，Paris，1966，页31—35。

独立的英雄人物所能实现的，它总是由新的民主城邦所赋予的集体价值的胜利。

在这种情况下，分析者的任务是什么呢？该书所收集的大部分论文都属于结构分析的范畴。但如果是将这种类型的阅读和严格意义上的解密神话传说相混淆的话，那就犯了一个很严重的视角上的错误。解读的技巧可能是类似的，但是研究的目的必然是完全不同的。当然，要解密一个神话传说，首先是口头或书面的话语陈述和衔接，但其目的——可以说是最基本的——是打乱神话叙述，以便探索其初始元素。同一神话传说或者不同神话传说的其他版本所体现出来的元素，与这些初始元素本身就是对立的关系。起初的叙述，全然不是局限于自身，也不是只从叙述本身的层面去构建一部唯一的作品，相反地，这一叙述是开放性的，是从各个层次展开，开放地面向所有其他应用相同密码体系的叙述作品，从而来发掘解密的关键元素。从这个方面看，对于神话研究者来说，所有的神话都处于同一层面，无论它们的描述充实还是贫乏。从启发性角度来衡量，它们也都具有同样重要的价值。任何一个神话传说都无法享受专有权，神话解读者赋予这些神话的唯一特权是：可以选择其中一个作为研究过程中的参照模式。

在该书中，我们所着手研究的这些希腊悲剧构成了一个完全不同的研究客体。这些都是书面作品，是在时间和空间层面均被个体化了的文学作品，其中任何一部都没有严格意义上的与之平行对照的作品。因此，并不能说索福克勒斯（Sophocle）的《俄狄浦斯王》（Œdipe-Roi）是俄狄浦斯（Œdipe）神话众多版本之一。研究要想取得成果，首先也必须要考虑到悲剧在公元前 420 年的雅典所代表的含义和意图。这里的含义和意图意味着什么呢？需要具体说明的是，我们的目的并不是要研究索福克勒斯在写某个悲剧的那一刻头脑里在想什么。悲剧诗人并未给我们留下任何隐秘的解释和日记，可以说，我们只能获得一些附加资料，那么，我们就应该利用它们来进行评论性的思考。这里所说的"意图"是通过作品本身的结构和内在组织体现出来的，我们没有任何方法去由作品进而上升到作者本身。同样地，如果我们意识到希腊悲剧深层意义上的历史特性，我们就不会试图去探索每部悲剧背后狭义的历史背景。有人写了一本让人瞠目结舌的书，试图通过欧里庇得斯（Euripide）的作品①来追溯雅典的历史；这本书让人产生强烈的质疑：类似的研究方式在埃斯库罗斯（Eschyle）和索福克勒斯身上是否也适用呢？这种思路和企图似乎有些牵强，并不能服众。当然，我们完全可以认为，在《俄狄浦斯王》中，开头所描述的传染病盛行与公元前430年雅典的瘟疫是有一定关联的。但是，我们也会发现，索福克勒斯曾读过《伊利亚特》（Iliade），而在《伊利亚特》里面也提到了一场对全民造成巨大威胁的传染病。总之，作者在书中所运用的这种阐释方式还是欠缺说服力的。

事实上，我们的分析是从不同层面展开的。既涉及到文学社会学，也涉及到历史人类学的范畴。我们不是想要把悲剧浓缩为某些社会条件去解释它，而是要把它看作一种与社会、审美和精神不可分割的现象，尽量从所有与之相关的层面去解读它。问题的关键并不在于将其中某个层面置于另一层面之中，而是去理解这些不同的层面是如何相互关联、相互组合，从而构建出一种绝无仅有的人类行为，一种共同的创造，而在历史上，这种创造体现为三种形式：在社会现实方面，设立了悲剧比赛；在美学创造方面，发掘了文学新形式；在精神变化方面，产生了悲剧的人和悲剧意识。这三种形式都体现了同一客体，而且都隶属于同一解释体系。

在研究中，我们做了如下的假定：在范畴上看，现代观念和古代悲剧所应用的观念，总是存在一种持久的对照和冲突。那么，《俄狄浦斯王》能用精神分析法来解释清楚吗？如何在悲剧中体现责任的意义？如何体现悲剧行为中施动者的介入，即今天我们所说的意志

---

① 　古森斯（R. GOOSSENS），《欧里庇得斯与雅典》（*Euripide et Athènes*），Bruxelles，1960。

的精神功能？提出这些问题，是为了在作品的"意图"和解读者的心理习惯之间，建立起明智的、严格意义上的历史对话。这有助于揭示当今读者无意识预设的心理条件，这种心理阻碍了他们在阅读中找到悲剧与他们自身的关联。因此，这种历史对话会迫使现代的读者在所谓的"无辜阅读"中重新审视自我。

但这只是一个出发点而已。跟所有的文学作品一样，希腊神话也充满了固有观念和预设前提，这些观念和前提是文化的表现方式之一，它们共同构成了与日常生活经历相似的神话背景。例如狩猎和祭献的对立，我们本以为能够利用它来分析《俄瑞斯忒亚》(*Orestie*)，但其实这并非神话所特有的，在好几个世纪的希腊历史中，我们能找到很多涉及该主题的文本。为了便于正确解读，狩猎和祭献的对立是建立在以下前提之上的：我们探求作为古希腊宗教主要仪式的"祭献"的本质，以及"狩猎"在城邦生活和神话思想中的地位。诚然，研究的重点并非狩猎和祭献两者自身的对立，而是这种对立通过怎样的方式构建了一部文学作品。同样地，我们也试图将悲剧作品与宗教实践或当代社会法规相对照。这样的话，我们就可以通过双重对比来阐释《俄狄浦斯王》：首先是宗教仪式——用于赎罪的献祭；然后是在某个限定时期内的政治制度——陶片放逐制①，在克里斯提尼改革（公元前 508 年）之前的雅典，并未出现这种政治制度，而且，它消失于古典悲剧之前。同样，我们也试图阐明《菲罗克忒忒斯》(*Philoctète*)鲜为人知的层面，同时展现出一个雅典青年成长为一个备受磨炼的公民的过程，即在古雅典青年文化军事学校接受种种训练（预备公民培训）。在此，还需要重申吗？我们并不是要通过这些分析去揭露某种神秘的东西。索福克勒斯在写他的剧作时是否想到了陶片放逐制和青年预备公民训练体制？现在无从知晓，将来也永远不会知道，我们甚至都不确定这个问题是否有意义。我们想要展示的是：在悲剧诗人和公众之间所建立的交流中，陶片放逐制和青年

---

① 第一次陶片放逐法的实行是公元前 487 年，最后一次是公元前 417 年或者 416 年。

预备公民训练体制构成了一个共同参照系和背景，这让悲剧的结构变得清晰易懂。

总之，在这种种问题的交锋之外，还可以发现悲剧作品的特性。俄狄浦斯既不是赎罪的牺牲品也不是被放逐者，他是一部悲剧作品的主人公，被诗人放置于抉择的十字路口，面临着一个始终存在且不断重复的选择。该悲剧是如何讲述主人公的这个选择过程的呢？话语之间是通过什么样的方式呼应的呢？悲剧人物又如何融入悲剧情节之中呢？或者换一种说法，每个人物的时间是怎样切入由众神所设定的（机械式的）时序运行之中的呢？这些是我们所提出的一部分问题。读者很容易就能发现，其实还有很多其他的问题有待探讨，而我们针对这些问题所给出的回答都只是一些建议。这本书也仅仅只是一个开始。我们希望之后能继续进行此类的研究——如果这类研究有未来的话，同时，也确信继之而来的会是除了我们以外的诸多他人的研究①。

让-皮埃尔·韦尔南　皮埃尔·维达尔-纳凯

---

① 在这一卷中有一些重新收入的研究论文，与第一次发表相比，这些论文都有所改动和修正，有的甚至是加入了新的更深入的内容。

一、悲剧在古希腊历史背景下的
社会条件和思想条件

在 20 世纪的下半叶,研究古希腊的学者尤其注重研究悲剧的起源问题①。即使他们能给予起源问题一个总结性的回答,但悲剧问题也还是没有最终得到解决。需要明白问题的实质是在于:从艺术、社会制度和人类思想角度来说,雅典悲剧(或称阿提卡悲剧)所带来的革新,使悲剧成为一种创新形式。悲剧是具有自身规则和特色的新颖的文学样式,它在城邦的公共节日体系中建立了一种新型表演。此外,作为特殊的表达形式,它还揭示出当时一直未被认识到的人类经验的各个方面,它标志着人类的内在塑造和责任观树立进入一个新阶段。悲剧的形式、悲剧的表征和悲剧人物这三个方面标志着悲剧现象的产生,并具有强大而鲜明的特性。

因此,从某种程度上来说,起源问题其实是一个假象问题,我们更应称之为:在某一现象出现之前必然会存在的先例。也应该注意到的是,我们并不需要为这些先例寻求解释,而是要从另外一个角度来看待它们,而且因为它们已经超越了自身范围,所以也并不能用于解释悲剧本身。举例来看,"面具"强调的是悲剧与宗教仪式中的假

---

① 此文发表在《古希腊-罗马与当代》(*Antiquitas graeco-romana ac tempora nostra*),Prague,1968,页 246—250。

面队伍的同源关系。但是，从本质和功能方面来讲，悲剧中的"面具"却是另外一回事，它并不是宗教性的乔装改扮，也不是动物化的装扮，而是一个人类的面具。它的作用是审美意义上的，而不是宗教仪式角度的。另外，"面具"能够强调悲剧舞台上既相互对立又相互依存的两种元素的距离和区别。一方面，起初没有戴面具而只是乔装打扮了的合唱歌队，似乎是象征着一个集合人物，由一群公民组成的团体所代表。另一方面，如果是由专业演员去扮演悲剧人物，那他的面具与匿名合唱队相比就更加个体化了。这种个体化并不是将佩戴面具者变成一个思想主体、一个个体化的"人"，相反地，面具将这一悲剧人物融入一个很具体的宗教和社会阶层：英雄的阶层。面具象征着英雄人物，而英雄的传说，体现了公元前 5 世纪的希腊人在那段历史的一个层面。这些传说着重体现了诗人们所歌颂的英雄主义传统。那段遥远而动荡的历史与城邦秩序形成对比，但它却始终活跃在公民的信仰中，英雄崇拜在这种公民信仰中占有重要的地位（暂不涉及荷马［Homère］和赫西俄德［Hésiode］）。因此，在悲剧技巧中，存在以下两个极端代表：一个部分是匿名的群体合唱队，它的作用是在合唱队的恐惧、希望和评判中表达出观众的感情，而观众就是公民团体的组成者；另一部分是个体化的人物，他的言行是悲剧的重点，他代表着另一个时代的英雄的形象，而且其存在环境也总是异于普通的公民生活环境。

　　合唱队和悲剧人物的这种双重性与悲剧语言的双重性相呼应：一方面是合唱队的抒情性的表达方式；另一方面则是悲剧主角们的对话式的表现形式，其格律与散文更为接近。英雄人物说着跟常人一样的语言，这使得他们的距离感被弱化，但他们不仅将自己呈现在舞台上和观众的眼前，还与合唱队或其他对立人物之间进行争辩，最终他们就变成了辩论的目标。从某种程度上说，他们是在公众面前自我质询。另外，合唱队在演唱部分较少展示英雄的光辉品格，正如在西莫尼德斯（Simonide）和品达（Pindare）的抒情传统中，合唱队不关注也不质疑主体。在新的悲剧模式中，英雄不再是一个典范，而是成了一个问题聚集点——无论是对于他自身而言,还是对于其他人而言。

这些初步的基本观点,有助于我们更好地限定与悲剧相关的研究主题。古希腊悲剧被看作一个明确限定了范围和年代的历史时期。我们看到它在雅典产生,随之在一个世纪的时空范围中繁荣,继而衰退。为什么呢?我们首先注意到,悲剧传达的是一种悲痛的意识,一种将人分裂为自我对立状态的极度矛盾感;此外,还需要进一步研究:在古希腊时期,悲剧的各种矛盾冲突所处的层面、所涉及的内容及其产生的原因。

这就是路易·热尔内通过对每部悲剧作品的词汇和结构分析[①]所试图要解决的问题。他曾成功阐释了悲剧的真正素材就是城邦的社会观念,尤其是正在广泛兴起的法律观念。在悲剧诗人笔下出现的法律专用名词,突出体现了悲剧的偏好主题与某些法院权能范围的案件有很大的相似性。那些较新设立的法院,能让人充分感受到价值的更新,而且正是新的价值观的出现才要求创立法院,并规定了法院的功能。悲剧诗人在运用法律词汇的同时,也故意利用这种词汇的不确定性、飘忽不定性和未完成性:专用词汇的模糊性、含义的变化性、不连贯性和对立性,这些都会导致法律观念内部的不协调,体现出法律观念与宗教传统的冲突,也体现了还未明确限定范围(与法律相比较而言)的道德思考。需要注意的是,此时的法律已经与道德思考区分开了。

这是因为,法律不是一个逻辑性的构建,而是由起初的习惯性程序随着历史的推进而逐步形成的。它与起初的习惯性程序的关系是:前者源于后者,既相互对立又部分相关。希腊人没有一个"绝对法律"——即建立在规则基础之上、拥有连贯统一的系统——的观念,对于他们而言,有的只是法律的不同层次:一方面,法律依靠的是事件的权威性和约束性;另一方面,将神权也纳入法律体系,包括世

---

① 出自他在高等研究实践学院所授课程的内容,并未出版发行。

界的秩序、宙斯的公正。同时,法律也涉及与人的责任相关的种种道德问题。从这方面来看,神圣的"正义"(Dikē)本身也很模糊,晦涩难懂:对于人来说,它包含了原始冲动力量的不理智因素。比如在《乞援人》(Les Suppliantes)中,"力量"(kratos)的概念,就一直在两种相反的意义中摇摆不定:时而,它指的是合法的权威,合法设立的控制权;时而,它又指暴力方面的野蛮力量,与法律和公正完全对立。同样地,在《安提戈涅》(Antigone)中,"法规"(nómos)一词会因戏剧角色的不同而具有完全相反的含义。悲剧所体现的是:一种"正义"与另一种"正义"之间的斗争,一种始终向其对立面转化的、未被确定的法规。当然,悲剧并不是一场法规间的斗争,而是将活着的人本身作为这一斗争的对象,人被迫做出一个决定性的选择,并将自己的言行引向一个标准模糊的价值世界,在这个世界中,任何事物在任何时候都是不稳定的、非单义的。

这就是在悲剧素材中的第一个冲突面。此外,还有第二个冲突面,与前者也有密切的联系。显然,当悲剧依然活跃的时候,它会从英雄的传奇故事中汲取素材。这种扎根于传统神话传说的特点,也解释了为什么从诸多方面来看,一些著名的悲剧作家体现出了比荷马更明显的宗教方面的仿古性。悲剧从某些英雄的传说中受到启发,自由地将其改造成悲剧故事,然而,悲剧本身也与这些英雄传说保持一定的距离,并提出质疑。悲剧将英雄主义的价值观和古代宗教的表征与新的思维方式进行对比,这种新的思维方式标志着在城邦范围内出现了法律。事实上,英雄的传说与王室后裔和贵族谱系密切相关,尽管从价值范畴、社会实践、宗教形式和人类行为的角度来看,城邦本应斥责和反抗这些王室贵族谱系,并应与之不断斗争以建立城邦,但这些王室贵族谱系在英雄传说中都是以支持城邦的姿态出现的,也正是基于此,城邦才得以构建。因此,城邦与王室贵族谱系始终具有深层的关联。

所谓的悲剧时刻,即在社会经验的中心成功开凿出一段距离的那一时刻。这段距离足够远,使以下的两组对立面都得以明确地呈现:一组是法律思想与政治思想,另一组是神话传统与英雄传统;而这段距离也足够近,因此能痛彻心扉地体会到价值的冲突,也足以使冲突能持续不断地产生。关于人的责任问题,大概情况也是这样的,在法律摸索前进的过程中,人的责任问题开始不断显露出来。当人界与神界区分较为明显的时候,他们既相互对立又不可分割,此时,就有一种责任的悲剧意识。当人的言行成为思考和内心冲突的主题时,责任的悲剧意义就产生了,然而,人的言行本身还并未取得足够自主的地位来充分实现自我掌控。悲剧的范畴就确立在这个边缘区,在这一区域内,人的行为与神的力量相伴而行,并揭示出被忽略的人的行为的真正意义,人主动发起了行为,并为其负责,又将其置于超越自身、无法掌控的秩序中。

现在,我们更加明白,悲剧其实就是一个"时期",可以用两个时点来限定它的兴盛期,这两个时点也定义了对于悲剧表演的两种态度。起初,第一个时点是梭伦(Solon)的愤怒,他极为气愤地离开一场戏剧表演——那是在悲剧竞赛设立之前,最早出现的悲剧表演;轮到泰斯庇斯(Thespis),他为自己的表演辩护说:无论如何那只是一种游戏①,而梭伦这位老立法者为庇西特拉图日渐增长的野心而感到担忧,他反驳道(源自普鲁塔克[Plutarque]的观点):不久大家就会看到此类的虚构表演对公民间的关系会产生重大影响②。对于智者、道德家和政治家而言,因为他们致力于建立节制和契约为基础的城邦秩序,所以,他们必须要破除贵族的优越感,努力避免这个阶层的僭主变得更加狂妄自傲(húbris),而英雄的过去与现实离得太近,无法以戏剧的方式搬上舞台。谈到后来的发展,我们就看一下亚里士多德(Aristote)关于阿伽颂(Agathon,与欧里庇得斯同期的悲剧诗人,他自己虚构创造出新情节,著有多部情节新颖的悲剧作品)的

---

① 译注:泰斯庇斯认为自己的戏剧表演只是一种游戏,不会对任何人带来损害。
② 译注:梭伦则认为这种戏剧表演会对民众产生很大影响,以至于这些情节有一天会出现在现实生活中。

评论。自阿伽颂以后,悲剧与英雄传说之间的关系变得很松散了,已经不再需要讨论英雄的过去。剧作家可以按照自己的写作方式——只要不触犯之前伟大的剧作家们的作品——继续创作戏剧作品,也可以自己虚构创造故事结构和情节。在阿伽颂的作品中,在他那个时代的观众中,乃至在整个希腊文化中,悲剧的原推动力就此被打断了。

二、希腊悲剧的张力与模糊性

社会学和心理学会对希腊悲剧的诠释①起到什么作用呢？当然,社会学和心理学无法取代传统的哲学和社会学在分析希腊悲剧方面的地位,不仅如此,它们还需要借助于专家们长久以来在传统学术上的研究成果。然而,从社会学和心理学方面所进行的分析,却为古希腊的研究增加了一种全新的视角。我们试图探讨悲剧现象在希腊社会生活中的准确定位,同时明确它在西方人的心理学历史上的重要地位。总之,我们将从社会学和心理学这两个角度,深入研究那些曾被古希腊研究学者附带提及、一笔带过的问题。

下面,我们举几个类似的例子。比如,悲剧是公元前 5 世纪末在古希腊出现的。然而,甚至还不到一个世纪,悲剧之泉就枯竭了,这是因为,在公元前 4 世纪,亚里士多德就在《诗学》(Poétique)一书中开始研究创设悲剧理论,由此可见,他已经不了解什么是"悲剧的人"这一概念了,这对他来说已变得非常遥远而陌生。悲剧是继史诗和抒情诗之后出现的,消失于哲学②兴盛之时,作为一种文学样式,它

---

① 该文的初版是英文版,题目为〈希腊悲剧的张力与模糊性〉(Tensions and Ambiguities in Greek Tragedy),出自《诠释：理论与实践》(*Interpretation：Theory and Practice*),Baltimore,1969,页 105—121。

② 关于柏拉图哲学的彻底"反悲剧"的性质,请参照戈尔德施米特(Victor (转下页注)

被看作是一种人类经验的特殊表达方式,它与当时特有的社会条件和思想条件紧密相关。这一历史阶段有确切的时空定位,这也决定了在研究悲剧作品时,使用的研究方法必须遵循一定的规则。每部作品都传递了一个信息,藏于字里行间和话语的结构之中,需要从哲学、文体学和文学等所有角度进行恰当的分析。并且,只有结合作品的背景,才能够真正地理解它。正是基于这种背景,悲剧诗人才能与当时(公元前 5 世纪)的观众进行沟通,今天的读者也才能重新体会到作品的可靠性及其含义的分量。

　　但通过这一背景,我们能领会到什么呢?应该把它置于现实中的哪种层面呢?如何看待背景与作品之间的关系呢?我们认为,这里涉及到的是一种精神层面的背景,一种与作品本身相对应的、被赋予了含义的人类世界:思想和话语体系、思维范畴、推理方式、表征体系、信仰和价值体系、感知形式、行为方式及动因方式。就这些方面,我们需要谈及公元前 5 世纪的希腊人所固有的"精神世界"——如果可以这么概括的话。事实上,这会让我们想象到:在某处,已存在着一个构建好的精神领域,而悲剧就只需以它自己的方式来反映这一精神领域。然而,人在文化创造和社会生活领域中的不断发展和创

(接上页注)GOLDSCHMIDT)的文章〈柏拉图眼中悲剧的问题〉(Le Problème de la tragédie d'après Platon),出自《柏拉图问题》(*Questions platoniciennes*),Paris, 1970,页 103—140。作者这样写道(页 136):"仅仅是希腊诗人们的'不道德',并不足以解释柏拉图对希腊悲剧的深刻敌意,更是因为悲剧体现了'言行与生活',是与真实性背道而驰的。"当然,这里的"真实性"指的是哲学上的真实。也可能正是基于这种哲学逻辑,才断定在两种相反的命题中,如果其中一个命题是真实的正确的,那么另外一个就必然是虚假的错误的。而在这一点上,悲剧人物似乎秉持另外一种逻辑,即真假(或者正确与错误)之间并不存在明确的界限,这是雄辩家的逻辑——诡辩逻辑,也因此就产生了模糊性,也就是在这个时代,悲剧盛行起来,因为这种逻辑在处理问题时,并不是要去揭示一个命题的绝对有效性,而旨在建立"双重论证"(*dissoì lógoi*),相对立的双重推论互相战斗却始终并存。借助诡辩术和言语的力量,两种对立的命题此消彼长、互占上风。参考德蒂安(Marcel DETIENNE)所著的《古希腊的真理大师》(*Les Maîtres de vérité dans la Grèce archaïque*),François Maspero,Paris,1967,页 119—124。

新,并非只是依靠自身的精神世界,还需要参与各种实践。任何形式的组织,任何类型的作品,都拥有属于它们自己的精神世界,而这一精神世界都需要它们自己去构想,以便形成与人类经验的某个特殊领域相对应的一个自主的学科、一种特殊的活动。

因此,宗教仪式、神话传说和神的形象化表征都充分体现了宗教的精神世界。当法律在古希腊世界确立起来的时候,它同时具有以下几个属性:社会规范、人的言行、精神范畴,法律的精神范畴就规定并体现了司法精神——较之其他思维形式(尤其是宗教思想)。同样地,随着城邦的发展,一套完整的法律和行为规范体系、一种真正意义上的政治思想也逐步成长起来。较之以前的权利的神秘形式和社会行为的神秘仪式,城邦制度截然不同,它取代了以往的神秘形式,同时也取代了与之相关的风俗习惯和思想观念。悲剧也是因此而产生的,它以一种奇特的方式去反映为它所用的现实。同时,悲剧也在创设着它自己的精神世界。正如只有在画里,或者只有通过绘画,才存在艺术造型的视角和有造型的物件,悲剧意识也是随着悲剧而产生并不断发展的。通过这种新颖的文学形式来表达思想感情,也就形成了悲剧思想、悲剧世界和悲剧人物。

为了利用空间比较的方法,我们可以说这种背景(从我们所理解的那种意义来讲)并不是在作品之外,也不在悲剧本身之外;背景没有完全与文本并列出现,而是隐藏于文本之中。其实,它不仅仅是一个背景,同时,它还构建了一个隐含文本(第二层文本),学术性的阅读应该通过双重阅读的方式,从作品本身的深度层面去解读它,并以一种迂回和返回相交替的方法去研究它。首先,必须把作品置于具体环境之中,将研究的领域扩展到社会和思想的总体环境,因为正是由于这个总体环境,才导致了悲剧意识的出现。接下来,必须将总体环境限定在与悲剧自身相关的领域中:悲剧的形式、目标和特定问题。事实上,除非我们想探讨这个问题,即悲剧如何通过吸收各种借鉴元素,并将其融入自身视角,进而使社会和思想总体环境发生蜕变,那么,我们可以参照其他社会生活领域(如宗教、法律、政治、伦理等），否则，这些领域均不宜被列为参考范围。例如，在悲剧诗人的语言中，法律专用词汇的频繁出现，对家族犯罪主题的偏爱（罪名与该全民法庭的权限有关），以及某些作品中的审判形式，对一个文学历史学家来说，如果他想要确切领会这些专用词的含义和作品中的隐含义，就需要走出自己的专业范围，变成一个古希腊法律历史专家。可是，在法律体系中，根本找不到能直接解答悲剧作品的对应物，因为它本身并不是一个从法律文本中走出来的复制品。要解读悲剧作品，就必须要有一个预设的前提：即必须将作品最终引向悲剧和它所属的世界，以便开拓更多的研究维度。但是，如果没有法律的介入和引导，这些维度将会始终隐匿于作品深处。其实，任何一部悲剧都不是一场法律的争斗，而法律自身也并不具有任何悲剧色彩。诗人们所运用的词汇、概念、思维模式与法官和演说家截然不同，除了技能的背景不同之外，它们的功能也发生了改变。在悲剧诗人的视角下，它们相互融合或相互对立，成为价值对比的重要依据，同时也对社会规范提出了质疑，因为它们的存在主要是为了探寻人类的自身，跟法律无关：悲剧认为人是"可怕的"（deinós），那人到底是什么？是不可理解、难以应对的怪兽，既是施动者亦是受动者，既是有罪的也是无辜的，既是明智的也是盲目的，他才思敏捷，足以掌控万物，却无法自控。人与行为的关系是什么——我们看到在悲剧的舞台上，人慎重思考自己的行为，开拓进取，并承担自身行为的后果。但行为的真正意义存在于人之外，超越了人本身，因此，不宜用施动者来解释行为，反而是行为会向施动者展示出它的真正含义，揭示行为的本质及其真正完成的使命。那么，最终，人在这个世界中的地位是什么？在这个社会的、自然的、神界的、模棱两可的、被矛盾所分裂的宇宙中，任何规则似乎都不是永恒不变的，众神交战，不同的法规争斗不休，正义也会随着斗争而发生改变，并最终转换成自己的对立面。

　　悲剧不仅仅是一种艺术形式，也是一种由城邦通过举办悲剧竞赛而设立的社会组织，独立于其他政治和法律机构之外。它在城邦执政官的批准下设立，其组织规格和地点选择，都与举办公民大会和公民法庭一致。戏剧对所有公民开放,各个部族的代表参与戏剧的指导、表演和评判,如此,整个城市就变成了一个剧场①。从某种程度上说,悲剧成了表演的对象,它自己在大众面前展开了表演。然而,悲剧虽看似比其他文学形式更扎根于社会现实,但这不意味着它是在反映社会现实。相反,它并不反映这种社会现实,而是去质疑这种现实。悲剧体现了割裂的、分散的现实及其与现实本身的对立,对现实进行彻底的审视和质疑。悲剧作品将古老的英雄传说搬上舞台。这个神话世界组建出了城邦的过往——那段遥远而又邻近的过往。这段过往足够遥远,因此能清晰地呈现出它所承载的神话传统与新的法律政治思想形式之间的反差;这段过往也足够邻近,以至于当时的种种价值冲突,我们依然能够深刻地感知,时至今日,这种价值对抗仍在持续。瓦尔特·内斯特尔(Walter Nestle)认为,当人们开始以公民的眼光去审视神话的时候,悲剧就产生了。在这种审视之下,不仅使神话世界会失去其持久性而逐步消散,就连城邦世界也是如此,会在辩论中不断被质疑,甚至质疑它的基本价值体系。即使是最乐观的悲剧诗人,比如埃斯库罗斯,他对公民典范的赞颂,对战胜艰险后的胜利,也都鲜有确信和坚定的态度,而更像是在不安中的一种希望和召唤,即使是在最终的胜利和喜悦的高潮②部分,也始终

① 只有男人才有资格被选为城邦代表;女人是不能参与政治生活的。这也是为什么合唱队的成员都只有男性。尽管有时一个合唱队需要代表一群女孩儿或妇女,在任何一部剧里面都会有这种情况,但其实都是男人充当这些角色,他们根据剧情以化妆或面具的方式装扮成女人。

② 在埃斯库罗斯的《俄瑞斯忒亚》的结尾,人类法庭的设立以及复仇女神们(厄里倪厄斯[Erinnyes])融入城邦新秩序,这一切都没有平息使新生代众神与父辈众神之间的冲突,也并未消除神族谱系骁勇的过往和雅典城邦民主的当代(公元前5世纪)之间的矛盾。虽然平衡的关系已经确立,但这种平衡是建立在紧绷的张力之上的。各对立势力间的矛盾冲突潜伏在深层。从这方面来看,悲剧的模糊性没有消失,依然存在着双重性。要证明这一点,很简单,我们只需回想一下,当人类审判员大多数都反对俄瑞斯忒斯的时候,是女神雅典娜(Athéna)的支持票维持了整个投票的平衡和公正。赞成票和反对票的这种平等性,使为父报仇而弑母的俄瑞斯忒斯免于被判刑。通过一个诉讼协议,雅典娜合法地赦免了他的杀人罪,(转下页注)

（接上页注）但并不宣判他无罪，也不证明他无罪。她为两派神所代表的相对立的两种"正义"建立起了一种平衡：第一种是复仇女神们的"正义"，第二种是截然相反的新生代众神，如阿波罗（Apollon）的"正义"。因此，雅典娜绝对有理由对黑夜之女们说："你们并没有赢，从投票箱拿出来的是一个唯一的未定的判决。"再反观戏剧的开场，众神世界中她们的命运如何？复仇女神们发现她们虽住在不见阳光的黑暗的地下世界，却拥有与众神一样的荣誉和尊严。雅典娜所认同的正是她们所拥有的同等尊严，因此，在法庭裁决之后，她说："……你们完全没有被羞辱"，她极力强调、不断重申这种同等的尊重，并最终以悲剧的形式进一步突显。事实上，我们注意到，在建立雅典刑事法庭（Aréopage）时，也可以说是在建立城邦的支配权时，雅典娜就强调在人类群体中保留黑暗力量（即复仇女神所代表的力量）的必要性。相互间的情谊（philia）和推理性的说服（peithō）并不足以将公民凝聚成一个和谐的团体。城邦必须要借助另外一种性质的力量的干预，才能发挥作用，不是依靠温和与理性，而是通过约束和畏惧的力量来维系。正像复仇女神们（厄里倪厄斯）所说的那样："有很多时候，畏惧的力量是很有用的，畏惧是心灵的警卫，必须要永远驻守在那里。"当雅典娜要在刑事法庭中设立陪审团的时候，也发表了同样的言论："从此以后，这是尊重与畏惧共同的驻守之地，它们将促使公民们远离罪恶……尤其是，畏惧之力不会被排除在城邦之外；如果没有任何畏惧，那会是多么可怕的事啊。"复仇女神所要求的既不是无秩序，也不是专制，这种既不能无秩序也不能专制的观点，与雅典娜在建立法庭时所说的话完全一致。雅典娜将这一准则定为城邦必须要遵循的原则，并强调在这两个极端之间是最好的状态，城邦是建立在相对立力间的艰难协议之上的，它们之间必须既要保持平衡，又不能彻底消除某一方。除了拥有话语权的女神、统治一切的宙斯以及温和的说服之神皮托（peithō，是她引导着雅典娜的话语），还有让人敬畏的复仇女神厄里倪厄斯，代表着尊严、敬畏和恐惧。这种恐惧震慑的力量，来源于复仇女神，而在人类活动方面就代表着刑事法庭，它对城邦公民是有益的，促使人们远离罪恶。刚来到阿提卡（雅典）地区的复仇女神们，她们令人望而生畏，针对这一点，雅典娜这样说："从她们令人望而生畏的脸上，我看到了她们对于城邦的益处所在。"关于悲剧，是雅典娜在颂扬父辈女神们的力量——这些黑暗世界的神拥有着与众神一样强大的力量，并提醒着城邦的卫士们：强大的神力足以"掌控人类的一切"，能够"为一些人带来欢歌笑语，也能给其他人带来苦痛与泪水"。此外，是否有必要指出埃斯库罗斯的作品并不是推陈出新，既然刑事法庭的建立与复仇女神厄里倪厄斯-欧默尼得斯（Erinnyes-Euménides，复仇女神的别称）紧密相关，黑暗和神秘的特性，并不是宗教的力量支配着政治集会，就像劝说（peithō），但这些力量去启迪了尊重（Sébas）与畏惧（Phóbos），就是在这两大支柱的基础上，刑事法庭才得以设立。埃斯库罗斯是顺应秉承了当时所有的雅典人都认同的神话和文化传统，这种观点与第欧根尼·拉尔修（Diogène Laërce）关于欧默尼得斯（Euménides，指复仇女神）净化雅典的注解极为接近："净化者正是借助刑事法庭，将有罪和无辜者分别处理，这能清除城市的污浊和罪恶。这是一座为欧默尼得斯所建的圣殿。"

充斥着不安和焦虑。这种悲剧意识一旦产生，就会提出这种种疑问，而且无法找到一个能充分予以回应的答案，这样，疑虑将会一直持续下去。

历史始终活跃着，这种与历史的冲突和论战，导致了在每部悲剧作品中都会有一段"距离"，这是第一段解读者必须考虑和重视的距离。在悲剧形式中，它通过悲剧舞台上两种重要组成部分间的张力体现出来：一部分是合唱队，是由正式的公民团体所代表的匿名的公众人物组成，表现的是人的恐惧、希望、疑惑和判断，是构成公民集体的观众们的情感；另一部分则是由专业演员所扮演的个性化的人物，他的言行构成了悲剧的主体，代表着另一个时代的英雄的形象，总是与公民的普通的生活环境存在或多或少的差异①。在悲剧语言中，合唱队与悲剧英雄的角色分配，对应着悲剧语言的双重性。但这里已经出现了悲剧体裁的重要特点：模糊性。在歌唱部分，合唱队的语言延续了诗歌的抒情传统，赞颂古代英雄的光辉美德。而在悲剧诗人看来，对话部分的格律却与散文更为接近。同时，借助舞台技巧和面具，悲剧人物被伟大化，成为某位为城邦所尊崇的英雄，并且由于使用了普通人的语言，使得他的形象更贴近生活②。而在传奇冒险故事中，这种相近性也使他变得更像是大众生活中的当代英雄。因此，我们注意到，在每位悲剧家的内心，都有一种过去和现在之间的冲突张力，以及神话世界和城邦世界之间的冲突。同一个悲剧人物，时而被置于神秘而久远的过去，像是那个遥远时代的英雄人物，拥有震慑一切的神圣力量，展现着古代神话中君王的无常和不羁；时而，他又像是生活在雅典城中，是城邦中的"自由公民"，他的思维、言谈

---

① 参见亚里士多德的《问题集》(*Problemata*)，19，48："在舞台上，演员们模仿英雄，是因为在古代，只有英雄才能成为首领和国王；而人民被认为是平庸者，所以民众就组成合唱队。"

② 参见亚里士多德的《诗学》(*Poétique*)，I449 a 24—28："在所有的格律中，抑扬格三音步是在对话中出现最多的；比如，在对话中往往会运用很多的抑扬格的三音步诗句，但却极少运用六音步，只有在结束对话的时候才会出现六音步。"

和生活方式都跟现在的城邦公民一样。

　　有些现代解读者，提出并探讨了有关悲剧人物的性格一致性的问题。按照维拉莫威兹（Wilamowitz）的观点来看，《七雄攻忒拜》（*Les Sept contre Thèbes*）中的悲剧人物厄忒俄克勒斯（Etéocle）的性格就被描写得模糊不清：在剧末，他的言行与之前所描述的完全不相符，有很大的冲突。然而，马宗（Mazon）却认为，厄忒俄克勒斯是希腊悲剧中最成功的悲剧人物形象之一，他完美一致地体现出了一个遭诅咒的悲剧英雄形象。

　　实际上，只有在探讨现代悲剧时，这种争论才有意义，因为只有现代悲剧的主角才具有心理上的统一性。而埃斯库罗斯的这部悲剧作品，目的并不在于挖掘某个戏剧人物内心世界的复杂性。其实，《七雄攻忒拜》中真正的主角就是城邦本身，即城邦所推崇的价值取向、思维模式和基本态度，厄忒俄克勒斯统治忒拜的时间跟他弟弟波吕尼刻斯（Polynice）一样久，但在他面前不能提起他弟弟的名字。因为只要听到有人谈论波吕尼刻斯，就会使他立刻置身于另外一个世界，一个被城邦（*pólis*）所排斥的世界：他又感受到自己是传说中的拉布达科斯家族的子孙（Labdacide），贵族谱系（*génē*）的一员，从前的王室家族后裔，然而，祖先的耻辱和诅咒却重重地压在了这些光鲜亮丽的头衔之上。较之忒拜城中容易感情用事的妇人和阿尔戈斯好斗尚武无视宗教的男人，厄忒俄克勒斯却完全不同，他本代表着谦逊稳重、理智思考和自我节制的美德，这些美德也使他成为一个合格的政治统帅，但他却突然发生了一个巨大的转变，陷于灾难之中：他放纵自己去深深地憎恨波吕尼刻斯，这种兄弟仇恨完全占据了他，使他失夫了自我。此后，他的这种杀戮的疯狂特性被称为他的"习惯性格"（*êthos*），这并不仅仅是一种人类情感，更是完全超越厄忒俄克勒斯自身的一种疯狂可怕的力量。这种力量将他围困在灾难（*átē*）的阴云之中，以神力的方式渗透了他的全身心，由内而外地充斥着他整个人，犹如着魔一般，他早已自愿接受这种魔性的控制，迷失其中无法自拔，表现出癫狂、盛怒和狂躁的情绪，并由此引发种种过激和狂傲的犯罪举动。厄忒俄克勒斯身上的这种疯狂，并没有明显体现为外在的怪异行为，而是体现了祖先的罪行污点所具有的破坏性力量，这种罪行污点代代相传，贯穿着整个拉布达科斯家族。

充斥着这位忒拜城首领内心的，是一种极具毁灭性的愤怒，这是一种从未被净化的侵蚀性的情绪，是他所属种族的厄里倪厄斯（Erinnys，即复仇之神）。这种毁灭性的愤怒已经通过诅咒（*ará*）降临到了他身上，侵蚀了他，就这样，俄狄浦斯曾倾力呼喊的对他子孙的诅咒，也在他身上应验了。狂躁（*mania*）、愤怒（*lússa*）、神降灾祸（*átē*）、诅咒（*ará*）、堕落（*míasma*）、复仇女神（*Erinús*）——所有这些名词都最终指向唯一一个神秘事实，即一种不祥的可怕命运。这种可怕的命运能通过以下各种不同的形式得以显现：在不同的时刻、在人灵魂深处抑或外在于人。这是厄运的可怕力量，它的力量所及之处包括了罪犯以及与罪犯相关的以下所有方面：罪行本身，最遥远的后代子孙，犯罪的心理动机，罪行所导致的各种后果和腐蚀性的罪恶污点，以及为罪人及其后裔而设定的惩罚。这种巨大的神秘力量在所有相关的人身上都应验了，鲜有例外，并以各种不同的形式（极为可怕地）发生在人类生活的关键时刻。在希腊语中，有一个专门的词汇来指代这种神力，即魔性（*daimōn*）。欧里庇得斯也忠实于埃斯库罗斯的这一悲剧精神，为了表达俄狄浦斯后继者们的心理和精神状态，他便使用了"被魔性控制"（*daimonân*）这个动词，意为：他们都被一种恶的力量①、一种魔性所控制。

由此可见，我们要以什么样的方式、从何种角度才能合理探讨厄忒俄克勒斯的性格转变。这并不是当今普通意义上的"人物性格的一致性和非一致性"问题。正如亚里士多德所强调的那样，悲剧的情节和逻辑，并不是根据人物性格的要求去展开的，反而是人物性格要依据悲剧情节来展开，又因为悲剧是对神话（*mûthos*）

---

① 欧里庇得斯（Euripide），《腓尼基妇女》（*Phéniciennes*），888。

和寓言的模仿，所以，也可以说，人物性格要符合神话和寓言的情节①。在这部悲剧的开头，厄忒俄克勒斯的习惯性格（êthos）完全符合一个"政治人"②（homo politicus）的心理典范，正如公元前 5 世纪时希腊人所设想的典范一样。我们所说的厄忒俄克勒斯"性格内部的转变"，也更应称之为"向另外一种心理模式的过渡"、"悲剧内部的从政治心理到神话心理的转变"，拉布达科斯家族的传说故事已经隐含了这种神话心理，具体体现在兄弟相残的部分。我们甚至可以说，《七雄攻忒拜》的悲剧效果也正来源于对这两种相继出现的心理模式的参照；此外，悲剧效果也来源于同一个人物的内心矛盾：包括两种不同行为模式间的矛盾，以及两种不同心理形态间的矛盾（包含着不同层次的行为和动因）。总之，这一切都从本质上共同构成了《七雄攻忒拜》的悲剧效果。在悲剧持续活跃的时代，这种双重性（或称人物心理的冲突张力）也在作品中持续出现，从未消减。悲剧英雄的情感、话语和行为，通过他的性格和"习惯性格"（êthos）得以彰显，诗人们会像雄辩家或历史学家（如修昔底德③）一样，去精细地分析和正面地解读悲剧英雄们的"习惯性格"。但这些情感、话语和行为，同时也像是一种宗教力量的表达，一种魔性的表达。伟大的悲剧艺术致力于将（对两种心理模式的）相继参照变成同时参照——体现在埃斯库罗斯在其悲剧作品中对厄忒俄克勒斯那部分的讲述。在任何时候，英雄的生活似乎总在两个层面上展开，每个层面可能都足以解释该层面内部的剧情发展，然而，悲剧却将这两个层面视为不可分割，并着重展现这种不可分割性：悲剧人物的每个行为都隶属于某种性格和"习惯性格"的体系与逻辑，而该行为同时又会显露一种外来的神秘力量，一种魔性。

---

①　亚里士多德，《诗学》。

②　译注：这种人追求的是社会全体的公共利益。

③　关于悲剧作品的这个方面以及索福克勒斯作品中人物的英雄主义性格，请参照 B. KNOX，《主人公的性格.索福克勒斯的悲剧研究》（*The Heroic Temper*：*Studies in Sophoclean Tragedy*），Berkeley and Los Angeles，1964。

　　"习惯性格-魔性"（*Êthos-daimōn*），就是在这一距离之间创造了悲剧人物。只要我们消除其中一方，另外一方也立刻消失。威宁顿-安格拉姆①（R. P. Winnington-Ingram）对此的评论很恰当，我们可以概括为：悲剧建立在对赫拉克利特的著名言论"性格即命运"（$\tilde{\eta}\theta o\varsigma$ $\dot{\alpha}\nu\theta\rho\dot\omega\pi\varphi\,\delta\alpha\iota\mu\omega\nu$）的双重解读的基础之上。如果我们无法进行双重解读、顾此失彼的话，那这一言论就失去了其神秘性和模糊性，而悲剧意识也就不复存在了；对于人自身而言，所谓的魔性，其实就是他的性格——反过来说，对于人自身而言，所谓的性格，其实就是一种魔性。

　　对于我们今天的思想来讲（其实，对于亚里士多德的思维来说，很大程度上亦是如此），这两种不同的解读互相排斥。但是，悲剧逻辑恰恰就是在这两者之间游移，从一种解读渐渐转向另一种解读，它虽然意识到了这两者的对立，但却从不排斥其中的任何一个。我们可以说这是一种模糊逻辑，然而，它已经不再是神话中的那种简单的模糊性，因为它对其自身也进行了探索，并提出了质疑。在从一个层面到另一层面转换的过程中，悲剧会强烈地突出距离感，强调矛盾的对立。然而，悲剧本身永远找不到能彻底解决矛盾冲突的方法，最后往往是和解或者超越敌对方——即使是在埃斯库罗斯的悲剧作品中，情况亦是如此——，这种张弛状态既无法被完全接受也从未完全消失，因此，永无止境的冲突张力，使悲剧成为一种自身根本没有答案的持续探索。以悲剧角度来看，人及其行动所显示出的并不是能被我们定义和描述的现实情况，而是一系列的问题。这些问题以谜团的形式呈现出来，而谜团的双重含义永远无法被固定，也永远不会枯竭。

　　在人物之外，涉及到的就是另一个领域了，需要解读者去分析冲突张力和模糊性的各个方面。前面我们已经注意到了，悲剧诗人们

---

① 〈悲剧与希腊古代思想〉（Tragedy and Greek archaic Thought），《古代悲剧及其影响》（*Classical Drama and its influence*，*Essays presented to H. D. F. Kitto*），1965，页 31—50。

往往会主动借用一些法律的专业术语。但是，每当他们借用这些法律词汇的时候，基本上都是为了针对词汇的不确切性、飘忽不定性及其未完成性来做文章，比如术语的不准确性，意思的含糊性，不一致性以及对立性等，这都导致了司法精神内部的不协调和内部张力的产生，这种司法精神的形式也并非一个严谨完善的体系，与罗马的情况完全不同；有时，也是为了体现不同司法价值观之间的矛盾冲突、更古老的宗教传统、一种已经与法律区分开的正在成长的道德思考（但尚未完全清晰地界定该领域的范围）。事实上，古希腊人并没有绝对法律的概念，这里所说的绝对法律具有以下特点：建立在某些原则的基础之上，拥有统一的组织和整体。对于他们来说，存在着不同层次和组合的法律，其中，某些法律重组或者重叠在一起。从一方面来看，法律认可当权者，并依靠其约束力来发挥作用，而法律本身也就成为约束力的一种延伸。从另一方面来看，法律也触及到了宗教方面：它对神圣的力量、世界的秩序和宙斯的公正均提出控诉。它也提出了一些道德问题，触及到人类动因的问题，即人类施动者对某些问题的产生负有较大责任。从这一观点出发，神的正义与僭主的暴力一样黑暗和专制，因为它通常都要求父辈的罪行也要由其后代负责偿还。

正如在《乞援人》（*Les Suppliantes*）中，"力量"（*krátos*）的概念就在两种含义之间摇摆不定，而不存在某一种固定含义。在珀拉斯戈斯（Pélasgos）国王口中，"力量"（*krátos*）一词与主人、主宰（*kúrios*）相关联，指的是合法的统治者，监护人完全有理由对其管辖范围内的人行使这种控制力；而同样一个词，在达那伊得斯姐妹（les Danaïdes）眼中，却被引向暴力（*bía*）的语义场，它指的是一种粗暴的力量，是暴力的一种应力，与公正和法律是完全对立的①。完全相反

---

① 在公元前 387 年，国王珀拉斯戈斯问达那伊得斯姐妹，作为她们最亲近的亲人（译注：达那伊得斯姐妹的父亲和埃古普托斯是孪生兄弟），埃古普托斯（Egyptos）的儿子们是否依法对她们拥有控制权。这种暴力的法律价值具体体现在下文中。国王发现，如果是这样的话，那什么都阻挡不了埃古普托斯的儿子们要（转下页注）

的两种含义之间所具有的张力,在诗句 314 中以非常震撼的方式体现出来了,惠特尔(E. W. Whittle)曾就此模糊性①及其张力进行了详细的阐述。释放(*rhúsios*)一词也是属于法律用语,而它在这里却用于指宙斯(Zeus)的触碰这一动作对伊娥(Io)产生了作用,释放了她,使她恢复自由身。因此,这个词的以下两种含义,既同时并存又相互对立:一下子的瞬时暴力,一种解脱时的甜蜜温情。但这种模糊效果不是没有缘由的,而是诗人有意识的预设,因为它会吸引我们深入作品的内部——这正是诗人想要的效果——,而其目的之一就是具体探讨"力量"(*krátos*)的真正本质。权威是什么? 具体存在于以下关系中的权威又是什么:男人对女人,丈夫对妻子,国家首领对其公民,雅典城对其他城邦及居住在雅典的外来人,诸神对于人类?"力量"产生的基石是不是法律,即共同的协定、温和的说服、推理性的劝说? 还是说正好相反,它是建立在控制的基础之上的,即纯粹的力量、粗鲁的蛮力、暴力(*bia*)? 像法律词汇一样具体的词汇通常都适用于文字游戏,这便于用模糊的方式表达和探讨以下问题:对他人所行使的权利,其种种依据都极具争议。

(接上页注)控制他们的堂妹们的狂妄自大。因此,达那伊得斯姐妹应该要反过来辩护,要提出依据她们当地的法律她们的堂兄弟们不享有对她们的监控权。达那伊得斯姐妹对该问题的回答是完全不同的角度,她们只看到了力量的另外一面,她们所理解的这个词的含义与珀拉斯戈斯所赋予它的含义完全相反:它不再意味着堂兄弟们所谓的对她们的合法监控权,而是指纯粹的暴力,男性的野蛮暴力,女性只能忍受的男性的支配:"啊,我若能永不再屈从男性的控制该有多好啊!"就男性的支配而言,达那伊得斯姐妹想要树立起女性的支配力。埃古普托斯的儿子们强迫达那伊斯姐妹嫁给他们,不是用说服的方式,而是用暴力方式,如果说他们的做法是错误的,那么达那伊得斯姐妹也好不到哪儿去:在她们女性的仇恨驱使下,她们最终犯了杀戮的重罪。国王珀拉斯戈斯可以指责埃古普托斯的儿子们逼婚,既没有合理说服,也未经她们父亲达那俄斯(Danaos)的同意。而达那俄斯的女儿们也犯了同样的错误,她们也不懂得说服:她们拒绝了善于论辩和劝说的阿弗洛狄忒(Aphrodite)。最终,她们既没有听从推理劝说,也没有因此变得温和,仍然走向了杀戮的复仇之路。

① 〈埃斯库罗斯作品中的模糊性〉(An Ambiguity in Aeschylus),《古希腊与中世纪》(*Classica et Mediaevalia*),1964,页 1—7。

　　法律语言所具有的这种模糊性的本质,在神话思维的表达形式中也同样明显。悲剧作品并不仅仅局限于某个神与另一个神的对立,诸如宙斯与普罗米修斯(Prométhée),阿尔忒弥斯与阿弗洛狄忒(Aphrodite),阿波罗(Apollon)、雅典娜(Athéna)与厄里倪厄斯。更深层地来看,整个神界到处充斥着矛盾冲突。构成神界的各种力量似乎都分化组合成极为对立的各种等级,这些力量等级组之间要达成一致是很困难的,或者说是不可能的,因为它们都处于不同的层次和级别:父辈众神就属于另一个世界,是与新一代众神完全不同的神界,比如奥林匹斯神(Olympiens)与克托尼俄斯(Chthoniens,指地神)就完全不相关。这种双重性也存在于同一个神的形象中。与上界的宙斯对立而共存的,还有另外一个宙斯,即下界的宙斯,达那伊得斯姐妹首先祈求上界的宙斯能说服国王珀拉斯戈斯履行他对她们这些乞援人所负有的义务,后来,极度绝望的她们又去求助于下界的宙斯,希望他能迫使国王不要妥协①。同样地,地下众神的"正义"与天上众神的"正义"也是对立的:安提戈涅(Antigone)就严酷地遭遇到了忒拜城第二届统治权威的压迫,但她仍坚持只接受也只忠诚于第一届俄狄浦斯的权威②。

　　但这些对立面的呈现,主要是从神的人类体验层面展开的。在神话中,从来不会只涉及神的一个层面,而是涉及神的生活的各种形式,它们既相互对立也相互排斥。在《七雄攻忒拜》中,代表忒拜妇女的合唱队,不安地召唤神的降临,迷茫地狂奔,喧闹地呼喊,她们虔诚地崇拜最古老的偶像(*archaîa brétē*),这些偶像并不在供奉神的神殿里,而是在居住的城市中,在公民聚会的广场上——这个合唱队代表的是一种女性的虔诚,但却被厄忒俄克勒斯划定为异类的虔诚,认为它既具有男性阳刚又具有公民性。在厄忒俄克勒斯看来,女人感性的虔诚,并不仅仅意味着混乱无序、

---

① 　埃斯库罗斯,《乞援人》,154—61,231。
② 　索福克勒斯,《安提戈涅》(*Antigone*),23,451,538—42;853。

懦弱①和未开化②,也意味着对宗教的亵渎和蔑视。真正的虔诚是以睿智和严谨(即 *sōphrosúnè*③ 和 *peitharchía*④)为前提的,会正视神之间的距离,而不像女人的虔诚那样试图去填补这段距离。厄忒俄克勒斯认为,女性因素对大众和政治崇拜的唯一贡献就是:祈求神灵的嚎叫(*ololugé*),一种被圣化(*hierós*)⑤的痛苦的呼喊,因为城邦将这种呼喊声纳入到它自己的系统中,并将其认定为仪式性的呼喊,伴着这种呼喊,被献祭的祭品倒在浴血的祭坛中。

安提戈涅与克瑞翁(Créon)之间的矛盾也包含了这种类型的矛盾。但这种矛盾并不是指前者所代表的纯粹的宗教信仰和克瑞翁代表的完全的无宗教信仰之间的对立,也不是宗教神灵观念与政治观念的对立,而是两种不同的信仰类型之间的对立:一方面是纯粹私人的家庭信仰,它仅局限于家人亲戚间的狭小范围(*philoi*),主要是以家庭为重心和对祖先的崇敬;另一方面是公共信仰,这时,城邦的守护神最终与城邦的最高准则混同在一起。在这两种不同的信仰生活之间,存在着一种持久的张力,这种对立有时(这也是悲剧所追求的时刻)会导致一种无法解决的矛盾冲突。正如合唱队的领唱⑥所说的那样,敬拜死亡是很虔诚的做法,但作为城邦的首领层,最高法院的法官有责任让大家尊重他的权力和他所颁发的法律。总之,《克力同》(*Criton*)中的苏格拉底将坚持认为:虔诚,与公正一样,都需要遵从本国法律,哪怕这法律并不公正,哪怕这法律与你对立甚至要判你死刑。因为城邦(或者说城邦的法规)要比任何一位母亲、一位父亲乃至所有祖先都更可敬、更神圣⑦。《安提戈涅》所突

---

① 《七雄攻忒拜》,191—2,236—8。
② 同上,280。
③ 同上,186。
④ 同上,224。
⑤ 同上,268。
⑥ 《安提戈涅》,872—5。
⑦ 柏拉图,《克力同》,51 a-c。

出表现的这两种虔诚的态度，缺一不可，相互依存，尽管两者相互制约、相互对立。因此，我们足够有理由认为合唱队中所涉及到的神只有狄俄尼索斯（Dionysos）和厄洛斯（Eros）。在人类看来，作为暗夜之神，他们神秘莫测，他们保护妇女，也厌恶政治，首先因政权首领克瑞翁的伪虔诚而惩罚他，评判他的依据就是：他极度不通情理，所以，最终导致他必须承担因个人仇恨和野心所导致的后果。但这两位神也会反过来与安提戈涅相对立，安提戈涅被禁锢于家庭情感之中，自愿投奔冥王哈德斯（Hadès），直至死亡，狄俄尼索斯和厄洛斯一直展示出的是生命与革新之力。安提戈涅不知道如何倾听召唤从而摆脱家庭情感的禁锢，不懂向其他的情感敞开心扉、迎接小爱神厄洛斯，也无法与家庭之外的某个人在一起从而改变她的生活。

在悲剧作品的语言中存在着层次多样性，而各种层次之间也有一定的距离——同样一个词会分属于不同的语义场，按照它的所属来看，可以是宗教神学词汇、法律词汇、政治词汇、公共词汇或某个行业的词汇——这增加了作品的深度，事实上，也是同时从不同方面展开的多关语游戏。针对一段对话，戏剧角色所交流经历的与合唱队所解读评论的、观众所接收理解的对话之间，存在着一定的差距和落差，这是构成悲剧效果的一个实质性的因素。在舞台上，悲剧的英雄人物都相得益彰，在他们辩论的过程中，同样的词在不同的人口中会具有相反的含义[1]。比如 *nómos* 一词，在安提戈涅和克瑞翁两人的口中指的就是相反的含义，根据夏尔-保罗·塞加尔（Charles-Paul Ségal）的分析，我们也会发现，在作品的结构中占有重要地位的其他词汇，也体现了同样的模糊不定性，如 *philos*（喜爱）和 *philia*（情

---

[1]　参见欧里庇得斯，《腓尼基妇女》（*Phéniciennes*），499—502。"如果同样的东西对任何人来说都一样是美的、明智的，那么人类就肯定不会知道什么是争辩与论战了。但对于人类来说，没有任何东西是相似的和一样的，只有词汇除外；而现实存在是完全不同的。"

谊)、*kérdos*(收获)、*timé*(尊荣)、*sébas*(尊敬)、*tólma*(勇敢)、*orgé*(狂怒)、*deinós*(恐怖)①等词。这些在戏剧舞台范围所使用的词,主要是用于强调思想上的禁锢、隔阂和冷漠,指出冲突点之所在,而不是为了在人物之间建立起沟通的桥梁。对于每个封闭在自己世界中的主人公来说,他所使用的词汇都比较晦涩,而且只有唯一的一个含义。这样,词汇的一层含义强烈地碰撞到另一层含义。而悲剧的讽刺就在于:在悲剧进展的过程中,展现出了主人公如何意识到自己"受制于词",而这个词又反过来与之对抗,并为他带来了与该词含义有关的痛苦体验,那是一种他坚持不愿承认的含义。通常,合唱队会犹豫不决,摇摆不定,渐渐地从这个意思转向另外一个意思,或者有时会隐约感觉到仍隐藏在深层的一种含义,合唱队可能通过一个文字游戏或双关语把这个含义已经表达出来了,但却并没有意识到②。

对于观众来说,从多样性和模糊性方面来看,文本语言是清晰而直接的。本来在舞台上的悲剧人物之间,语言已体现不出它的交流功能,但从作者到观众的过程,让语言又回归了交流的功能。但是,悲剧信息之所以能得以传达并被人理解,具体是因为:在人与人的对话中,存在着一种隐晦的、无法交流的灰色地带。当观众看到盲目的悲剧人物只接受一种含义,进而迷失自我、相互残杀的时候,观众就被引向这样的理解:事实上,存在两种或两种以上的含义。当悲剧信息从先前的确切性和限定性中脱离出来,进而实现了词、词义和人类环境的模糊性的时候,观众就可以领会到悲剧信息了。当它承认宇宙是矛盾冲突的,放弃以往所秉持的确定性,接受世界存在争议性和各种可能性的一面,这时,这种悲剧信息就通过戏剧变成了悲剧意识。

---

① 〈索福克勒斯的人的赞美与《安提戈涅》的冲突〉(Sophocles' praise of Man and the Conflicts of the *Antigone*),发表于期刊 *Arion*,3,2,1964,页 46—60。

② 关于悲剧作家眼中的模糊性的地位和作用,参见斯坦福(W. B. STANDFORD),《希腊文学中的模糊性——理论与实践研究》(*Ambiguity in Greek Literature. Studies in Theory and Practice*),Oxford,1939,第 10—12 章。

　　神话与城邦思维形式之间的张力、人内在的冲突矛盾、价值观念的世界、众神的世界、语言的模糊性和歧义性——所有这些共同构成了古希腊悲剧最突出的特点。但最能定义古希腊悲剧的本质的是：在舞台上所表演的戏剧，首先涉及发生在连续有限的时间中的人类日常生活，其中，时间和事件总会有隐晦不明之处；同时，也涉及俗世生活之外、无处不在的神界生活，涵盖了每时每刻的所有事件，有时掩盖事件，有时也揭露事件，但无一例外的是，任何事件都毫无疏漏，也不会被遗忘。这样，自始至终，所有的事件既相互结合又相互对抗，而这种结合与对抗贯穿着整个情节进展、人类时间和众神时间，悲剧在体现人类行为活动的同时，更展现出了神的世界的绚丽与辉煌。

　　亚里士多德曾指出，悲剧是行为活动的模仿（*mimēsis práxeōs*）。它展示出的是正在行动的人物（*práttontes*）。"悲剧"一词源于多利安语的 *drân*，与阿提卡语的 *prátteín* 意思一致，即行为活动。事实上，史诗和抒情诗都不描写行动，也不把人看作是施动者（动因）；与史诗和抒情诗相反，悲剧主要描写正在行动的人，并把人物置于至关重要的选择的十字路口，进而展现他们在选择关头如何思考和抉择，寻求最好的归宿。俄瑞斯忒斯在《奠酒人》（*Les Choéphores*，899）中写道："皮拉得斯（Pylade），该怎么办呢？"国王珀拉斯戈斯在《乞援人》（*Suppliantes*，379—380）的开头这样说道："我不知道该怎么办；我的内心非常焦虑；到底要不要有所行动呢？"而他又立刻补了一句话，与前一句紧接在一起，来强调悲剧行为的极端性："要不要有所行动呢？还是碰一下运气呢？"这里的"碰一下运气"，在悲剧诗人看来，人类的行动自身并没有足够的力量，往往需要借助神的力量，人也没有足够的自主力，所以无法独立于神之外，也不能完全自主行事。如果没有神的出现和帮助，人类便一事无成，人类的行动会失败，抑或是无法完全达到预期的效果。所以，人类的行动可以说是一场赌博，对他自己、未来和命运的赌博，最终演变成对于站在自己这边的神的赌博。在这场赌博游戏中，人类不是能起决定作用的主宰者，也总是面临被自己的决定带入陷阱的危险。人无法理解众神的想法。面临某些形势的时候,人出于谨慎,在行动之前先去询问神的意见,神会回答,但这个回答是模棱两可的,有歧义的,就如同当时的形势一样模糊不定。

在悲剧视角下,行动包含双重特性。一方面是自我判断,衡量利弊,尽可能地预见以下两点:实现行为所使用的方式的顺序,以及行为的结局;另一方面是在不可理解和未知方面下赌注,在一个你始终难以理解的领域冒险,进入超自然力量相互较量的游戏,此时,你不知道这些力量在与你合作的同时,是否也早已准备好了你的胜利或者失败。对于最有远见的人而言,经过深思熟虑的行动一定具备的特点是:向神发出偶然召唤和询问,只能从神的回复中领悟到神谕的确切含义,通常需要经历严峻的考验。只有在悲剧的范围中,人的行为才具有真正的意义,施动者通过他们真正完成的事情去发掘其行为的真正意义。当整个事件还未完全结束时,那这一事件就始终是个未解之谜,参与的人对自己的行为越是确信无疑,事件就越是扑朔迷离。比如俄狄浦斯,他是解谜者和伸张正义的国王,并确信神给予了他启示,他自称是幸运女神(Túchē)之子,但他经历了多少才明白,原来自己本身就是一个谜,他要不断猜测这个谜的谜底,然而,最终却发现事实都与他所深信不疑的完全相反:他不是幸运女神之子,而是她的牺牲品;他不是伸张正义之人,而是罪人;不是拯救城邦的国王,而是使城邦蒙羞的污点。当他意识到自己亲手制造了这些不幸的同时,是否能指责神早有预谋地策划了这场悲剧,并乐在其中地玩弄他,在这场悲剧中,神的蓄意谋划自始至终都是为了让他彻底地迷失[①]。

人的魔性(daimōn)与习惯性格(êthos)之间隔着一段距离,而悲

---

① 参见威宁顿-安格拉姆(R. P. WINNINGTON-INGRAM)以及与埃斯库罗斯相关的同一问题的研究,参见莱斯科(A. Lesky),〈埃斯库罗斯悲剧中的决定与责任〉(Decision and Responsability in the Tragedy of Aeschylus),*The Journal of Hellenic Studies*,86,1966,页78—85。莱斯科指出,"自由与强制是以极其悲剧的方式结合在一起的。"因为埃斯库罗斯悲剧的主要特点之一就是"这种结合的必然性是由神和个人行动决心所强制和决定的"。

剧人物就是在这段距离中形成的。悲剧性的罪恶感源于古老的宗教观念和新的观念之间的差距。前者涉及失误与耻辱、偏差与缺陷、精神疾病以及神所散播的发狂症等，这些都必然导致犯罪；而对于后者来说，犯罪者——尤其是不义之徒——被认为是故意选择犯罪[①]。法律尽量区分属于不同法庭范围的各种犯规级别，如谋杀、合法、非自愿、自愿，尽管区分的方式还有点笨拙和犹豫不定，法律也强调意图和责任的概念；这涉及到施动者对其行为的参与程度问题。另外，从城邦的角度来看，所有的公民以世俗的方式共同讨论处理城邦事务，人类开始以施动者的身份展开活动，与控制万物的神的强制力相比，人变得更加自主了，成为了自己行为的主人，凭借自己的常识和实践的智慧，也一定程度上掌握了自己的政治命运和个人命运。但根据人的意志强弱不同，人的这种经验仍然还是飘忽不定的（这里的"意志"是指此后在西方人类心理学历史上所说的"意志"，因为我们知道，在古希腊，不存在真正的"意志"这个词）。而这种经验，在悲剧中以不安的询问表达出来，询问针对的往往是施动者及其行为之间的关系：在什么情况下，人的行为的根源才真正是人本身？尽管人是在自己内心盘算，自己首先发起也自己承担责任，但其行为的真正根源难道不是外在于人吗（而并非人本身）？施动者难道不还是无法彻底理解其行为的意义吗？是什么导致了人的这些行为呢？或许，人的行为并非源自人的意图，而是源自由神所控制的世界总秩序？

　　为了要区分出悲剧行为，就必须首先区分人的本质这一概念，确定人具有明显的自身特点，相应地，也要进一步将人和神这两个不同层面对立地区分开；但他们也必须始终共存，不可分割。当人的行为

---

① 在埃斯库罗斯借合唱队领唱之口所讲的话中（《阿伽门农》，1337—8），两种相反的观念会以重叠或混合的方式出现在同样的单词中。由于具有模糊性，Νῦυ δ'εἰ προτέρωυ αἷμ' ἀποτείσει 这句话会引起两种不同的理解：一种是"现在，如果说他需要为祖先们洒下的鲜血进行偿还"，另一种是"现在，如果说他需要为他曾洒下的鲜血进行偿还"。对于第一种理解，阿伽门农是祖辈诅咒的受害者：他要为他没有犯过的错而付出代价。第二种理解是指，他要为自己曾经犯过的罪而付出代价。

中渐渐出现了内心的挣扎、意图和预谋,但还没有获得足够的力量和自主去完全满足这些需求的时候,责任的悲剧意义也就产生了。在悲剧领域,人的行为与神的力量相结合,进而确定了行为的真正方向,但施动者本身却并未觉察,但他其实已经不自觉地融入了一个超越人自身和人的理解力的领域。悲剧领域就处于这个边缘区。修昔底德认为,人的本质与神灵力量(如机运女神)形成鲜明对比。这是两种完全异质的存在秩序和状态。在悲剧里,它们共同构成了悲剧的两大层次,既相互对立又互为补充,是同一模糊现实的两个极端。

因此,任何一部悲剧都必然是在这两个层面上进展的。一方面是对于人的探索,相较于主题来说,人作为应负责任的施动者,只起到配合主题的作用。所以,一味盯着人的心理因素来分析是错误的。著名的"阿伽门农的地毯"那一幕,他致命的决定大概是出于人的可怜的虚荣心,也可能是出于作为丈夫的私心,因为他把自己的情人卡桑德拉(Cassandre)带回家中,这更促使他倾向于听从妻子的祈求。但最本质的问题不在这里。真正的悲剧效果来自于密切的关系(夫妻关系)和巨大的落差,而这里的落差,指的是一个普通的动作(即怀着极其人性的感情走在鲜红的地毯上)与无情开启的神灵力量之间的巨大落差。

阿伽门农的脚一踏上红地毯,这部悲剧就结束了。如果这部剧能接着这一幕继续演下去,那也没有什么意义了,已经完成的就无法超越。过去、现在、将来都在此汇聚成同一个也是唯一的一个涵义,这个亵渎神灵的狂妄自大的(*húbris*)举动,其象征性提升和浓缩了举动本身的涵义。此后,我们知道献祭伊菲革涅亚(Iphigénie)的真正原因:不是屈从阿尔忒弥斯(Artémis)的命令,也不是一个不愿愧对船队盟友①的国王的艰巨任务,而更是一个野心勃勃的人的懦弱——也揭露了他是一个热衷于与机运女神②密谋的人——这使他

---

① 参见《阿伽门农》,213。
② 同上,187;参见 Ed. FRAENKEL 的评论,《埃斯库罗斯,阿伽门农》(*Aeschylus, Agamemnon*)。

最终决定牺牲自己的女儿伊菲革涅亚；我们也知道特洛伊沦陷的原因：不是正义的胜利，也不是对犯罪者的惩罚，而是对渎神者之城及其所有神庙的彻底毁灭；这两种亵渎行为与最古老的阿特柔斯家族（Atrides）的罪行如出一辙，从中能看到重生的古老罪行，因此这些后继者都被划分为同一罪责：被谋杀的阿伽门农的命运最终也落到凶手克吕泰涅斯特拉（Clytemnestre）的身上，又通过他的儿子俄瑞斯忒斯（Oreste）之手，杀了克吕泰涅斯特拉。在悲剧的积聚点，一切都汇集于此，也是在这一刻，众神纷纷登场，同时也展示出人类世界的故事①。

---

① 关于两种时间秩序的关系，请参照皮埃尔·维达尔-纳凯（P. VIDAL-NAQUET）的研究，〈众神的时间与人举的时间〉（Temps des dieux et temps des hommes），《宗教历史杂志》（*Revue de l'histoire des religions*），157，1960，页55—80。

三、在希腊神话中，"意志"开始显露

对于西方现代社会的人而言，"意志"是人最本质的一个方面[1]。我们可以说，"意志"是人以施动者的姿态所呈现出来的样子，被看作是行为根源的"自我"，这个自我不仅相对于别人而言是有责任的，而且，在自我内部也深感负有责任。现代人追求个性和独创性，这便相应地滋生了某种情绪，即想在所做的事情中充分发挥自我，在能展现真正人性的作品中充分表达自我。在继续追寻的过程中，人不断探索自己的过去，从回忆中认识自己，是为了去探索自己作为施动者的持久性。所以，今天的人要为之前所做过的事情负责，也因此不断加深了内心的存在感和统一感，长期累积的所有行为都环环相扣、紧密关联在一起，这样，在它们持续进展的时间线中，人就拥有了一个特别的探索使命。

对于今天的人来说，意志，不仅意味着人付诸行动的倾向及其行动的价值，更意味着行动过程中，在施动者（人类主体）身上所体现出的一种优势，这种优势是一切行为的原动力。施动者在自己与他人、自然的关系中，把自己放在中心位置，拥有决定权，具备一种既不属于感性也不属于纯理性的能力：一种"自成一格"（*sui generis*）的能

---

[1] 该文曾发表于《比较心理学与艺术》（*Psychologie comparative et art*），献给伊尼亚斯·迈耶松（I. Meyerson），Paris，1972，页 277—306。

力，笛卡尔(Descartes)甚至声称这种能力是无限的，"我们所拥有的正如上帝所拥有的一样"，由于我们的理解力必然受限于创造者，所以，与这种理解力相一致，意志之力无法增长更多，也不会变得更少，正如笛卡尔所说的心理层面的"自由意志"，一旦我们掌握了它，便是完全的掌握。事实上，意志是一种可予以肯定和否定的力量，它不会分裂，呈现出来的永远是：要么接受，要么拒绝。这种力量通常会出现在决定性的行为中。一旦一个人面临选择，一旦他要做决定，无论解决方法如何，他一定是以施动者的姿态在内心策划，也就是说，他作为责任主体和自主主体，通过无可厚非的行为进行自我表达。

　　这样来看，任何一种行为都有一个个性化的施动者，这也就是行为的中心和来源；任何一个施动者都会把行为与其主体相连，因为主体决定着行为，同时也对行为负责。这种观点在我们看来是理所当然的，因此也不觉得有什么问题。既然人四肢健全，我们也就有理由相信人是能够"自主"决定和自主行为的。同一时期，与古希腊文明类似的其他古代文明，即使在它的语言中并没有我们所说的"意志"这个词，但毫无疑问的是，当时的人已经具备了这种自发性的能力，尽管他们并没有将其称之为"意志"。

　　不同于这种心理学角度所谓的"毋庸置疑"的观点，迈耶松(Meyerson)的整部作品却提出不同观点，引人深思。在其作品和课程中，他深入研究了人自身的历史，也推翻了普适持久的意志心理机能说。意志，并不是人类本性的基础能力，而是一种复杂的结构，这一结构的形成过程跟自我的构建过程一样，都具有以下特点：复杂性、多样性和未完成性；意志与自我的形成过程是相互关联、基本一致的。因此，要避免将我们今天的意志行为的组织体系、决定的构建形式、自我在行为中的参与方式都投射到古希腊人的身上。我们应该摒弃成见，用另一种眼光去审视古希腊文明中的行为与施动者各自所具有的类别和形式，探讨人类主体与其行为之间的关系是如何通过多种社会实践(包括宗教、政治、法律、美学、技术方面的实践)而形成的。

在近些年研究中,古希腊专家所遇到的问题主要涉及悲剧和悲剧性人物。里维耶(A. Rivier)最近的一篇文章就非常准确地界定了这一争论①。他在文章中指出,自1928年起,斯内尔(B. Snell)就从埃斯库罗斯的悲剧中发掘出悲剧人类学的元素,主要涉及行为和施动者。与荷马和抒情诗人不同,埃斯库罗斯将主人公们置于行动的路口,使其面临必须要行动的境况。沿着不断延伸和必须遵守的悲剧路线,作者使主人公们置身于矛盾的悖谬之中,走向一条没有出路的死胡同。在关乎命运的重要决定关头,他们总是陷入艰难但无法逃避的抉择路口。但是,如果必须要从两种解决方式中选择一种的话,那决定本身也就具有偶然性。事实上,这个决定是源于内心挣扎,也是深思熟虑的结果,使最终的抉择深入人物的灵魂。斯内尔认为,这种个人的自由决定,构成了埃斯库罗斯悲剧的核心主题,从该角度来看,构建这一核心主题的过程,实际上就意味着:从该主题几近抽象的纯粹中,抽离出一种人类行动的"原型",体现独立施动者的主动性,正视其责任,从内心发掘其行为的推动力和动机②。巴尔比(Z. Barbu)从这一观点出发进行了心理学总结,他认为:"意志"从初步形成到发展为完全成型的功能,这一过程是随着公元前5世纪雅典的悲剧的发展而最终完成的。他在文章中写道:"我们可以把埃斯库罗斯的悲剧看作是'个人'(自由施动者③,*individual as a free agent*)在古希腊文明内部出现的鲜明证据。"

里维耶的研究所要反驳的正是以上这种分析的主要观点。斯内

---

① 〈评论埃斯库罗斯作品中的"必然"与"必然性"〉(Remarques sur le "nécessaire" et la "nécessité" chez Eschyle),发表于《古希腊研究杂志》(*Revue des études grecques*),81,1968,页5—39。

② 参见斯内尔(Bruno Senell),《思想的发现》(*Die Entdeckung des Geistes*),Hambourg,1955,英文第二版(1948年)的题目为《思想的发现》(*The Discovery of the Mind*),Oxford,1953,页102—112。

③ 巴尔比,《历史心理学问题》(*Problems of Historical Psychology*),Londres,1960年,第四章《希腊世界中"个体"的出现》(The Emergence of Personality in the Greek World),页86。

尔所强调的主体的决定性（暗含了自主、责任和自由等相关事物）所导致的后果是：模糊了悲剧作品中的超人类的力量——而这本是悲剧的根源和悲剧意义之所在——的决定性作用。那些宗教神圣力量不仅出现在主体之外，也参与了主体内在的决定，约束了主体使其做出所谓的"决定"。根据里维耶的观点，具体的文本分析能展现出：施动者的思考斟酌（从主体角度考虑）不仅能确认出矛盾悖谬之所在，也能引发其他的思考，施动者的思考不足以激发形成一种独一无二的选择。而促成最终决定的，始终还是一个定数（可以理解为命运），一个由神所强加的定数，一种打破最初的平衡局势的"必然性"——也正是这一"必然性"在起初促使了平衡局势的产生，而在悲剧的某一时刻，这种"必要性"就会完全倒向一边，导致失衡。悲剧人物就只剩下两种选择，并最终发现面前其实只有一条路可走。这并不是主体的自由选择，而是承认了宗教神圣秩序的必然性，这是主人公所无法逃避的，也最终使他成为一个内在具有"强迫感"的人，这种"强迫感"也存在于"决定"本身。如果存在"意志"的话，那这种"意志"并不是康德（Kant）所谓的"自由意志"的含义，也不仅仅是托马斯主义中这一词的字面含义，而是对神灵敬畏之下的一种意志，或者是一种被神灵力量所制约的意志，正是神灵力量赋予了人内在。

除了斯内尔的论文之外，里维耶也做出了评论性的分析，其观点可以概括为：首先，认识到超自然力量在悲剧人物的行动中所起到的决定性作用；其次，试图保留人类主体的自主性，并认为在决定过程中意志的主动首创功能也占据一席之地。接下来，我们来看持这种观点的莱斯科（A. Lesky）和他所提出的双重动因理论，他的这种理论被当今大部分古希腊研究者所认同，只是每位研究者的借鉴程度略有差别而已[①]。众所周知，荷马史诗里面的人物行动有时会引发两种不同层次的解读，即人物行为可能会被解读为神的启示和驱使，

---

① 莱斯科，《在〈荷马史诗〉中神和人的动因》(*Göttliche und menschliche Motivation im homerischen Epos*)，Heidelberg，1961。

也可以被纯粹地解读为人的动机。这两种解读层面，几乎总是紧密相连、相互交错，以至于无法将两者分割开来。莱斯科认为，通过埃斯库罗斯的作品可以看出，双重动机模式已经是悲剧人类学的构成元素。悲剧人物遭遇到了强加于他但高于他的一种"必然"，这种"必然"通过人物性格变动来引领着他，而悲剧人物会把这种"必然"融入自身，以至产生意志和欲望，甚至强烈地渴望做被禁忌的事。此处，在"必然"的决定之中，又引入了自由选择的空间，否则，主体行为之责任就不能归咎于主体了。该如何接受这样的事实——悲剧人物要为自己的行为付出惨重的代价？如果这些行为已超出了他们的责任范围，那又怎么能算是他们自己的行为呢？首先，对于行为的发展，并不是他们本人的意愿；其次，如果他们无法自由自主选择的话，那他们又怎么能实现意愿之事？然而，里维耶也在思考一个问题："从另外一个角度来看，一个人也会想要做他不曾选择的事情，难道这真的是不可理解的吗？他要为自己的行为负责，哪怕这一行为并非源于他自己的意图（古希腊人的情况不正是这样吗？）。"

　　这样来看，该问题已经超越了探讨埃斯库罗斯悲剧和悲剧行为的意义这一研究范围。在古希腊背景下，遭到质疑的是意愿者身上所体现的整个观念体系。以这种观点来看，对于心理学家来说，里维耶的观点或许并不是无懈可击的。与此同时，我们必须拒绝现代解读者们所设想出来的自主决定模式，或多或少都是他们对古希腊文献有意识地进行的臆想，我们难道真的有权利使用"意志"这一术语吗？甚至更明确地指出这是一种关联意志，一种决定（又因为这种决定排斥选择，所以，这与我们今天所说的"决定"的概念完全不同）？"意志"并不是简单的概念，因为它所涉及的层面和涵义都是多种多样的。除了里维耶所确认的古希腊人的自主选择之外，"意志"还必须以一系列的条件为前提：已经将那些看似纯粹的人类行为与其他事件都明确界定开了。这些行为在时空中相互交错，最终组成一种统一的行为，包含了开始、过程和结束；同时，还必须要有以下条件：个人的出现和领悟到施动功能的个人的出现，个人的功绩和罪恶感等相关概念的形成，替代客观犯罪的主观责任感的产生，以及对各种意图和实际完成情况的分析。所有这些条件都是在以下元素发展的过程中逐步成熟起来的，比如，行动范围的内部组织，施动者的身份地位，个人在行动中的地位和作用，主体及其不同类型的行为之间的关系，主体对事件的投入程度等。

正如里维耶自己所说的，如果他运用"意志"这一词，是为了更加突出埃斯库罗斯作品中的主人公被剥夺了选择权，在决定过程中处于被动地位。人对神的从属和依赖，并不是通过机械的方式产生的，也不是神强迫人屈从的结果。里维耶写道，这是一种具有释放力的从属感，我们无论如何都无法为它下定义，比如说它压制人的意志，抹煞人的决定，因为，事实与之相反，它提升道德的能量，发掘行动的源泉。但非被动性、能量和行动的源泉这些特点都太过笼统，从心理学家的角度来看，这不足以描绘人的"意志"的特点。

未经自由选择的抉择、独立于意识之外的责任，这些都是希腊人所具备的"意志"的表现形式。整个问题的重点在于：希腊人通过选择或不选择、有意识的责任或无意识的责任，最终明确他们对于自身的理解。与"意志"的概念类似，"选择"和"自由选择"、责任与意向等概念都不适合直接应用于古希腊人的思维，在古代，这些概念与社会准则密切相关、同时出现，而且，其结构很可能会打破现代思维的模式。亚里士多德就是这方面的典型例子，众所周知，在他的道德哲学中，他驳斥那种认为"恶人并非真心要作恶，也并非出于本意，只是做了错事"的观点。在亚里士多德看来，悲剧概念的代表人物是欧里庇得斯，其作品中的人物，有时会公开宣称：犯下罪行并非他的本意，而是被自身内部那无法抵抗的强迫力和暴力所支配，被强有力的狂热力量所控制，这些力量都像厄洛斯（Erôs）和阿弗洛狄忒一样，是不可抗拒的神力，因此，他认为自己应该是无罪的①。

---

① 亚里士多德，《尼各马可伦理学》(*Ethique à Nicomaque*)，3，1110 a 28，以及戈捷和若利夫(R. A. GAUTHIER et J. R. JOLIF)的评论，Louvain-Paris，1959，页177—178。

　　另外，我们来看一下苏格拉底（Socrate）的观点，他认为任何
"恶"都是无知无意识的，根本没有"自愿"想要作恶的人（按照惯用的
解释来说）。为了证实作恶之人的罪恶感的起源，也为了给人的责任
感提供理论依据，亚里士多德创立了道德行为学说，在古希腊哲学
中，这代表着最精深的分析，其目的是：根据不同的内在条件区分出
不同类型的行为①，可以是非本意而完成的行为，该行为是出于对所
做事情的无意识或外来影响而导致的（比如把毒药误认为是正常的
药，最终造成投毒之实）；也可以是完全出于本意而完成的行为，不仅
非常了解该行为的动机和目的，也是经过深思熟虑和抉择之后才去
践行的。为了显示主体对其行为最高程度的意识和参与度，亚里士
多德才创立了新的理论；为此，他运用了 *proairesis*（意为"选择"或
"选择行为"）这一词，之前它一直是罕见词，且意义不明确，而他在自
己的理论范围内赋予了这个词一个具体的专用含义。*proairesis*（即
"选择"或"选择行为"）这个词，意味着选择形式下的行为，是具有理
性的人类所拥有的独一无二的特权，而与之相对的，是不具备这种能
力的孩子和动物。*proairesis*（"抉择"，指经过仔细思考后而做出的
选择）一词的含义比 *hekoúsion*（"出于自愿的"）一词的含义更为深刻
和广泛。在希腊语的常用语和法律词汇中，常见的反义词 *hekón*、
hekoúsios 和 *ákōn*、*akoúsios* 与我们所说的"意愿"和"非意愿"的范畴
完全不同。关于这两组反义词的翻译方法，我们应该像戈捷（Gau-
thier）和若利夫（Jolif）在评论《尼各马可伦理学》（*Ethique à Nico-
maque*）时翻译的一样，将其译成"自发"和"非自发"②两种相反的意
思。为了证明 *hekón* 并不是意愿的问题，只需看一下亚里士多德的
观点即可：冲动狂热的行为是出于 *hekón*（"自发"），而不是出于 *ákōn*

---

① "……这都是我们内心的决定，也可以说是我们的内在意图，这远比我们的外在行
　　动更有助于评断我们的性格。"《尼各马可伦理学》，1111 b 5—6；也可以参阅《欧代
　　米亚伦理学》（*Ethique à Eudème*），1228 a.
② 戈捷和若利夫，第二卷，页 169—170.

（"非自发"）①。否则，如果 *hekóntes* 一词真是"出于意愿"的意思的话，那我们似乎就可以说：动物无法以出于意愿的方式去行动。很明显，在这种说法中，*hekóntes* 并非"出于意愿②"的意思。因为当动物跟随着不为外力所左右的自己的偏好去行动的时候，它就和人一样，即以自发的方式去行动。因此，如果说任何选择和决定，都是一个出于自发而完成的行为，那么，反过来，"我们完全自发去做的事情却并不总是属于选择"。这样来看的话，当我们出于强烈的欲望（*epi-thumia*）（或者说是欲望的诱惑）或不假思索的冲动（*thumós*）去行动的话，我们也是完全出于自愿去做的（即 *hekón*），只是没有经过任何思考选择的过程。当然，抉择也依赖于欲望，但那是一种理性的欲望，一种充满智慧的、被引导的意愿（*boúlēsis*），那已经不是为了欲望去做，而是为了一个实际目的，这种目的已经通过认真思考被设定为有益灵魂的终极目标。抉择隐含了一个预先思考策划（*boúleusis*）的过程；在理智思考的过程中，正如"思考"一词本身的含义一样，它会确立起一种具有判断力的选择，这一判断可直接付诸行动。这种实用性的选择，不仅将主体纳入了行为的范畴，使其参与了决定产生的那一刻，而且它还区分了抉择（*proaíresis*）与意愿（*boúlēsis*）——后者可能不付诸实践，而只停留在纯意愿的状态（因为我们可以渴望不可能实现的事情），也区分了抉择和理论层面的判断——后者只确定了正确的方向，但与实际行动无关③。相反地，只有在我们能力范围内，涉及到我们力所能及的事物时，才会有真正的思考和抉择。此时，这些事物才是行为的目标，达到目标的方法不是唯一的，而

①　译注：冲动狂热的行为是自发行为，而不是被强迫的行为，只是这一行为是没有经过理智思考而做出的。

②　《尼各马可伦理学》，111 a 25—27，1111 b 7—8。

③　"抉择（*proaíresis*）并不涉及不可能完成的事情，有人自称'决定'去做一件不可能完成的事只是思想幼稚。相反地，我们甚至可以渴望不可能完成的事，比如长生不老。"《尼各马可伦理学》，III b 20—23。"理论层面完全不考虑实际应用，也不涉及必须避开什么或必须得到什么的问题。"《灵魂论》（*De l'âme*），430 b 27—28。

是多种多样的。就此,亚里士多德将理性(*metà lógou*)与非理性(*dunámeis álogoi*)对立起来,非理性只会产生一种结果(比如,热量只能通过加热而产生),而理性可能产生完全相反的结果①。

这种学说的很多观点,看起来都如此现代,以至于一些研究者认为抉择学说事实上已经提出了自由选择,而主体在自己的决定过程中,也将具有自由选择的能力。其中某些学者把这种能力归结于理性,认为是理性最终决定了行为的终极目的;而另外一些研究者却持相反的观点,他们将抉择上升为一种真正的意愿,将其认定为一种自主决定的积极能力,一种抵抗各种诱惑(心存欲望时产生的趋欲诱惑、意愿驱使时会有的趋利诱惑)坚持到最后一刻的能力,正是这种能力使主体最终走向行动,完全凭借本身的力量,而摒弃了欲望对其产生的影响。后者的观点是在为亚里士多德的行为分析所代表的反理性主义正名,从某种程度上说,亚里士多德的行为分析理论是对苏格拉底的反驳,甚至有些观点与柏拉图(Platon)也截然不同。

以上任何一种观点都无法独立地自圆其说②。在不涉及亚里士多德行为哲学的细节问题的情况下,我们可以说抉择并非完全独立的一种能力,它离不开另外两种能力,即亚里士多德在道德行为中提及的:一方面是灵魂的欲望;另一方面是具有实用功能的理智(*noûs*)③。意愿(*boúlēsis*),或者说理性的意愿,将一直持续至行为结束,它指引灵魂趋向善的一面,但事实上它却属于欲望(*órexis*)的范畴④,从这方面看,其属性与贪婪和狂怒的属性是一致的。但是,理性意愿的欲望功能是完全被动的。所以,意愿(*boúlēsis*)指引灵魂趋向理智的结局,但这个结局是必然的,而并非它所选择的。与之相反,谨慎思考(*boúleusis*)属于引导范畴,即理智实践范畴;与意愿的

---

① 《形而上学》(*Métaphysique*),1046 b 5—10;《尼各马可伦理学》,1103 a 19—b 22。
② 参见戈捷和若利夫,第二卷,页 217—220。
③ 参见《尼各马可伦理学》,1139 a 17—20。
④ 参见《尼各马可伦理学》,1139 b 2—3:"欲望所追求的目标正是:实现顺利圆满的行为。"

不同之处还在于，它与行为的结果无关，而只涉及方式问题①。所谓的抉择（proairesis），并不是指在善与恶之间进行选择，因为他本来就完全有能力在善恶之间自由选择，因此也无需再抉择。一旦设定好一个目标（如"健康"），那么思考过程就构成了判断环节，通过判断，理性会总结出这些实践方式是否能最终达到健康这一目的②；就思考而言，最后一个判断环节涉及到最终方法问题，最终方法不仅被看作与前面的那些方法一样可行，而且是能立即执行的。一旦产生了意愿，那"健康"就不再停留在普通的抽象的层面上，而是包含了对"健康"这一结果的渴望，也包含了实现这一目标的具体条件；意愿所追求的是：在主体所处的既定环境中，能将"健康"当下就据为己有的最有效的条件。与此同时，意愿强大的欲望也追求即刻实现的方法，行为会按照（也必须按照）这种方法去执行。

　　意愿、思考策划和抉择的所有阶段的内在必然性，恰好验证了实践三段论的模式，亚里士多德借助这种模式去解释抉择的思维过程。正如《伦理学》的评论家们所说的那样："三段论是大小前提的结合点，抉择是欲望（即意愿）和思考（即判断）的交叉融合点。"③

　　因此，"意愿就必然是那样，判断也必然是那样，都是它们必然的固有的样子；在两者交叉融合处便是抉择，行为也就必然依此进行。④"大

① 《尼各马可伦理学》，1139 b 3—5："意愿追求的目标是行为结果，而思考和抉择所追求的则是行为方式。"1111 b26："意愿涉及的是结果问题，而抉择涉及的是方式问题。"

② 《尼各马可伦理学》，1139 a 31："抉择的总原则是欲望和策划——通过怎样的方式去达到最终的目标。"参见戈捷和若利夫的评论，第二卷，第二部分，页 144。关于抉择过程中欲望和理智的作用、亚里士多德实践道德理论中的目的和方式，参见米哈拉基斯（EM. M MICHELAKIS）的《亚里士多德的实践原则理论》(Aristotle's Theory of Practical Principles)，Athènes，1961 年，第二章，页 22—62。

③ 戈捷和若利夫，页 202，212。参见《尼各马可伦理学》，11347 a 29—31："比如，我们假设一个普遍前提：必须要品尝所有甜的东西。其中会有特殊情况会出现：这种食物是甜的。考虑到这两个命题，如果条件允许也没有阻碍因素的话，我们就必须同时完成这个品尝的行为。"

④ 戈捷和若利夫，页 219。

卫·福莱(David J. Furley)发现,亚里士多德用机械心理学来描述自发行为;我们试着重现亚里士多德在《论动物的运动》(*De motu animalium*)中运用的方法,即在刺激和反应之间,如果自由行动和选择能力都没问题的话,一切都必然(*ex anánkēs*)自动产生,而不是主体去做的结果①。艾伦(D. J. Allan)也惊讶地发现:所有亚里士多德的行为理论,似乎都隐含着心理决定论,那这种心理决定论,与行为理论所倡导的树立道德和法律层面的责任感的设想背道而驰。然而,艾伦也很中肯地指出:是我们自己一厢情愿地认为亚里士多德的心理学是决定论,但事实上,"决定论"这个修饰词并不恰当,因为他也提出了另外一种非决定论的解释观点,尽管后来他又对此予以反驳②。因为亚里士多德认为这种二律背反、自相矛盾是不恰当的。在他的道德行为理论中,他既不想论证也不想反驳精神层面的"自由"的存在,因而他也从未提及。无论是在他的作品中,还是在他那个时代的语言词汇中,都找不到我们今天所说的"自由意志"这个词③。自由选择权这一概念,对他来说还是很陌生的,他在讨论责任行为问题中也并未涉及,而只是认为:深思熟虑后的选择,被看作是完全出于自愿而完成的行为。

　　这种理解的缺失,体现了古希腊与现代对施动者概念的观念上

---

① 大卫·福莱,《希腊心理要素论者研究》(*Two Studies in the Greek Atomists*),II:"亚里士多德与伊壁鸠鲁的自发行为观点"(*Aristotle and Epicurus on Voluntary Action*),Princeton,New Jersey,1967,页 161—237。

② 艾伦,《实践三段论》(*The Practical Syllogism*),"关于亚里士多德",赠与 Mgr Mansion 的古代及中世纪哲学研究集,Louvain,1955,页 325—340。

③ 参见戈捷和若利夫,页 217。"自由"(*eleuthería*)一词,"在那个时代指的并不是精神自由,而是自由人相对于奴隶来说所具有的法律条件;'自由意志'一词是很久以后才在希腊语中出现的,同时'自由'一词才有了精神自由这层含义:即自我掌控、自主。最早出现的例子可以追溯到西西里的狄奥多罗斯(Diodore de Sicile,公元前 1 世纪)的作品,但那时该词还不具备专业性含义,而这一含义是爱比克泰德(Epictète,公元前 1 世纪)首先确立的,他曾五次使用'自由'这个词(*Entretiens*,I,2,3;IV,1,56;62;68;100);自此以后,该词便可以在希腊哲学里面被引用"。拉丁人后来把希腊语的"自由意志"一词翻译成 *liberum arbitrium*。

的差异。在古希腊时期，还存在其他道德观念的"缺失"，而理解的缺失与其他道德观念的缺失相结合（比如，古希腊没有与现在我们所说的责任义务相对应的词，在当时的价值体系中，责任这个概念并不被重视，责任义务的特点也都模糊不定①），突出了古希腊伦理与现代道德意识之间的不同取向，但它也更深刻地体现出了在精神层面的意愿范畴的缺失，以下这一点就揭露了这个问题：在语言层面，没有一个用于指代自发行为的贴切的术语②。我们说过，在古希腊语中，没有一个词与我们今天所说的"意愿"相对应。希腊语中 *hekón*（"自发"、"自愿"）一词的词义更为广泛，况且，其心理方面的含义更加模糊不清。之所以说它的词义更广，是因为我们可以把它归类于"自发的"、"自愿的"（*hekoúsion*），正如亚里士多德所言，任何不被外来约束力所强迫的行为：可以是出于欲望或冲动而完成的行为，也可以是经过慎重思考策划后完成的行为——从单纯的倾向，最后到坚定不可动摇的计划；之所以说它在心理方面的含义不确切，是因为：意图的程度和方式有很多，可以是单纯的倾向，也可以是坚定不可动摇的计划，其间千差万别，所以，在使用中容易发生混淆。有意为之与预先计划并未被区分开：*hekón* 一词具有这两种含义③。而根据路易·热尔内的观点，*ákōn* 一词结合了所有以上提及的概念（其实从心理学角度来看，本应从一开始就要将这些概念区分开）：如非蓄意杀人（*phónos akoúsios*），可能是完全无恶意的意外，可能是单纯的疏忽，也可能是真正的过失行为，又或许是出于一时的愤怒冲动，甚至根本

① 参见亚瑟·阿德金斯（Arthur W. H. Adkins），《功绩与责任——希腊价值观研究》（*Merit and Responsability. A study in Greek Values*），Oxford，1960；布罗沙尔（V. BROCHARD）《古代哲学与现代哲学研究》（*Études de philosophie ancienne et philosophie moderne*），Paris，1912，页 489—538；更详细地澄清说明戈捷和若利夫的观点，页 572—578。

② 在之前另一章中引用的斯内尔的作品，他自己观察后发现：意愿"对于希腊人来说是很陌生的概念，他们完全没有一个词去表示它"，页 182。

③ 路易·热尔内，《古希腊法律思想与道德思想的发展研究》（*Recherches sur le développement de la pensée juridique et morale en Grèce*），Paris，1917，页 352。

不是出于正当防卫而犯下的杀人罪行①。这是因为自愿-非自愿（*hekón-ákōn*）的认定，还是要考虑到个人的主观条件（主观条件使个人成为其行为的责任动因）。这涉及古希腊城邦的法律分类，同时也被规定为公共观念的标准。然而，法律制定的依据并不是责任者的心理分析结果，它所遵循的准则，是为了以国家的名义去管理私人恩怨而设立的，以便根据其在群体中所引起的反映强烈程度，去区分不同司法领域的不同类型的杀人罪。在部族法庭的体系组织范围内，比如德拉古（Dracon）在公元前 7 世纪在雅典设立的法律体系，根据公共情感的强弱等级建构了一个下行的体系：蓄意杀人（*phónos hekoúsios*）涵盖了所有此类该受惩罚的杀人罪行，属于亚略巴古（Aréopage）法院的司法权限范围；非蓄意杀人（*phónos akoúsios*）包括可被谅解的杀人罪行，属于帕拉迪翁（Palladion）法院的管辖范围；正当杀人（*phónos díkaios*）是指被证明无罪的出于正义的杀人行为，属于德尔菲涅（Delphinion）法院的管辖范围。与前两类谋杀罪相对比来看，这第三类（正当杀人）行为包括了很多大相径庭——从施动者的心理方面来看——的各种行为：事实上，它涉及所有按惯例来看完全无罪或者被认为是正当合理的（出于等级原因）谋杀行为，包括因通奸而导致的或者在公共游戏活动或战争中发生的谋杀行为。法律通过语义上相反的"自愿-非自愿"（*hekón-ákōn*）所界定的界线，并不是建立在"意愿"和"非意愿"的基础上，而是建立在社会意识所形成的区分基础之上，在既定历史条件下，社会意识区分出备受指责的行为和可被谅解的行为。除了这两种行为之外，还有正当合理的行为，它们共同构成相互对立的评判标准。

另外还需要指出的是，与行为相关的所有古希腊词汇，都具有理智主义的特点，涉及出于自愿而完成或非出于自愿而完成的行为，应归咎于或不应归咎于主体的行为，应受指责或应被谅解的行为。在古希腊的语言和思维中，认知概念和行为概念似乎总是紧密相关的。

---

① 路易·热尔内，前揭，页 353—354。

一个现代人想要找到那个时代表达"意愿"的词，他找到的会是一个
表达"知道"的词。被柏拉图所继承的苏格拉底的观点认为：犯罪是
一种无知，一种认知缺陷。这种看法在我们今天看来似乎就是一种
悖论了。事实上，这种观点直接把"罪"字最原始的含义加以延伸（最
原始的含义出现于法律社会和城邦制度之前）。"罪"（hamártēma）
起初表现为精神思想方面的"错误"、宗教亵渎和道德败坏①。"犯
罪"（hamartánein）是指最严格意义上的理智上的迷失错乱和盲目，
最终导致行为堕落失败。"犯罪（偏执）"（harmartía）是一种精神病
症，狂热的偏执会使一个人失去理智，成为罪犯与受害者，沦为魔鬼、
罪人。这种犯罪的疯狂——或者用希腊语可称之为神降灾祸（átē）、
复仇性的惩罚（Erinús）——将人围困其中，并像邪恶的神力一样渗
透人的整个身心。这种犯罪的疯狂，在将人同化的同时，仍然外在于
人且超越人本身。罪行污点的侵蚀传染性极强，不只是祸害个人，还
会波及他们的子孙后代乃至他们亲属的家族，它能危及整个城市，污
染整片领土。在罪犯的自身或外在于他，同一种不幸的力量肆虐开
来，它代表着"罪"最古老的根源、后续的恶果和不断殃及后代子孙的
惩罚。正如路易·热尔内所言，并不是说某一个人构成了罪行的因
素，"罪行存在于人之外，是客观存在的"②。在这种宗教思维的背景
下，犯罪行为被认为是宇宙中一种极具侵蚀性的邪恶力量，是人内在
的一种精神失常，其行为范畴的构造与我们的已经完全不同。一个
看似破坏宗教秩序的错误，隐含着远远超越人类本身的灾难性力量。
犯下这个错误的人（或者更精确地说，是这一错误的受害者）会身陷
灾难的泥潭，而这一灾难的大门是他自己开启的（或者说，灾难性力
量是通过他才得以释放的）。行为并不来源于施动者，而是将施动者
囊括其中，一种在时空上都完全超越人自身的力量将施动者包围，并
引导着他的走向。施动者被迫陷入行为之中，而并不是行为的创造

---

①　路易·热尔内，前揭，页 305。

②　同上，页 305。

者,他一直被围困在行为内部。

很明显,这已经不是个人意愿的问题了。在主体的活动中,要区分蓄意和被迫犯罪已经没有什么意义了。我们是如何自愿被错误所迷惑,而走向犯罪的道路的? 具有侵蚀性的犯罪污点一旦产生,它又如何能(独立于主体之外地)同时在其内部隐含着惩罚?

随着法律和城邦法庭的建立,"罪"原始的宗教含义消失了,取而代之的是一种新的犯罪概念①。新的概念更加突出体现了个人。此后,个人意图便被认定为违法犯罪行为的构成元素之一,尤其是在谋杀罪中,个人意图非常关键。此后,在人类活动中,对自愿和非自愿两大类的区分成为衡量的标准。但应该注意的是,罪犯的这种心理也是在纯理智主义词汇的范围内形成的。出于自愿完成的行为和非自愿完成的行为,这两种相对立的行为的定义标准就是知道或无知。在自愿(hekón)一词中,隐含着单纯的意图这层意思,瞬间出现的完整想法,而毫无分析过程。意图,在希腊语中用的是 prónoia 一词。德拉古的立法中提到的出于意图(ek prónoias)杀人,现在指自愿(hekón)杀人,是与非自愿(ákōn)杀人相对而言的。其实,ek pronoías 和 hekón ek pronoías 都是希腊语中"自愿"的不同表达方式。意图(pronoia)是一种意识、事先的思想活动、事先的谋划。导致犯罪行为发生的"犯罪意图",指的不是作恶的"意愿",而是事先对其行为后果的清醒认识。赫加托波顿(Hécatompedon)法令组成了最古老的法律文献,它接受了新的法律要求,通过 eidós(观念、想法)一词体现了主体责任;主体要被判定为故意犯罪,必须要符合一个条件,即他行动时是已经知道其行为后果的②。反过来说,如果犯罪的本质原因是无知,但无知又被定义为非自愿的(ákōn)犯罪范畴,因此,无知

---

① 路易·热尔内,前揭,页 373。

② 参照:马多利(G. MADDOLI),《赫加托波顿法令中的责任与惩罚》(Responsabilità e sanzione nei "decreta de Hecatompedo"),*Museum helveticum*,1967,p. I-II; J. et L. ROBERT, 铭碑录,《希腊研究杂志》(*Revue des études grecques*),1954,第 63 期;1967,第 176 期。

应属于无犯罪意图，并与自愿（*hekoúsion*）犯罪相对立。色诺芬（Xénophon）写道："人因无知而犯下的罪行，我统统将其认定为'非自愿'。"①柏拉图自己也该承认：不知道自己的无知（是犯罪的根本原因）就是双重的无知，它会造成无犯罪意图的犯罪②。无知是一种悖论，它既是犯罪的原因又是判定无罪的理由，无知的悖论体现在"犯罪"（*harmartia*）词汇的词义演变上。这种演变是双重的③。一方面，词汇中含有"意图"的概念：有过错的犯罪（*hamartón*），这是唯一一种蓄意犯罪；无过错犯罪（*ouk hamartón*），即并非出于自愿（*ákōn*）而犯罪。因此，动词"犯罪"（*hamartánein*）也可以指"作恶"、"行不义之事"（*adikein*）：有意图的犯罪是城邦追踪惩罚的主要对象。而另一方面，"无意图"概念曾隐含在"犯罪"的原始概念（精神错乱、盲目）中，而公元前 5 世纪开始，出现了"无意图"犯罪。"犯罪"（*hamartánein*）也开始适用于可谅解的犯罪（即主体对其行为并没有全面清晰的认识）。自公元前 5 世纪起，"罪"（*hamártēma*）基本上是用于定义无意图犯罪（即非自愿犯罪，*akoúsion*）的专门概念。亚里士多德也这样将其与以下几种概念相对比："恶行"（*adikēma*）、蓄意犯罪、出乎意料（也超出主体认知）的意外（*atúchēma*）④。在几个世纪中，这种意图的理智主义心理，使这类词汇的以下两种相互矛盾的含义同时并存：蓄意犯罪和无意图犯罪，这是因为"无知"这一概念同时具有两种不同的理解方式：一种是，它还保留了侵入人思想的邪恶力量，这种力量将人推向盲目的恶的深渊；另一种是，它已经具有了一层积极的含义，即承认了对于行为的具体条件的认知缺陷。如何给"无知"的概念提供必要的模式，进而去展现其可原谅性，让它能全然证实自己最新的涵义？公众从未停止过对这个核心问题的想象和

---

① 《居鲁士的教育》（*Cyropédie*），III，1，38；参见路易·热尔内，前揭，页 387。

② 柏拉图，《法义》（*Lois*，旧译《法律篇》），IX，863c。

③ 参照：路易·热尔内，前揭，页 305，310，339—940。

④ 《尼各马可伦理学》，1135 b。

探讨。"无知"这一概念，它在犯罪根源和犯罪托辞（有助于减轻罪行）两种范畴之间摇摆，但它在这两种范畴中都不带有"意愿"的涵义。

另外一种模糊性，还体现为以 boul- 为词源的相关词汇，这类词汇表达的也是意图的方式①。动词 boúlomai 有"希望，更想要"的意思，时常被译为"愿"、"想要"，在荷马作品中被使用的频率不如 thélō 和 ethélō②。在阿提卡语谚语中，boúlomai 取代了 ethélō，指的是主体本身的喜好和倾向、内心意愿和个人偏好，而 ethélō 则专指"同意"、"赞同"，通常是与非主体本身喜好的对象一起使用。有三个行为词汇都是源自 boúlomai：boúlēsis，即意愿；boúlēma，即意图；boulé，即决定，策划，建议（指古人的忠告③）。可以看出，这类词的整体含义主要涉及希望，自发的喜好、思考和理智谋划④。动词 bouleúō 和 bouleúomai 都具有更单一的含义，即慎重讨论和思考。我们可以看到，在亚里士多德的作品中，boúlēsis 是一种欲望，仅指偏好和希望，还未达到"真正的意图"之意。但有所不同的是，bouleúō 一词及其衍生词（boúlēma，epiboulé 和 proboulé）的含义却更倾向于真正的意图。这些词指的是预先谋划，或者决定；后者是为了更加准确地表达亚里士多德所说的选择理论（proaíresis），正如他本人所强调的那样，这种选择或决定必须以以下两个观念为前提：第一是通过理性（lógos）和思考（diánoia）去完成的深思熟虑的谋划（bouleúomai）；第二是时间上要有前瞻性⑤。"有意图"这一概念也在"欲望的瞬间倾向"和"理智的预先策划"之间徘徊。对于这两个极

---

① 路易·热尔内，前揭，页 351；戈捷和若利夫，页 192—194；尚特赖纳（P. CHANTRAINE），《希腊语词源词典》（Dictionnaire étymologique de la langue grecque），第一卷，页 189—190。

② 译注：thélō 是 ethélō 的缩写形式，意为"想要"、"意欲"。

③ 《尼各马可伦理学》，1112 a 17。

④ 在亚里士多德的作品里，proaíresis 指的是对实践思考的意图性选择或决定，可以被定义为有意图的理智，或理智思考的意图，《尼各马可伦理学》，1139 b 4—5。

⑤ 《尼各马可伦理学》，1112 a 15—17。

端，哲学家们在分析时会对它们加以区分或对比，而在这两极之间，词汇就起到了过渡和调节的作用。而在《克拉底鲁篇》(Cratyle)中，柏拉图将"决定"(boulé)与"投向目标"(bolé)联系起来。他的理由是：动词"希望"(boúlesthai)含有"趋向某处"(ephíesthai)之意，同样，"谨慎思考"(bouleúesthai)一词也具有这层含义；相反地，"鲁莽"(aboulia)则会导致失败，也无法实现"我们曾希望的、思考策划的和心之所向的目标"①。这样来看，无论是希望还是思考策划都隐含着一种趋向目标的运动、张力和灵魂的冲动。这是因为在偏好倾向(boúlomai)和理性思考(bouleúō)过程中，主体的行为在主体自身找不到最具说服力的因果关系（作为行动的原动力）。因此，导致主体行动，并引导其行为的，始终是外在于他的一个"定数"：可能是他欲望的本能趋向，也可能是思考让他觉得那个"定数"是好的②。一种情况是：主体的意图与欲望有关，且受欲望驱使；另一种情况是：主体的意图受最高尚的理智驱动。但是，在欲望的本能和善性的思维之间的这一范围内，似乎并不是意愿的用武之地，即主体能通过意愿形成自主决定的核心——其行为的真正原动力——的地方。

　　如果是这样的话，那就要谈到该如何理解亚里士多德以下言论的问题了：亚里士多德认为，我们的行为都在我们能力控制范围内(ἐφ᾽ἡμῖν)，我们都是我们自己行为的责任起因(aitioi)，人是其行为的根源，是其行为之"父"——行为就像他自己的孩子③。当然，这段言论也体现出以下的考量：使行为牢固扎根于主体的内心，将个人认定为其行为的动因，这也是为了让恶人和纵欲者要为他们的罪行负责，以及预防他们以所谓的外来强制力为借口（自称他们也是外来强制力的受害者）而逃脱责罚。然而，我们应该准确解读亚里士多德的

---

① 《克拉底鲁篇》(Cratyle)，420 c—d。

② 如果说亚里士多德认为人是其行为的起源和动因，那他也说过："我们行为的起源就是行为被引导要达到的那个终结点"。

③ 参见如《尼各马可伦理学》，1113 b 17—19。

话,他多次写到:行为"依赖于人自身"。如果我们进一步看这句话中的意思,即活着的人有"自我驱动能力",那么,其中"自身"(autós)一词的确切含义就显而易见了。在这一语境中,"自身"(autós)并不是指自我、本我,也不是指主体所具有的能改变其内在动机的特殊能力①。Autós 指的是一个完整的个人,是一个具有能形成习惯性格(êthos)的所有特质的整体。在谈到苏格拉底的"恶是一种无知"的理论时,亚里士多德认为人对自己的无知是负有责任的,事实上,这种无知依赖于人自身,且"无知"也在人的能力范围之内,因为人是主宰者、支配者(kúrioi),所以要对其无知负责。亚里士多德反对下面的观点:确切来说,作恶的人(依据其当时状态来看)当时无法发挥其能力。他反驳道:作恶的人本身要为他所处的那种无能力状态负有责任(aitios)。"因为在任何行为领域,一种类型的行为都会形成与之相对应的一类人。"②属于一类人的习惯性格(êthos)是建立在一系列特质(héxeis)基础上的,这些特质在实践中逐步发展完善,最终形成习惯③。一旦习惯性格形成以后,主体就会以这些习惯特质为标准去行动,而不再去做其他类型的行为。但在这之前,他是能自我掌控的,可以选用不同的方式去行动④。从这个角度来看,如果说我们每个人都有设想好的行为目标,其实现方式必然依赖于人的性格,然而性格又是通过我们自己的行为而形成的,那就意味着:性格依赖于我们自身。但亚里士多德从未试图用心理学的分析方法去研究:主体在其特质(或习惯)还未确立之时,是否会具备自主决定的能力(以某种特定方式)和为其将来的行为承担责任的能力。同样,我们无法预见一个缺乏选择能力的小孩子是否将会有能力自主决定以铸就自

---

① 参见艾伦(D. J. ALLAN),他强调 autós 并没有以下含义:抗拒欲望、具备独立能力的理性自我。

② 《尼各马可伦理学》,1114 a 7—8。

③ 关于"习惯性格"(êthos)和灵魂的欲望的对应关系,以及习惯性格的特质,参见《尼各马可伦理学》,1103 a 6—10 和 1139 a 34—35。

④ 《尼各马可伦理学》,1114 a 3—8, 13—21。

己的习惯性格。亚里士多德并不探讨个人性格形成过程中的各种影响力量，但他并未忽视自然、教育和立法所起到的作用。"我们在年轻时在怎么样的习惯环境中受教育，这并不是一个无关紧要的问题：相反，这个问题极其重要，甚至是决定一切。"①如果这决定了一切，那主体的自主性就在社会制约力面前逐步消失了。但对亚里士多德来说这并不重要：他的观点总体来说是道德化的，对他来说，在习惯性格和个人之间建立起紧密的关联就已经足够了，这一相互关联确立了施动者的主体责任。当人的行为能在人本身找到其根源（arché）和动因（aitia）的时候，那人是其行为之"父"；但这种内在因果关系只能以完全消极的方式出现：每次，当我们无法为某行为找到外部强制性缘由的时候，那就意味着其起因在人本身，是人自愿发起的，这样，该行为也就有理由完全归咎于人本身了。

这样分析的话，在亚里士多德的作品中，主体的因果关系（与责任一样）与任何意图都无关，而是建立在内在相似性、自发性和纯粹自主性的基础之上的。不同种类的行为的混杂体现出：如果这个人已经具备了自己的特性，他对所有自愿完成的行为都负责，那么，个人就太过于封闭在习惯性格的限定之中，也与内在特质联系得也太过紧密——这些特质会促使他去做恶事或者好事——以至于个人无法以决定核心的身份完全抽离出来，也无法表现出人"自身"（autós）才是真正的动因。

如果我们要将悲剧的行为模式置于更加广阔的历史领域去阐释的话，那么亚里士多德的这一番复杂迂回的言论就很有用了。主体责任的出现，自愿和非自愿完成的行为的区别，施动者的个人意图被列入考虑范围：悲剧诗人并未忽视的以上种种新现象，随着法律的进步，这些新现象已经深刻地影响了希腊人的行为动因观念，也改变了个人与其行为间的关系。关于从荷马时代到亚里士多德时期，通过悲剧作品所体现出来的这些变化，我们并未忽视其范围问题，但实际

① 《尼各马可伦理学》，1103 b 24—25；参见 1179 b 31, s.

上,这些变化只是在狭小范围内发生的,比如,作为一个哲学家,亚里士多德注重在行为的纯内在条件之上建立个人责任感,即使在他的作品中,这些变化仍然属于心理学范围的变化,而在这一范围内,并没有"意志"的位置。

里维耶就"悲剧性的人"提出了一些基本问题:对于希腊人而言,难道不存在未经选择的意愿和独立于意图之外的责任吗?对于他的问题,无法简单地进行肯定或否定的回答。首先,因为我们注意到那些已经产生的种种变化;更重要的是,因为这个问题似乎不应该用这种方式来表述。在亚里士多德的作品中,决定被认为是一种选择(hairesis),而意图被看作是责任的构成因素。然而,无论是决定的最终选择,还是经过慎重思考的意图,都并不是指施动者固有的自我决定能力。回过头来看里维耶的问题,我们可以说在一个如亚里士多德一般的希腊人身上,确实存在选择和建立在意图基础上的责任,但缺少的确切来说就是意愿。在亚里士多德的分析中,突出了被迫执行的行为和主体完全自愿完成的行为之间的对立,只有在后者的情况下,主体才需要对其行为负责,因为那是他自发或经过思考谋划后决定实行的行为。但如何理解这种矛盾对立呢?悲剧似乎应该忽略或避开这种对立性,里维耶也赞同这种观点,比如埃斯库罗斯的作品向我们展现的就是:"决定"总是主人公服从神的强制力的结果。在亚里士多德的作品中,对这两种行为的区分并未将强制力与自由意志相对立,而是将外来的强制力与内在的决定相对立。为了将这种内在的决定与强制权相区分,它也是具有必然性。当主体听从于习惯性格(êthos)行动时,他自身也必然(ex anánkēs)要有所反应,但无论如何,其行为确实是来源于他本身;他并不是在外来压力下作出决定的,他是其行为之"父"和源头,也要对其行为负责。

那么,关键问题就在于要搞清楚:里维耶所指的必然性(anánkēs),是否总带有神施加于人身上的外来压力的形式——在埃斯库罗斯的作品里这种必然性构成了悲剧性"决定"的原动力;必然性是否也无法被看作是人物的内在性格，或者说是内在性格和外来压力这两个方面的结合体——在悲剧看来，促成行为的力量包含了既相互对立又不可分割的两方面。

当然，从这方面来说，还需要考虑到悲剧自埃斯库罗斯到欧里庇得斯的发展演变过程中，出现了心理化的倾向，更加突出主要人物的个人感情。德·罗米伊女士(Mme de Romilly)认为，在埃斯库罗斯的悲剧作品中，悲剧行为"带有超越人类的力量，而在这些力量面前，个人性格变得模糊了，退居次要地位。相反地，欧里庇得斯却把所有的注意力都放在个人的性格上"[①]。

我们应该注意到他们不同的侧重点。然而，似乎在整个公元前5世纪，雅典的悲剧体现出人类行为的一个典型模式，是人类所特有的，并被定义为一种特殊的文学形式。当悲剧依然活跃的时候，这种模式从本质上保留着相同的特点。这样来看，悲剧是一种孕育各种行为和动因的特殊状态，它标志着一个重要的阶段，也标志着在研究古希腊人意愿的历史上的一个重要转折。还需要更好地确定主体动因的悲剧地位，从中找出我们正努力研究的心理学涵义。

莱斯科和威宁顿-安格拉姆最近发表的研成果使这一方面的研究变得更加容易了。他们的研究结论大部分是一致的。莱斯科于1966年提出了双重动因的观点，具体来说是关于埃斯库罗斯作品中的决定和责任问题[②]。他在文中谈到了"自由意志"、"意愿"和"选择自由"，尽管他的这些用词遭到里维耶的批判，但他的分析也很清楚地展现了：在决定的最终确立这一问题上，他认为悲剧人物自身也起到重要作用。我们以阿伽门农为例，当他决定将自己的女儿伊菲革涅亚献祭的时候，事实上他是受到双重力量的影响，这双重力量使他

① 《从埃斯库罗斯到欧里庇得斯的悲剧演变》(*L'Evolution du pathétique d'Eschyle à Euripide*)，Paris，1961，页27。

② 莱斯科(A. Lesky)，《埃斯库罗斯悲剧中的决定和责任》(Decision and Responsability in the Tragedy of Aeschylus)，发表于《希腊研究杂志》(*Journal of Hellenic Studies*)，1966，页78—85。

觉得这一决定是客观必然的：一是无法反抗阿尔忒弥斯通过预言者卡尔卡斯（Chalcas）所传达的神谕；二是无法背弃攻打特洛伊（Troie）的希腊联盟军，攻下特洛伊也符合宙斯的要求。第218行诗写道："他的脖子上系着'必然性'这根皮带"，这句话总结并体现了那种必须要俯首听命的严峻局势，使得这位迈锡尼国王没有任何自主决定的余地。同时，当代研究者试图用个人动机去解释阿伽门农的行为，而这一企图也因上面那句话而直接破灭。

这种对崇高神力的服从在作品中无处不在。但是，莱斯科认为，这只是悲剧行为的一个方面而已。还有另外一个方面，对于现代人的思想来说这似乎与第一个方面不兼容，但在作品中，这是导致悲剧性决定的本质问题。当时的局势对阿伽门农来说是至关重要的，献祭伊菲革涅亚具有必然性，但同时，这一献祭不仅为阿伽门农所接受，甚至可以说是他所强烈希望的，他对此负有很大责任。在定数女神阿南刻（Anankè）的枷锁之下，这是他被迫要去做的事情，同时也是他所希望做的事情。为了取得特洛伊战争的胜利，他愿意不惜一切代价，哪怕这个代价是牺牲他自己的女儿。神祇所要求的献祭，对于人来说，要做出这一献祭的决定，意味着一种要付出代价的可怕罪行。阿伽门农呼喊道："愿这一献祭、少女的鲜血带来狂风，强烈的希望，深深的欲望，这为我带来企盼。"[①]阿伽门农按照宗教仪式的要求所呼喊的，并不是他被迫做自己所不愿做的行为，而是萦绕着他的内在欲望，即想要不惜一切代价为他的联军打通胜利之路。他不断重复同样的话（ὀργᾶ περιοργῶς ἐπιθυμεῖν），这突出了他欲望之狂烈，也强调了这一人物（出于自身的、该受到谴责的动机）正朝着神为他选择的路（出于其他动机）狂奔而去。这位迈锡尼国王的态度和所作所为，由合唱队唱了出来："船已掉头，这个不洁之人，渎神之人：他已经准备好不惜一切代价了，他已经做出了决定……他居然成为了他女儿的祭司，只是为了帮助联军夺回一个女人（海伦），为了让大海给联

---

① 埃斯库罗斯，《阿伽门农》，214—217。

军船队开路。"①另外一段似乎呼应了我们的解释，但可能评论者们并没有注意到。当时，合唱队讲述着："这位希腊联军船队的首领自己已经成为莫测命运的帮凶，而无需去责怪那位预言者。"②阿尔忒弥斯通过预言者卡尔卡斯所传达的神谕，对阿伽门农而言并不属于绝对的命令，也并没有说"必须献祭你的女儿"，而只是说"如果你想要得到风，就需要用你孩子的血来偿还"。阿伽门农毫无置疑、毫无责难（*pségein*）地就听从罪恶性格的驱使，在他率领联军长途跋涉去征战的那一刻，就表明他对于女儿的爱和生命已经毫不在意。有人会说这场战争也是宙斯想要看到的，因为帕里斯（Pâris）违反了热情待客的神圣职责和宾主之礼，所以宙斯要让特洛伊人为此付出代价。但关于这一点，也体现了悲剧事件的模糊性，根据神界和人界的不同角度的转换，价值和意义也都会相应发生改变，悲剧既将这两种层面连在一起，又将两者对立起来。从众神的角度来看，这场战争是完全合理的。但在它变成宙斯正义（*díkē*）的工具时，希腊人就转而落入罪行和大逆不道的深渊。这主要不是因为对众神的敬重问题，而更是他们自己的狂妄自大（*húbris*）所导致的。在这场悲剧中，特洛伊的毁灭、伊菲革涅亚的死，都像屠杀怀胎母兔一样，后者是前两者的预兆，而提及特洛伊毁灭的时候，通常是从双重的对立角度来看的：这是为了满足复仇欲望而向众神虔诚献出的牺牲品，反过来说，这是充满屠杀和鲜血欲望的战争发起者们所犯下的可怕的渎神之罪，他们是真正的猛兽，犹如两只雄鹰，凶残地吞食了柔弱的母兔和她羽翼庇护下未出生的小兔仔。③　当宙斯正义的矛头指向阿伽门农的时候，就通过这位迈锡尼王的妻子克吕泰涅斯特拉去对付他。除了这两个人物之外，阿伽门农所受的惩罚，究其根源，其实就是那个从提

---

① 埃斯库罗斯，《阿伽门农》，224—227。

② 同上，184—187。

③ 参照：维达尔-纳凯，《埃斯库罗斯的俄瑞斯忒亚的狩猎与献祭》（Chasse et sacrifice dans l'Orestie d'Eschyle），infra，页140 et s.

厄斯忒斯（Thyestes）所赴的罪恶宴会之后一直延续下来的对整个阿特柔斯家族的诅咒。但这位希腊人的国王之死是复仇女神和宙斯之所愿，也是有预谋的必然，之所以由他的妻子来执行谋杀行动，主要是出于她自身的原因和她的性格所致。甚至无需提及宙斯和复仇女神，是她对丈夫的仇恨、对情人埃吉斯托斯（Egisthe）的罪恶而狂热的感情以及她对权力的渴望最终促使她决心弑夫。面对阿伽门农的尸体和长老们，她试图为自己辩护："看似这是我所为，但不要相信这些，甚至不要相信我是阿伽门农的妻子。我只是以他的妻子的皮囊杀害了他，这仅仅只是表面现象而已，真正杀害他并要为他的死负责的是祖先阿特柔斯（Atrée）的复仇之神（alástōr）。"①她在这里全力辩护的言辞，体现出的都是古代对于犯罪与惩罚的宗教观念。克吕泰涅斯特拉作为一个犯罪之人，她企图以超人类的神灵之力为挡箭牌来为自己脱罪。这样的话，就意味着真正要指责的应是家族的复仇之神，是神为惩罚整个阿特柔斯家族而降下的灾祸（átē），此处又再次展现了它可怕的力量，祖辈的罪行又从内部不断滋生新的罪行。但值得注意的是，合唱队拒绝以上的说法，并通过法律词汇表达了出来："谁将能证明你在这一谋杀案件中是无罪的？"②克吕泰涅斯特拉并不是无罪的（anaitios），也不能不为此负责。但同时，合唱队也在进一步思考。很明确的是，像克吕泰涅斯特拉和埃吉斯托斯（承认自己蓄意而为，是这一谋杀罪行的教唆者）一样的罪犯肯定负有人性的责任，但此外，其中还夹杂了其他因素，即超自然的力量确实也能参与这些罪行。由于没有对神谕加以评断，阿伽门农也成为其命运的共犯。合唱队对此唱道："可能复仇之神（alástōr）也是克吕泰涅斯特拉的帮凶吧。"悲剧性决定的产生，往往是由众神的布局和人的策划与狂热共同作用的结果。这种"同谋关系"通过一些法律用语体现出

---

① 埃斯库罗斯，《阿伽门农》，1497—1504。

② 同上，1505—1506。

来：如 *metaitios*，即有共同责任的；*xunaitia*，即共同责任关系；*para-itia*，即部分责任①。在《波斯人》(*Les Perses*)中，波斯国王大流士(Darius)说道："当一个人自己(*autós*)正努力冲向衰亡之际，总会有神再来助他一臂之力，进一步推动他走向衰亡(*sunápetai*)。"②也正是"自我"和"神"这两者在决定过程中的共存，并通过这两个极端之间的持续张力，为我们定义了悲剧行为的本质。

　　当然，主体在决定中所发挥的并不是他个人的意愿。就此，里维耶有充分的理由认为：埃斯库罗斯所用的词，如 *orgé*(狂热)，*epithumein*(渴望)也不能说是属于阿伽门农的个人意愿范畴，除非是承认希腊人已经把"出于自愿的主体"置于情感和欲望的层面去看待了。然而，在文中，他也同样反驳了以下观点：认为单单只是纯粹的外来约束力在起作用。只有对于我们今天的现代人来说，才存在以下的两难选择：要么是自由意志，要么是各种形式的约束力。但如果我们从古希腊的角度来思考的话，可以看出：当阿伽门农顺从于狂热的欲望时，他的行为即使不是出于他的纯意愿，但至少也是他完全自愿(*hekón*)而为的，因此，他本人就应该为其行为负责(*aitios*)。另外，对于克吕泰涅斯特拉和埃吉斯托斯两个人物来说，埃斯库罗斯并不仅仅强调他们强烈的感情和欲望——仇恨、不满和野心——这些他们罪恶行为的推动力，他还强调长期以来所策划的谋杀是如此的处心积虑，每一个细节都是精心策划，目的就是让被害者无处可逃，决心将他置于死地③。因此，表达预谋的理性词汇自然就与情感词汇并存。克吕泰涅斯特拉夸耀自己是经过缜密思考编织了种种谎言和诡计，就是为了确保让他的丈夫能陷入她设计的陷阱④。埃吉斯

①　参见哈蒙德(N. G. L. HAMMOND)的评注，〈《俄瑞斯忒亚》中的个人自由与限制〉(Personal Freedom and its Limitations in the *Oresteia*)，发表于《希腊研究杂志》(*Journal of the Hellenic Studies*)，1965，页 35。

②　埃斯库罗斯，《波斯人》，742。

③　埃斯库罗斯，《阿伽门农》，1372，s.

④　同上，1377；参见 1401，s.

托斯也自信满满地吹嘘自己就是那个在背后策划这场谋杀的操纵者，他将所有计谋步骤组合起来，以便万无一失地实施他的谋杀之举(*dusboulia*)①。合唱队只需要引用他自己的这些话来指控他蓄意(*hekón*)谋杀迈锡尼王，指出他的杀人行为是有预谋的(*bouleû-sai*, V. 1614;*ebouleusas*, V. 1627, 1634)。但无论是像阿伽门农一样出于自己的冲动和欲望，还是像克吕泰涅斯特拉和埃吉斯托斯一样出于缜密思考和预谋，悲剧性的决定所具有的模糊性始终没变，也是以上双方行为的共性。以上两种情况中，无论是谁，决定都来源于人物本身，与人物的个人性格保持一致;同样地，决定也体现出超自然的力量对人类生活的干预。此外，合唱队还指出:目空一切的大逆不道，居然能够驱使希腊人的国王阿伽门农杀死自己的女儿(作为献祭品)，这也是人的悲剧之源——"致命的发狂，导致人冲动莽撞，目空一切"②。里维耶也指出，这种致命的发狂(*parakopá*)蒙蔽了国王的自我，这与决定过程中让人精神错乱的神力如出一辙，只是后者是由神发出的，目的也是使人迷失自我。另外，众神推动了阿伽门农的狂乱冲动，也同样参与了克吕泰涅斯特拉残酷的谋杀决定，以及埃吉斯托斯的缜密谋划。当克吕泰涅斯特拉在为自己亲手制造的谋杀杰作而沾沾自喜的同时，她认为真正的"作者"其实是正义女神狄刻(*Díkē*)、复仇女神厄里倪厄斯和争端女神阿忒(*Átē*)，而她自己只是个付诸实施的工具而已③。合唱队将直接杀人的责任归罪于她，也用言语攻击她的轻蔑和仇恨④，但同时也承认阿伽门农之死也有争端女神阿忒和正义女神狄刻的参与，也是一种神力(*daimōn*)行为:她们为了反击受诅咒的坦塔罗斯⑤(Tantale)的后代，利用了两个灵魂不吉的女人

---

① 埃斯库罗斯,《阿伽门农》,1609。
② 同上,222—223。
③ 同上,《阿伽门农》,1431。
④ 同上,《阿伽门农》,1424—1430。
⑤ 译注:也属于阿特柔斯家族,是阿特柔斯(Atrée)的祖父。

（海伦和克吕泰涅斯特拉）①。至于埃吉斯托斯，也是如此，他也将阴谋的成果归功于自己，因为是他亲自策划了这一阴谋，但他也感谢复仇女神参与编织了陷阱之网，使阿伽门农最终陷了其中②。合唱队在阿伽门农的尸体前痛哭，面对着克吕泰涅斯特拉，在她的帮凶还未上台之前，合唱队意识到了：在这位阿特柔斯家族后裔③身上所发生的不幸背后，体现出的是宙斯所树立的正义的法则——对犯罪者要有所惩罚。在某一刻，阿伽门农必定要为那孩子洒下的鲜血付出代价。合唱队最后总结陈词：如果没有宙斯的支持，人类也无法成事④。但当埃吉斯托斯上台开始讲话的时候，合唱队所援引的唯一一项正义，即出自民众的正义要求：民众在抨击罪犯的同时，也要求对他进行严惩，因为他的重罪已经揭露出他真正的性格——懦弱的引诱者，毫无顾忌的野心家，狂妄自大的厚颜者⑤。

习惯性格（êthos）和神力（daimōn）都是现实存在的两种层面，在埃斯库罗斯的作品中，悲剧性决定总是在这两个层面的共同作用下产生。行为的根源既存在于人本身，也存在于人之外。同样一个人物，有时他是施动者，是其行为的原因和根源；有时他又是被动的受力者，被拉入一种超越于他并驱动他去行动的力量之中。如果说在悲剧作用下，人类的因果关系和神界的因果关系混合在了一起，但这并不意味着它们就此混淆。这两种层面是有区别的，有时甚至是对立的。但这种对比似乎又是诗人有意要突出的，这并不是两个相互排斥的层面，根据人物的主动性程度，他的行为也可能会相应地分布在其中某个层面中。然而，根据我们所处的角度不同，即使是同样的行为，也会同时具有这两个既对立又不可分割的层面。关于这一点，威宁顿-安格拉姆对索福克勒斯的《俄狄浦斯王》（*Œdipe-Roi*）的评

① 埃斯库罗斯，《阿伽门农》，1468，s.

② 同上，1580，1609。

③ 译注：此处指阿伽门农。

④ 埃斯库罗斯，《阿伽门农》，1487—1488。

⑤ 同上，1615，1616。

论值得我们探讨①。当俄狄浦斯在毫不知情的时候,杀了自己的亲生父亲,又娶了自己的亲生母亲,他就成了命运的玩物,众神在他未出生前就赋予他这一必然的命运。这位忒拜的首领在想:"还有谁会比我更加仇恨神(echthrodaimōn)?……在评判我的不幸来源于残酷的神力(daimōn)的同时,难道就没有一种确切公正的说法和解释吗?"②合唱队在后面才对他的话予以回应:"以你的个人命运(daimōn)为例,是的,你的命运,不幸的俄狄浦斯,我认为任何人的命运都是不幸的。"③通过daimōn一词,俄狄浦斯的命运就具有了超自然力的性质——与他自身紧密相连,也引领着他走向生命的尽头。这也是为什么合唱队会高呼:"尽管并非你所愿(ákonta),但命运始终会找到你,时间会见证一切。"④尽管并非他所愿(ákōn),但在承受了这种不幸之后,总还有新的不幸等着他——当他刺瞎自己双眼的时候,就有意地自己为自己设下了不幸。将此事公布于众的仆人,同时也指出:这次纯粹是俄狄浦斯自愿而为,尽管也是一件自毁的坏事,但他内心却并未因此而感到痛苦;最后他还补充道:最深刻的痛苦就是自己亲自(authairetoi)选择了痛苦⑤。在作品中提到两次的"非自愿与自愿"(ákōn-hekón)的对立,似乎非常严格和残酷,而"由神力(daimōn)所导致与自己亲自选择"两者的平行对比,更强化了"非自愿与自愿"的对立。因此,我们可能更倾向于相信这一对立在悲剧结构中划出了一条区分神"所赋予俄狄浦斯的命运和他个人决定"之间的界线。一方面,阿波罗曾经给出的神谕,预言了他的厄运(即弑父娶母),这是神的因果关系;另一方面,主人公自己残害了自

---

① 威宁顿-安格拉姆(R. P. Winnington-Ingram),〈悲剧与希腊古代思想〉(Tragedy and Greek Archaic Thought),《古代悲剧及其影响》(Classical Drama and its influence),献给 H. D. F. Kitto 的短文,London,1965,页 31—50。

② 索福克勒斯,《俄狄浦斯王》,816, 828—829。

③ 同上,1193—1196。

④ 同上,1213。

⑤ 同上,1230, 1231。

己的身体，这是人的因果关系。可是，当宫殿的门打开后，眼睛已经失明的俄狄浦斯自己走上台，他满脸鲜血，此时，合唱队开始唱起的词句，足以瞬间消除这种表面的二分法："啊，难以正视的可怕痛苦（*deinòn páthos*），你是遭受了怎样的疯狂（*manía*）啊！……又是怎样罪恶的神力（*daímōn*）安排了你的命运？"①俄狄浦斯已经不再是要对其不幸负责的施动者形象，而是被迫遭受疯狂之苦的受害者。主人公自己也对此持同样的看法："啊，可恶的神力（*daímōn*），你到底要将我推向何处才肯罢休呢！"②他盲目完成的行为，具有相反的两个方面，具体体现在他和合唱队的台词中，而这些词句既相连又相对。合唱队问他："你做了多么可怕的事情（*drásas*）（……），是怎样的神力（*daímōn*）怂恿你的？"③他回答："阿波罗是我一切痛苦（*kakà páthea*）的罪魁祸首（*telôn*），但除了不幸的我（*egò tlámōn*）以外，没有人自己亲手（*autócheir*）惩罚自己。"④这样，从表面上来看，神的因果关系和人的主动性，刚刚还如此分明地对立起来，此时却组合在一起。通过语言的灵活表达，在俄狄浦斯自己选择的决定内部，实现了行为（*drásas*, *autócheir*）和冲动（*páthea*）之间的相互转化。

　　从意图的心理学历史来看，悲剧诗人所始终主张的施动者和承受者、意图与约束、主人公的内在自发性与众神提前设定的命运之间的冲突张力，到底意味着什么呢？为什么这些方面的模糊性具体属于文学范畴呢？这是西方第一次试图表达作为主体的人的想法。悲剧的主人公被置于决定性选择的十字路口，面对着支配整个悲剧进展的选择，他所做的是投入到行为当中，之后，正视其行为的后果。在其他研究中，我们已经强调过，悲剧在持续约一个世纪的时间内，其产生、发展和衰落过程发生在一个特定的历史时期，非常严格地局限于某一时

---

① 索福克勒斯，《俄狄浦斯王》，1297—1302。

② 同上，1311。

③ 同上，1327—1328。

④ 同上，1329—1332。

间段、一个危机重重的时期。当时,变化、断层和持续性都紧密融合在一起,为的是建立以下两种观念之间的对比:一种是在神话传统中依然活跃的古代宗教观念;另一种是随着法律和政治实践的发展而产生的新观念[①]。神话的过往与城邦的现在之间的争论,在悲剧中尤其体现为对作为施动者的人的质疑,以及对人与其行为之间的关系的思索。在什么情况下,悲剧的主人公因其功绩和考验而成为典范人物,他所具有的英雄气概,促使他完全投入到自己所从事的事业中?在什么情况下,他会真正成为其行为的根源?尽管我们看到他在舞台上慎重思考各种选择,仔细掂量正反面的理由,自主行事,为了在他所选的路上走得更远,他总是率性而为,勇于承担其决定所产生的后果和责任,然而,难道他的行为就没有除了他自身之外的根源和起因了吗?他自始至终都不了解其行为所涉及的真正范畴和意义,因为行为虽然与他的意图和规划有关,但更多的是依赖于众神所统治的世界总秩序,也唯有后者才能赋予人类行为真正的意义。

　　只有涉及悲剧范畴时,对施动者来说,一切才变得可以理解。他本以为是自己所做的决定,也为此而承受后果,他以为自己理解他所完成的行为(并非他所愿)的真正意义——而事实上,他并不了解。在人类层面来说,施动者并不是其行为的充分起因和根源;相反,他的行为是依据神对他所拥有的绝对支配权而产生的,让他看到真正的自己,揭露他和他的行为的真正本质。也正是这样,俄狄浦斯虽然并没有做过任何——从法律观点来看——应归咎于他的(出于本意的)罪行,况且,他调查自己的身份是出于正义感,也是为了解救城邦,但最终他成为一个罪犯、法律之外的边缘人、被众神摆布而犯下可怕罪行的负罪者。然而,他必须要承担这一罪行的重大责任,尽管这并非他有意犯下罪行;也要为此而承受长久的惩罚,尽管他公正的灵魂本不该承受如此责难。这些责任和惩罚,已超越了人类世界的极限,同时,这也将他从人类社会中消除了。从宗教角度来看,他的不幸是没有缘

---

① 参见上文页 8—35。

由的，也是极为过分的，因此，他的死应该为他带来特殊的尊荣，他的坟墓也会庇佑那些愿意为他提供容身之所的人。但与此相反，关于埃斯库罗斯的悲剧三部曲，俄瑞斯忒斯犯下了大逆不道的可怕罪行，他蓄意杀死了自己的母亲，但他却被雅典最高（人类）法院判定无罪，主要是因为他本身的犯罪意图（听从阿波罗的神谕，为父报仇）是可以理解的，因为他无法不听从伟大的神阿波罗的命令。因此，他的拥护者为其辩解道：他的行为应该被认定为正当谋杀（*dikaios phónos*）。然而，此处仍然存在模糊性；这就导致了诸多难以评断的情况。事实上，人类的评判总是不确切的。免罪只能通过一系列程序去实现，雅典娜（Athéna）通过她关键的一票，确保了对俄瑞斯忒斯的无罪判决——支持和反对俄瑞斯忒斯的票数相同。这样一来，多亏了雅典娜，或者说是多亏了雅典法庭，俄瑞斯忒斯最终被合法地赦免了罪行，但从人类道德角度来说，他并不是完全无辜的。

悲剧性负罪感是在"古代宗教罪恶观"和"现代的新观念"的持续对立中形成的。前者认为：一个家族的罪，会不可避免地以神降灾祸（*átē*）的形式代代相传；而后者以法律的形式确立，认为犯罪者被定义为某个个人在无强制力的情况下故意选择实施犯罪行为。对于现代人来说，这两种观念似乎完全是相互排斥的。但悲剧却将对立的两者组合在一起，组合成各种平衡的状态，但两者之间的张力从未彻底平息，这一矛盾组合中任何一方也都不曾完全消失。在双重层面上都存在着决定和责任，而在悲剧中，它们具有模糊性和迷惑性，因此，决定和责任问题就成了一个始终开放的问题，我们无法给出确定的唯一的答案。

面对两种相反的倾向，悲剧性的施动者也显得左右为难：有时候，行为体现出的是人的性格，那么此时，他本身就是行为的起因；而有的时候，他又是众神手中的傀儡和玩物，是命运的牺牲品——这种命运如神力一般不可抗拒，始终伴随着他。事实上，悲剧行为是以"人类本质（具有自己的特性）"这一概念的独立存在为前提的，这样的话，人和神两个层面就被区分开来，对立并存。但是，为了产生悲剧性,这两个层面还必须始终不可分割地出现。悲剧展示的是行动中的人,他见证了作为施动者的人在心理转化过程中的进步,同时,在希腊背景下,悲剧也具有局限性、不确定性和模糊性。施动者不再隐没于行动之中,但也还并未真正成为行为的中心和原动力。因为他的行为发生在一个时间范畴内,在这一过程中,他不具有操控决定权,而是极为被动地去承受,所以,他无法操控自己的行为,行为也就超越了他自身。众所周知,对于希腊人来说,艺术家或者手工艺者在"制作"(*poíēsis*)一件作品时,他们自己并不是真正的创作者,因为他们不创造任何东西,他们的作用仅仅是将已存在的"形式"(*forme*)用物质将其具体化,而已存在的"形式"是独立的,也高于制作"技艺"(*téchnē*)。作品比其制作者①更完美,人比其工作本身更渺小②。同样地,在实践活动(*prâxis*)中,人也低于他所做的事。

　　在公元前5世纪的雅典(Athènes),个人被确认为具有特性的权利主体,主体的意图被认定为责任的基本因素。每位公民开始意识到自我,并把自我看作是对处理事务负有责任的主体,是靠才智(*phrónēsis*)和判断(*gnōmē*)来把握事件进展方向的指挥者。但无论是个人还是他的内心都还没有足够的可靠性和自主性,无法使主体成为决定的中心——行为的来源。如果把个人与其家庭、公民和宗教根源都彻底分离开的话,那人就什么都不是了。此时,他不是变成了一个孤独的人,而是直接不存在了。我们看到,意图的概念始终是模糊不定、模棱两可的——即使是在法律中,也是如此③。决定本身也并未体现出主体所固有的自主决定权。个人和群体对未来的掌

---

① 译注:在希腊人看来,诗是"制作"出来的,而不是创造性地"写"出来的。所以,对他们而言,写作者实际上就是制作者。

② 参见让-皮埃尔·韦尔南,《古希腊神话和思想》(*Mythe et pensée chez les Grecs*),Maspero,1971,II,页63。

③ 即使是在法律中,"罪恶"的宗教观念依然占有一席之地。我们只需要看一下这个例子就足以证明这一点,*Prutaneîon*(即主议官们用膳的地方,在卫城 Acropolis 南边的旧会场处)这一场所在当时的用处之一就是:审判那些无生命物或动物犯下的杀人罪。

控，具有极大的局限性，在希腊人的行为观念中，很少有对未来的预期安排，他们甚至认为：在实践行动过程中，投入的时间越少，与提前规划的目标联系越不紧密，行动就会越完美。理想的行为，就是消除主体及其行为之间的一切距离，让他们在一个纯现在的时间点上彻底重合①。对于古希腊人来说，行动并不注重对时间的组织规划，而更主张不考虑时间，超越时间。行为被带入人类生活中之后，如果没有众神的帮助，人的行为就显得虚幻、徒劳和无力。人无法获得实现其行为的力量——这是只有神才具备的特有功能。而悲剧表达的正是行动的弱点和主体的内在匮乏，同时，悲剧也使操控人类、贯穿悲剧始终的众神纷纷现身，最终使所有的事物都各得其所，各归各位。即使主人公被一个"选择"决定了命运，他自以为已经完成了使命，但事实上，他几乎总是在做着与使命相反的事。

　　悲剧的发展演变过程，也体现出了非连贯性的特点，主要是因为主体问题在古希腊并没有内在的组织分类。在欧里庇得斯的悲剧作品中，神界这一背景变得模糊了，或者说是渐渐淡出了人类生活。这最后一位伟大的悲剧诗人，他更倾向于展现主角们的个人性格以及他们之间的关系。虽然此时的主体主要依赖自己，很大程度上摆脱了超自然的神，返回了人的层面，但主体对本身的刻画，仍未达到非常深入的层次。相反地，不像埃斯库罗斯和索福克勒斯那样在悲剧中展现行动，欧里庇得斯的悲剧倾向于表达哀婉动人的悲怆。雅克利娜·德·罗米伊女士指出，"（悲剧）在脱离神的层面的同时，也摆脱了行动，它的重点转向了人类生活的痛苦和欺骗"②。在欧里庇得斯的悲剧中，人类生活脱离了由神统治的世界秩序后，显得如此模糊

---

① 关于这点，参见戈德施密特（V. GOLDSCHMIDT），《斯多葛体系和时间观点》（*Le Système stoïcien et l'idée de temps*），Paris，1969，重点是页154。关于悲剧时间问题，参见雅克利娜·德·罗米伊（J. de ROMILLY），《希腊悲剧中的时间》（*Time in Greek Tragedy*），New Yorks，1968。关于埃斯库罗斯作品中时间的情感方面和感性方面的问题，请重点参照页130和141。

② 参见雅克利娜·德·罗米伊，《希腊悲剧中的时间》，New York，1968，页131。

混乱，"以至于根本没有余力去探讨负有道德责任的行为"①。

① 珀斯特(L. A. POST)，《从荷马到米南德，希腊剧作中的各种力量》(*From Homer to Menander*，*Forces in Greek Poetic Fiction*)，萨瑟古典学讲座(Sather Classical Lectures)，1951，页 154；引自雅克利娜·德·罗米伊的著作，前揭，页 130。

四、无恋母情结的"俄狄浦斯"

　　在 1900 年，弗洛伊德（Freud）发表了《梦的解析》（*Die Traum-deutung*），就是在这部作品中他第一次提到了希腊神话中俄狄浦斯的故事①。他的医生经历给他带来很大的启发：孩子对父母其中一方是爱，而对另一方就是恨，通过这一现象，他认为，这就是心理冲动的症结所在，会引发以后的神经症。另外，孩子对父母的爱意或敌意，不仅体现在神经症患者身上，也体现在正常人身上，只是强度更弱一些。这一发现所适用的范围是非常广泛的，弗洛伊德认为，这可以在一个流传至今的古希腊神话中得到验证：即俄狄浦斯之谜，索福克勒斯以此为主题写出了题为《俄狄浦斯王》（*Oidípous Túrannos*）的悲剧作品，通常法语会翻译为 *Œdipe-Roi*。

　　然而，这部体现公元前 5 世纪雅典文化的文学作品，其本身就是用很自由的方式传达了更古老时代（在城邦制度建立之前）的一个崇拜的神话传说，它究竟能否验证 20 世纪初的这位医生的观点呢？况且，他是从出入诊所的病人身上观察到这一问题的。在弗洛伊德看来，这个问题不需要答案，因为这甚至都还未被作为一个问题而提出来。实际上，在他眼中，对于古希腊神话和悲剧的理解并非问题所在，无需通过各种分析方法去解读这些神话和悲剧。作为精神病专

---

①　该文发表于 *Raison Présente* 杂志，4，1967，页 3—20。

家的弗洛伊德，一读到这些作品，他就立刻很明了了，它们一下子就泄露了真正的含义，而含义的明显性，为临床医生的心理学理论提供了一个全世界通用的有效保障。但是，弗洛伊德以及在他之后的所有精神分析学家，都能立刻领悟到的这个"含义"到底是什么呢？难道他们犹如新生的提瑞西阿斯（Tirésias），被赐予了双重眼力的本领，为的是让他们不仅能看到神话或文学的表达形式，还能看到常人所看不到的真相？然而，这一"含义"，并不是古希腊研究学者和历史学家所研究的那种含义，而是在作品中的现时含义，它隐含于结构之中，研究者需要通过分析所有层面的信息，来努力地重建这一含义——信息是由神话或悲剧故事所传达出来的。

　　这一含义，存在于观看者的即刻反应当中，也存在于悲剧在他身上所引发的情绪。弗洛伊德在这一问题上的看法，再清楚不过了：这是俄狄浦斯悲剧持久而全面的胜利，这证明了，在儿童心理中，同样都存在一系列的心理倾向——与将主人公引向灭亡的心理倾向类似。如果说《俄狄浦斯王》像感动雅典公民一样，也深深感动了我们，这并不是因为它通过神无所不能的力量与人脆弱的意志之间的对立，进而体现出了命运的悲剧，而是因为从某种程度上来说，俄狄浦斯的命运也是我们的命运，因为我们自身也背负着同样的诅咒，即神谕向他昭示的命运的诅咒。弑父娶母，他完成了我们曾努力忘却的童年时的欲望。因此，从各方面，悲剧与精神分析具有相关的可比性：悲剧揭开了隐藏俄狄浦斯弑父乱伦真相的面纱，这意味着，它同时也揭开了我们自己的面纱。悲剧中的"梦"的内容，是我们每个人都梦想的。当我们的内心充满了恐惧感和负罪感时，梦的含义就会从中鲜明地呈现出来，尤其是随着悲剧不可避免地深入发展，我们曾有过的弑父娶母的欲望又重回脑海——尽管我们曾假装从未有过这种感受。

　　这一阐述是对一个恶性循环所进行的严密推理。推理过程是怎样的呢？这一理论建立在对临床案例和现代梦境研究的基础上，并通过遥远古代的一部悲剧作品得以印证。但是，也只有当该悲剧以现代观众的梦的世界为参照去自我解析时,它才可能具有印证作用。比如,至少这一理论是对该悲剧作品进行的探讨。为了使此循环不是恶性的,这要求弗洛伊德的假说必须符合以下条件(涉及精确的分析工作):源于该作品本身的要求,悲剧布局具有可理解性,能作为彻底解析该作品的工具;而不能从一开始就呈现为一种显而易见、不言而喻的解读方式。

在此,我们主要来看一下弗洛伊德式的角度与历史心理学角度之间的倾向和方法,有何不同之处。弗洛伊德从大家会有的私密的亲身经历出发,但并没有历史方面的定位;这一亲身经历被赋予的含义,被反射在作品中,独立于社会文化背景。但历史心理学则反其道而行之,它从作品本身的形式给我们所带来的感受出发,对作品进行全面研究;可以选择一种适合这种特殊创作的分析方式,研究范围涉及此类分析所涵盖的所有方面。如果要研究一部像《俄狄浦斯王》一样的悲剧作品,那么,语言学、主题性和戏剧性等方面的分析,会延伸出更加广泛的问题:背景问题——历史背景、社会背景和精神心理背景——赋予了作品更厚重的含义。其实,希腊人的悲剧问题,主要就是在这一参考背景下呈现出来的。在公元前5世纪,悲剧诗人与观众也只能通过这种悲剧问题进行交流,该问题涉及一定的社会状况、特定的观念领域、思维模式、公共感性形式和人类经验的特殊形式。对于今天的解读者来说,都要结合这一背景去研究作品,因为作品所包含的所有准则和特点都是在这一背景才能体现出来。一旦完成了揭示含义的工作,我们就面临着进一步研究其心理学内容和雅典观众对该剧的反应等问题,以便据此来定义悲剧的效果。经过这种种研究之后,我们才能在所谓的表层含义中,重新建构出个人私密的亲身经验,这也是弗洛伊德的研究基础和解读的关键之处。

悲剧的素材不再是梦,不同于历史的、假定的人类现实,而是公元前5世纪的城邦所特有的社会观念。尤其是法律的出现和政治机构的建立,向以往传统的道德和宗教方面的价值观提出了挑战和质疑,这时就出现了冲突和张力:悲剧从英雄史诗中汲取题材和人物,英雄史诗所体现的传统价值观不再是为了颂扬英雄人物——当时的抒情诗还是歌功颂德——而是以新的公民观念的名义对英雄人物提出质疑,场所通常选在希腊剧场所形成的公民大会或公民法庭。针对这种社会观念内部的矛盾冲突,悲剧通过特别的文学方式将其表达出来,新的文学类型拥有自己独特的规则和主题,悲剧正是据此来表现矛盾和冲突。悲剧这一文学样式是在公元前 6 世纪兴起的,当时,法律开始关注责任的概念,但区分"自愿犯罪"和"可谅解的犯罪"的方式仍然显得笨拙而模糊。但悲剧的兴起,标志着人类历史上极为重要的一个阶段的到来:在城邦的范围内,人开始以主体的姿态去自我体验,此时,神灵宗教力量依然盛行,但作为主体的人已经多少有了一定的独立性,基本能掌控自己的行为,也大致可以掌握自己的政治和个人命运。这种仍模糊不定的意志体验——在之后的西方心理学历史上,我们称之为"意志"——在悲剧中得以体现,显示出了对人及其行为之间关系的忧虑和思考:在什么情况下,人才真正是他的行为的根源? 有时,尽管是他主动发起的行为,也对此负责,但难道这些行为就没有除了他自身以外的真正缘由吗? 对于人来说,尽管是他所为,但对于该行为的真正涵义,绝大部分他都不了解,因此,我们不能说是主体解释其行为,反而应该说是行为揭示了主体的真正意义:行为显现在主体身上,揭示了主体的性格、本质,也揭露了主体在不知情情况下的所作所为的真相。社会背景和人类实践之间的密切关联说明:悲剧是一个局限于具体有限的时空范围内的历史时刻。在那种社会背景下,主要的矛盾冲突都是无法解决的;人无法在神灵宗教秩序中找到自己的确切定位,因此,人类实践也就变得问题百出,处处遭受质疑。我们见证了悲剧在雅典的产生、繁荣和衰败,整个过程持续了约一个世纪。当亚里士多德写《诗学》(Poétique)时,对于剧作者和大众而言,悲剧已经没有了活力。我们再也感受不到与英雄的过往争辩、新旧之间对抗的必要性。亚里士多德努力区分主体在其行为中的不同参与度,从而建立了行为的理性理论,但即使是他,似乎也搞不清悲剧意识是什么,"悲剧的人"又是什么:在他看来,这些都只属于那个已经过去了的时代。

从弗洛伊德的角度来看,悲剧的历史特性仍然让人难以理解。如果说悲剧从一种具有普遍价值的梦中汲取素材,如果说悲剧效果的动力来源于我们每个人都有的感情情结,那么,为什么悲剧会产生于公元前 6 世纪和 5 世纪转折时期的希腊呢? 为什么在同样的希腊,悲剧的源泉却那么快就枯竭了,以至于在面对哲学思考时,悲剧很快就消失了——哲学思考在解释悲剧矛盾的同时,也使悲剧赖以存在的这些矛盾冲突彻底消失了?

下面,我们更深入地来看一下评论性的分析。在弗洛伊德看来,悲剧效果与索福克勒斯在《俄狄浦斯王》中运用的题材的特殊性有关,也就是说,最终与弑父娶母的梦想有关,这也是开启悲剧之门的秘钥:"俄狄浦斯的神话传说,是我们对两种典型的'梦'所产生的幻想性反应,因为这些'梦'在成年人身上会伴随着排斥性的厌恶感,所以神话传说必须要在故事内容中带有惊恐和自我惩罚。"我们可能会对这句话里面的"必须"一词提出异议,因为我们注意到,在这个神话传说的最初的其他版本里,故事内容中并没有一点自我惩罚的痕迹,因为俄狄浦斯在忒拜的王位上平静地死去了,而没有成为双目失明的世界上最可怜的人。具体来看,这是因为索福克勒斯为了这种文学形式的需要,就把这个神话写成了悲剧版本——唯一的悲剧版本。非神话专家的弗洛伊德所读的正是这个版本,因而,我们在这里将要讨论的也是这个版本。为了阐明自己的论题,弗洛伊德在书中写道:如果我们想要写一部类似于《俄狄浦斯王》的悲剧作品,从而制造出悲剧效果,但我们选用的是不同于俄狄浦斯情结的其他题材,那结果肯定是彻底的失败。他认为那会是最劣质的现代悲剧的典型例了。这时,我们会很惊讶,弗洛伊德怎么会忘记这个事实:除了《俄狄浦斯王》之外,还有很多其他的古希腊悲剧作品,而且,其中不乏埃斯库罗斯、索福克勒斯和欧里庇得斯的力作,所有这些作品难道与俄狄浦斯式的"梦"都没有关系吗? 是否能说这些也都是劣质之作,并不具有悲剧效果呢? 可能古希腊人就很喜欢这些作品,可能其中某些作品——就像《俄狄浦斯王》一样——也深深地打动了现代人，这说明悲剧并非与某一种特殊类型的"梦"有关，悲剧效果也并不在于题材，不在于是否与梦相关，而是在于如何将这种题材转化为具体的形式，从而引发足以颠覆宗教、社会和政治体系以及价值领域的矛盾冲突感，让人自己看起来像是怪异的人（thaûma），可怕的人（deinón），一种令人难以置信、无法接受的魔鬼，他既是施动者又是承受者，既有罪又无辜；他才思非常敏捷，足以掌控大自然，却无法自我掌控；他既明智又盲目——容易被神降的狂热引向盲目。在史诗和抒情诗中，人从未被看作是主体，而悲剧却恰恰相反，它一开始就将个人置于行动的十字路口，面对着一个需要他全身心投入的抉择，但这个不可避免的抉择，发生在到处充斥着模糊不清的力量的世界，一个分裂的世界——在这里，"一种正义对抗另一种正义"，一位神对抗另一位神；在这个世界，法则不是固定不变的，而是在行动的过程中不断改变，并转化为它的对立面。人认为自己选择的目标是善，他全身心地投入选择，但其实他选的却是恶，由于他犯下了错误和罪行，最终成为了罪犯。

通过一系列悲剧性的距离和张力，最重要的是要去理解这个充满各种冲突、颠覆性的逆转和模糊性的复杂游戏：首先是词汇中的张力，同样的词从不同的人物嘴中说出来，就会有完全不同的含义，人物会根据宗教神学词汇、法律词汇、政治词汇所具有的不同含义，去使用这些词；其次是悲剧人物的内在张力，时而会反映在被置于神秘而遥远的古代英雄人物身上，展现着古代神话中君王的放荡不羁，而又像是在城邦时代，像一位生活在雅典城中的普通公民；最后是每个悲剧主题的内部张力，整个行为如同被分成两部分，分别在两个层面发展：一方面是人类的日常生活层面，另一方面是宗教神灵力量，后者模棱两可地参与到人类世界中。悲剧意识产生的前提是：必须要将神的世界和人的世界相对立地区分开（也就是说，必须首先区分人的本质这一概念），并且它们必须始终共存，不可分割。责任的悲剧含义，是在人类行为成为思考和内心冲突的对象时产生的，但人类行为当时还未获得足够的自主地位,因此也无法实现完全的自我掌控。悲剧的领域就位于这一边缘区,在该范围内,人的行为与神力相伴而行,并揭示出被忽略的人的行为的真正意义,人主动发起了行为,并为其负责,又将其置于超越自身、无法掌控的秩序中。

必须在考虑和尊重悲剧的所有层面(既相互联系又相互对立)的基础上,再去展开对每部悲剧作品的研究。否则,就像弗洛伊德一样,他的研究方法是逐层简化和缩减法,即将整个希腊神话精简为一个特殊的神话简图,将所有的悲剧作品简化为一部作品,将这部作品缩减成情节的某个特殊要素,再将这个要素简化为"梦"。如果我们像他这样去进行研究的话,比如用埃斯库罗斯的《阿伽门农》来代替索福克勒斯的《俄狄浦斯王》,那我们也能自娱自乐地认为:悲剧效果来源于每个做过弑夫梦的女人,是她自己的负罪感所导致的局促不安,使她在对克吕泰涅斯特拉弑夫罪的恐惧中清醒过来,也最终将她彻底吞噬。

弗洛伊德对悲剧的总括性研究,尤其是对《俄狄浦斯王》的研究,并没有影响古希腊研究者们自己的研究工作。他们继续自己的研究,就像是弗洛伊德什么都没做一样。在具体谈到这些作品的时候,他们可能会觉得弗洛伊德是以"旁观者"的角度在谈论,因为当他们一读到他充满理性和才智的文字时,就发现他其实并没有论及真正的问题,即真正关于作品本身的问题。确实,如果某位精神分析专家不知道或者不同意弗洛伊德的观点,那他很可能会提出完全不同的观点。他可能会通过自己的理解来证明他的不同观点,比如说,他从作品中看到某种心理障碍,也拒绝承认俄狄浦斯式的恋母情结在个人生活和人性发展中的作用。关于这方面的争论又拉开了序幕,主要是因为最近迪迪埃·安齐厄(Didier Anzieu)的一篇文章。在文章中,他试图对1966年的材料重新展开研究——弗洛伊德曾在20世纪初就做过这项研究。借助对作品仅有的精神分析性研究,迪迪埃·安齐厄就敢于在古希腊研究领域披荆斩棘,而且还发现了古希腊研究专家们至今也仍未发现的问题。这难道不就证明了他们其实都是盲目的，或者说他们是自愿选择无视，拒绝承认在俄狄浦斯的身上有他们自己的影子吗？

因此，我们必须验证一下这个普适的俄狄浦斯情结的价值所在，而弗洛伊德掌握了这一价值的秘密，他只凭借这一秘钥就可以解读所有的人文作品。这一秘钥是否真的能够开启希腊人的精神世界之门呢？或者它还需要与之对应的锁吗？

关于安齐厄的论文，我们在这里将只研究其中的两个主要方面，这两点对于本文所要研究的问题来说也足够了。在开始的阶段，大致重读了所有的古希腊神话，他觉得几乎从每一页中都能看到俄狄浦斯的影子。如果他是对的，那么我们之前对弗洛伊德的种种批判就是错的，不应该批判他只强调特殊神话模式——俄狄浦斯的模式——而忽略其他的神话形式。安齐厄认为，几乎所有的希腊神话都是用各种不同的形式在不断复制弑父娶母的主题。因此，俄狄浦斯只是用清楚的语言完整地说出了这个神话传说所要表达的主题，而在此之前，这一主题都只是被部分地、隐蔽地、变相地表达过。

但就像安齐厄所展示的那样，神话在俄狄浦斯式的模子里被修饰、浇铸，古希腊研究者们已经再也认不出那些他们所熟悉的神话传说，因为它们已经面目全非，失去了原有的特点、鲜明的性格和实用的特殊范围。一位最努力去践行的博学者提出了一个规律，即永远不存在两个含义完全相同的神话传说。反之，如果所有的都在不断重复，如果"相同"成为创作的法则，那神话就无法再构建出一个意义体系。神话无法讲出除了俄狄浦斯之外的东西，又是俄狄浦斯，总是俄狄浦斯，已经表达不出任何新意了，这时，神话也没有任何意义了。

但这里，我们要看一下这位心理分析学家是通过什么方式能使神话传说的题材顺从于模式的要求的。甚至是在进行这项研究之前，他就掌握了这一模式，就像是一位魔术师掌握着真相一样。我们跟随安齐厄从头开始看：首先要提到的是赫西俄德在《神谱》（Théogonie）中所讲述的源头的神话。古希腊研究学家们认为这位彼俄提亚游吟诗人的作品的渊源来自于东方神谱的悠久传统。但他们也阐述了赫西俄德的新意,以及在他的整体观念、叙述细节和词汇本身等方面,他是如何为以后的哲学问题作铺垫的:他的作品不仅涉及到起源问题——如何从混沌中逐渐形成了这样的谱系——也更加体现了在观念化的形式出现之前,单一和多样、不确定和确定、对立面之间的冲突和结合、可能的融合和平衡、神界秩序的永恒不变和人类生活的转瞬即逝之间的关系。这就是神话所植根的沃土,必须将神话定位其中,才能真正地理解它。像康福德(Cornford)、弗拉斯托斯(Vlastos)和弗兰克尔(Fraenkel)一样,一些作家也致力于多方面地考察神话,他们通过相关评论彼此交流观点,并努力开拓意义的多面性。当然,如果我们将乌拉诺斯(Ouranos)的神话传说与它的背景分开,而只将它缩减为单纯的故事梗概,也就是说,如果我们不去读赫西俄德的《神谱》,而只是读那种针对普通大众的缩减版的神话,那么我们可能只会觉得大地之母盖亚(Gaia)与她的两个儿子发生了乱伦的情况:首先是与乌拉诺斯,后来又间接地与科罗诺斯。第二种情况是科罗诺斯阉割了他的父亲拉诺斯(Ouranos),为的是将他的父亲驱逐出他母亲的领域。这就体现出明显的"原俄狄浦斯情结"。接下来,让我们进一步去探讨这个问题。在宇宙之初,只有卡俄斯(Cháos),他是无边无际、一无所有的空间,是漫无目的漂泊游荡的一片混沌。而与卡俄斯相对立的就是地神盖亚,即"稳固"。自从盖亚出现以后,就开始出现了有形的东西,时空开始有了方向感。盖亚不仅是稳固的大地,她还是宇宙之母,孕育繁衍了宇宙万物和一切有形之物。盖亚起初就只靠自己就能孕育出新生命,而并不需要性爱之神厄洛斯①的帮助,也就是说,她可以通过无性生殖来繁衍后代,而不需要男性,就连天神乌拉诺斯也是盖亚所生。乌拉诺斯与盖亚结合后生出了融合双方之力的第一代神,他们的每个孩子都具有独

---

① 译注:厄洛斯(Érōs)是司"性爱"之原始神。在《神谱》中,他被认为是诞生于混沌(*Cháos*,卡俄斯),是爱欲和性爱的化身,是他促生了众神的相爱和生育,也是自然界创造力的化身,是宇宙之初诞生新生命的原动力。

特的个性和具体的形貌,但他们仍只是宇宙中的原始形态。事实上,
天神和地神是相对立的关系,天神又诞生于地神,因此,他们的结合
是乱伦的、无序的,而且将相对立的两性混淆在一起。此后,天神一
直躺卧在大地之上,将大地全面包覆住,因此,他们之间根本不存在
距离,导致他们的儿女根本无法获得足够的成长空间。儿女们没能
展露他们的形体,而只能被"隐藏"在黑暗的地狱。正是因为这样,盖
亚很气愤,决定反抗乌拉诺斯,她怂恿他的小儿子科罗诺斯(Kro-
nos)去窥伺他的父亲,在晚上乌拉诺斯躺在她身上的时候,趁机用刀
阉割他的父亲。乌拉诺斯听从了母亲的话。被阉割的乌拉诺斯疼痛
万分,与盖亚轰然分离,并诅咒他的孩子们。自此,天与地就分离开
了,永远毫不动弹地坚守着自己的位置。这样,在他们之间就出现了
一个空旷辽阔的空间,白天和黑夜在此相继出现,交替地展现或掩盖
这个空间的一切有形之物。从此以后,地神与天神再没有——在持
久的混杂中——结合为一,而在盖亚诞生前,当到处还只是一片混沌
的时候,持久的混杂就曾充斥整个宇宙。然而,每年一次在秋天伊始
之际,天空会挥洒它如雨般的种子,让大地肥沃多产,大地也会孕育
植被和生命。此时,人们就要为宇宙间最伟大的两种力量的结合而
庆祝,在这个被打开的有秩序的世界中,天地以另外一种方式结合在
一起了——远距离地相望的方式。这样,对立的双方虽然结合了,但
他们却总是彼此区分和独立。然而,这个能供人生活的天地裂缝,是
以犯下重罪的代价而获取的,因此,人将要为此付出代价。从此以
后,不经战争就没有和谐;在生存体系中,冲突与联合始终并存,人们
再也无法将对立的两方分离开。其实,乌拉诺斯血淋淋的精血一部
分落于大地之上,从而诞生了复仇女神厄里倪厄斯、山林女神宁芙
(Nymphes)、白橡树三女神墨利埃(Méliennes)和巨人族(Géants),
也就是所有的"血腥复仇"和战争之神,他们掌管着战争和冲突;另一
部分则落入海洋,孕育出了阿弗洛狄忒,主司两性结合与婚姻、协同
一致和美满和谐。天地的分离开启了一个崭新的世界,一个由互补
法则(即既对抗又一致的对立双方之间的互补)所支配的世界,在这

里,人类通过两性结合来繁衍后代。

这样,只要稍微具体地提及神话的基本意义,就让我们觉得,这与俄狄浦斯的关联似乎更加确切了。有人说,盖亚与他的儿子乌拉诺斯乱伦,但是,严格来说,她与乌拉诺斯的母子关系非常特殊,因为她是通过无性生殖而生下他,他并没有父亲,因为她是从自己的身体里直接生出的一个她的复制品,也是她的对立面。因此,这并不具备俄狄浦斯式的三角关系,即母亲、父亲和儿子,而是由"一"复制衍生出"其他"的一种模式。至于科罗诺斯,他确实是盖亚真正意义上的儿子,但严格来看,盖亚根本就没有与科罗诺斯发生性结合,后者也没有取代其父亲的位置,而是娶了瑞亚(Rhéa)。盖亚并未怂恿科罗诺斯去杀死自己的父亲,而只是阉割他,使他动弹不得,最终将他赶下众神之王的位子,以便让世界在他腾出的广阔空间中得以成长,也使人类多样性——通过两性结合,按照繁衍的正常秩序——得以形成和发展。

关于原始神话的起源和原动力,作为精神分析学家的安齐厄任意地发挥了他的想象力。关于这一点,他这样说道:乌拉诺斯曾被阉割,"似乎这位最原始的神王本来就该被他的儿子杀死、吞食,而这也是弗洛伊德在《图腾与禁忌》(*Totem et Tabou*)中想象出来的关于乌拉诺斯的神话传说"。事实上,在希腊神话中,我们没有发现其他任何一位神(或其他任何一位英雄)被他的儿子阉割,甚至就没有其他任何阉割的例子。但不管怎样,"确实存在着'阉割'的象征性动词:如从高处扔下、切割、使爆裂、夺取权力"。此外,父亲或野兽吞食孩子,形成了一种"阉割的最初的激进形式"。这样,王权的继承和争斗——乔治·杜梅齐尔(G. Dumézil)曾指出其在印欧语系中的意义——,被遗弃的英雄的传说故事,各种关于堕落和鲁莽、吞食和围困的主题,都相互渗透、相互混杂,形成了一种普适的阉割(父亲被儿子阉割,或者相反)。

我们以赫菲斯托斯(Héphaïstos)为例,安齐厄认为他是被赋予了"俄狄浦斯恋母情结"的人物,为什么呢?"他对母亲(赫拉)怀有爱意,体现为想将她占为己有,并排挤他的父亲(宙斯)。他处处维护母

亲,最后被父亲惩罚,这种惩罚等同于阉割的象征性意义。"安齐厄进
而又补充指出:首先,赫菲斯托斯的欲望倾向于寻求"母亲替代品",
即阿弗洛狄忒。那这种欲望的来源究竟是什么呢?在某些版本中,
赫菲斯托斯是赫拉独自受孕而生下的,目的是想要报复宙斯,因为他
曾背着她与别人有私情才生下了雅典娜,或者说是她想要报复宙斯
对她的背叛和越轨。但无论是哪种版本,都没有任何迹象显示出:赫
拉有与儿子结合并让他取代宙斯的意愿。赫菲斯托斯的跛脚是不是
具有阉割的象征意义呢?其实,应该说他不是跛脚,而是两脚方向不
一致,走路的时候两脚的方向相反,一只脚往前一只脚往后,这也与
他具备超群的锻造本领有关。事实上,宙斯将赫菲斯托斯从天上扔
了下去,难道真的是父亲对儿子(因其爱慕自己的妻子赫拉)的报复
吗?但在其他版本中,反而是赫拉把赫菲斯托斯扔下去的。总之,赫
菲斯托斯的欲望并未在阿弗洛狄忒身上产生如卡里斯(Cháris)那么
强烈的回应,我们可以看到美惠女神①"魅力"的力量与赫菲斯托斯
的绝妙技艺之间的种种关联,后者的锻造技艺出神入化,甚至能赋予
作品生命力,有的版本还认为美惠女神是他的妻子。但我们还是应
该认同阿弗洛狄忒才是这位锻造之神的妻子,那她作为"母亲替代
品"的作用是怎样的呢?除非他是同性恋,否则,他必须要与一位女
神结婚。但无论是哪位女神,"母亲替代品"的观点都无迹可寻,也就
是说该观点本身就是错误的。另外,赫菲斯托斯还追求过雅典娜
(Athéna),对此,又有人说是乱伦现象。但是,奥林匹斯山上的众神
本来就是一大家子,都是同一起源的一家人,所以,对于婚姻,他们只
能在以下两种情况下做出选择:要么与地位和等级低于自己的英雄
或人结婚,要么就要诸神内部通婚。况且,就他们俩的情况来看,雅
典娜并不是赫菲斯托斯的姐姐,她是宙斯和智慧女神墨提斯(Métis)

---

① 译注:此处指美惠三女神之一(Cháris,或称为卡里斯),美惠三女神被称为 Char-
ites。在赫西俄德的《神谱》中,明确地指出了这位女神是美惠三女神中最年轻的
一位,她的名字是阿格莱亚(Aglaé)。

所生的,而赫菲斯托斯是赫拉所生。毫无例外,赫菲斯托斯对雅典娜的追求也失败了,正如我们所知道的那样,雅典娜始终都是处女神。有人认为,正是这样,雅典娜实现了"宙斯对她所抱有的无意识的欲望",即父亲希望女儿始终是他一个人的,将她看作是"欲望的幻想目标"。这种看法并不是没有根据的,但是却说明不了任何问题。在古希腊所有的女性神之中,只有三位是处女神,即雅典娜、阿尔忒弥斯和赫斯提亚(Hestia)。为什么是她们三位,而不是其他女神呢?那么,这里就需要解释一下:保有处女之身是一种差别性的特征,这将她们与其他正常结婚的宙斯之女(女神)区分开来。我们以前做过一个相关的研究,主要分析的是赫斯提亚①。

雅典娜维持处女的状态与宙斯的无意识的欲望并无关联,而是因为她作为女战神的身份:在成年礼上,婚姻和战争是互补的,婚姻是属于女人的,而战争是属于男人的。婚姻标志着小女孩褪去稚气,成为真正的女人。这也是为什么投身于战争的女人都要始终保持处女之身,比如亚马逊的女战士和女战神雅典娜,这也意味着绝对不能走向另一条岔路,即完整女性之路,而对所有跨越了青春期的少女来说,婚姻就代表着成为完整的女性。

另外一种能将各种神话传说的主题俄狄浦斯化的方法,就是将希腊人认为完全合法的非乱伦性质的婚姻冠上"乱伦"的名号。这样的话,一个少女与她的叔叔舅舅或是堂(表)兄弟姐妹之间的婚姻,就通常被理解为变相地与父亲乱伦。但是,在古希腊文明中,这种理解是绝对不可能的。因为,如果对于希腊人来说,与父亲结合就意味着一种不可饶恕的罪,那么,与叔叔舅舅或是堂(表)兄弟姐妹之间的婚姻就是必须的,或者至少是优先的选择。究竟从哪一点能看出这两种结合是不一样的呢?一种是被正式禁止的,另一种是备受推荐的,而在乱伦角度上,有人试图将两者同化。事实上,两者是完全对

---

① 《希腊人的神话与观念》(*Mythe et pensée chez les Grecs*),1971,第一卷,页124—170。

立的。

将家庭成员间的情谊认定为乱伦的欲望,这种观点也同样具有独断性。对希腊人而言,家庭关系确立了一个人性关系的领域,在这一领域中,个人感情和宗教观念是不可分割的。父母与儿女之间、兄弟姐妹之间的相互感情,代表着一种家庭情谊,希腊人称之为*philia*。*Philos*("喜爱")一词具有占有性,对应拉丁语中的*suus*("自己的")一词,首先意味着这是属于自己的,也就是说,这是对父母的喜爱(*philos*),主要指父母是与自己血缘关系最近的人。亚里士多德曾在多次谈及悲剧的时候指出,这种情感(*philia*)建立在身份一致性的基础上,局限于所有的家庭成员之间。任何一位亲人对于他的其他亲人来说都是"另一个自己"(alter ego),一个自我的复制。从这个意义上来说,家庭情谊(*philia*)是与男女情爱(*érōs*)相对立的,因为后者是对自我之外的"其他人"的爱欲,指的是性别上的"其他人",和家庭归属层面的"其他人"。在这方面,希腊人忠实于赫西俄德的传统观点,他们普遍认为:婚姻过程中,相结合的是两个性质对立的人,而不是性质相似的人。未经分析地就将家庭成员间的情谊和乱伦的欲望(未在作品中找到相应的证明)混为一谈,这是混淆了两种不同类型的情感,而希腊人对这两者的区分非常明显,甚至把它们看作是对立的概念。由此可见,这种曲解绝对不利于对古希腊作品的解读。我们以俄狄浦斯所属的拉布达科斯家族(les Lab-dacides)为例。按照安齐厄的观点来看,俄狄浦斯的女儿们就像他一样,也都是乱伦的:"她们都梦想成为他的伴侣。"如果我们把"伴侣"这个词理解为:她们出于父女亲情的责任,帮助和支持不幸的父亲,那么,这根本就不能算是"梦想"了,而是现实本身。如果将"伴侣"解读为她们渴望与俄狄浦斯结合,那只能说是安齐厄在"做梦"了。我们重读所有的古希腊悲剧,仔细查阅《俄狄浦斯在科罗诺斯》(*Œdipe à Colone*),都找不到任何能支持这种说法的词句。而安齐厄还接着说,"纯洁的安提戈涅不顾国王克瑞翁(Créon)的禁令,将自己反叛城邦的兄长波吕尼刻斯安葬。她对父亲的乱伦之爱转化为对兄长的乱伦之爱"。这里,我们在作品原文中就能找到明显的反证,而且都是人物自己非常清楚地表达出来的意思。在俄狄浦斯和他的两个儿子死后,就再也没有能延续拉布达科斯家族血脉的男性子孙了。安提戈涅在抛撒波吕尼刻斯的骨灰时,她并未对这位禁止被埋葬的兄长产生乱伦的情感,而是要求给予她所有已故兄长们都应拥有的(宗教责任上的)平等权——无论他们是生是死,也无论他们的经历如何。对于安提戈涅来说,所有的家人都已经进了哈德斯的地狱,她对家庭情感的忠诚转化为对故人强烈的敬畏之情,这也是唯一能使家族的宗教生命得以延续的情感。尽管这种强烈的感情会将她推向死亡,但这只是更坚定了她视死如归的决心。这让她更加明确了,在她所处的情况下,家庭情感和死亡两个方面正好重合,形成了自我封闭的另外一个世界,它有自己的地狱法则,这不同于克瑞翁、人类和城邦的法则,也可能不同于另一种法则——位于宙斯旁边的正义女神狄刻($Dik\bar{e}$)的法则。就像克瑞翁所说的一样,对此时的安提戈涅而言,不背弃家庭情谊意味着只尊奉哈德斯一个神。这也是为什么在悲剧的最后,安提戈涅也落得了悲惨的结局。不仅仅是因为她顽固、执拗和强硬的性格,更多的是由于她被封闭在家庭和死亡的情感之中,无暇顾及除此之外的任何其他领域,尤其是一切与生命和爱相关的感情。合唱队中提及的酒神狄俄尼索斯和爱神厄洛斯,他们不仅惩罚了克瑞翁,也惩罚了安提戈涅。其实,这两位神是与安提戈涅在同一阵营的,他们作为神秘的夜间神灵,亲近女人但远离政治,但最后他们却转而与安提戈涅对立,因为他们所展现的是生命和更新的力量,而安提戈涅并未听从他们的召唤——让她从自己的家庭情感漩涡中脱离出来,向另外一种感情敞开心扉,与陌生人结婚进而重新享受爱情,让自己重生。由此可见,"家庭情谊"和"情欲之爱"($philia$-$\acute{e}r\bar{o}s$)之间的对立,在悲剧结构中占据重要的地位。将这两种情感混为一谈的做法,并没有使悲剧作品变得更清晰明了,而是将其彻底破坏了。

　　下面,接着来看我们要研究的安齐厄文章的第二个方面,关于俄狄浦斯本身的问题。为了让论述清晰，我们明确地限定了具体要研究的问题。在这里，我们并不是从整体的角度来探讨俄狄浦斯的故事，也就是说，我们的研究并不针对所有来源于宗教历史的故事版本。我们只探讨《俄狄浦斯王》中的俄狄浦斯，即索福克勒斯所描绘的这一悲剧性人物。在这种情况下，精神分析性的解读是否恰当呢？刚刚我们也已经表达过，对于赫菲斯托斯也具有俄狄浦斯情结的观点，我们持强烈的怀疑态度。但关于俄狄浦斯，是否可以理解为：这是他自己的习惯性格（ēthos）使然，而其实并没有以他名字命名的那种情结？悲剧行为是否也可以有以下的解释呢：神谕向拉伊俄斯（Laïos）的儿子（即俄狄浦斯）揭示他弑父娶母的命运，但神谕只不过是俄狄浦斯潜意识中的欲望幻影的表达而已，这也决定了他的行为？

　　我们来看一下，安齐厄如何根据阿里阿德涅之线①（fil d'Ariane）去一步步探索俄狄浦斯的经历。"第一幕剧就是在从德尔菲（Delphes）到忒拜城（Thèbes）的路上，俄狄浦斯刚刚从德尔菲神庙得知了神谕，神谕昭示了他弑父娶母的乱伦命运。因此，他决定不再返回科林斯（Corinthe），以避免这一可怕的命运（如果他知道科林斯的国王和王后只是他的养父母的话，那这就是一种奇怪的误解了；因为他要是回到他们身边的话，反而一切就不会发生了，没什么可害怕的；同样地，如果俄狄浦斯当下决定先娶一个女人为妻的话，那他就能避免之后跟他母亲的乱伦婚姻）。恰恰相反的是，在俄狄浦斯决定不回科林斯而要出发去冒险的那一刻（放任自己随遇而安，自由结合），就注定了他终将实现自己的悲剧命运（即他的欲望幻影）。这样来看，一切都表明：如果俄狄浦斯想要避免预言成真，那就应该返回科林斯，那样没有任何危险。他的"奇怪的误解"是一种象征性行为，预示着他无意识地顺从了自己弑父娶母的乱伦欲望。但这种解读成立的前提就是，必须要接受安齐厄的以下观点：俄狄浦斯一直都知道，把他当亲生儿子养大的科林斯国王波吕波斯（Polybe）和王后墨

――――――――

① 译注：指线索，或解决问题的方法。

洛珀(Mérope)都只是他的养父母,而非亲生父母。然而,在整部剧的始终,一直到真相大白的那一刻,俄狄浦斯似乎一直都深信事实并非如此。而且还不止一次,他曾多次表明自己毫无疑问就是墨洛珀和波吕波斯的儿子[①]。尽管呆在科林斯能确保平安无事,但俄狄浦斯并不是因此而离开科林斯的,相反地,他是为了要逃脱自己的命运,才逃离了那个他以为住着自己父母的地方:"有一天,莱克西俄斯(Loxias)[②]说我必定会跟我的母亲结婚,而且会亲手杀害我的父亲。这就是为什么长久以来我一直远离科林斯的原因。我做得很对。然而,能见到生养自己的父母的面,那是一件多么温馨的事情啊。"

　　安齐厄为什么可以将人物说得如此清楚的话硬绕成相反的意思呢?只靠他论文的文字部分,我们无法回答这个问题。但是,如果我们变成魔鬼代言人的身份,从以下这个片段进行推论,从深度心理学角度去解读这个片段,那么,就可以说,它支持安齐厄的论文观点,而质疑俄狄浦斯就自己出身所说的话的可靠度:在诗的第 774 行到 779 行,俄狄浦斯向伊俄卡斯忒(Jocaste)解释说他的父亲是科林斯的国王波吕波斯,母亲是墨洛珀,她是多利安人。在那里,大家都把他当作是第一公民和王位的继承人。然而,突然有一天,在一个宴会上,一个醉汉骂他是"冒牌货",俄狄浦斯非常愤怒,他发现国王和王后都没有阻止他向这个放肆的酒鬼发火。折磨俄狄浦斯的并不是怒火,而是酒鬼说的"冒牌货"那个词。他背着波吕波斯和墨洛珀去了德尔菲,目的是去向阿波罗祈求关于自己身世的神谕。神谕并没有直接回答他的问题,而是告诉他之后他会弑父娶母。就在那一刻,俄狄浦斯决定要离开科斯林。

　　有人可能会问,为什么索福克勒斯要加入这一部分呢?这难道

---

①　以下多处均有提及:774—5;824—7;966—7;984—5;990;995;1001;1015;1017;1021。

②　莱克西俄斯(Loxias)是阿波罗(Apollon)的别名,词的本意是"模糊的",用于指他的神谕常常具有模糊性。

不意味着俄狄浦斯的内心深处已经知道他现在的父母并不是他的亲生父母,但他却拒绝承认这一事实,就是为了要顺从并实现自己弑父娶母的欲望幻影?相反,我们认为索福克勒斯的用意似乎与深度心理学没什么关系,而只是出于其他方面的需要。比如,首先就是审美方面的需要,关于俄狄浦斯的身世真相,不会突然地意外地被揭露出来,也不会是出乎意料的形势大转折,而应该是在做好了充分的心理上和悲剧性的铺垫之后,才会大白于天下。俄狄浦斯对他早年这段插曲的影射,就是准备阶段必不可少的组成部分,这一事件成为他(自以为)的家族谱系建构上的第一个裂痕。

其次,就是宗教方面的需要。在悲剧中,神谕总是神秘的,但却不是谎言。它不会出错,同时也给人提供了犹豫徘徊的机会。假如在德尔菲的神庙中,阿波罗向俄狄浦斯揭示预言之后,而让他没有一丝思考自己身世的想法,那就是他故意滥用,并对此负有责任。不然的话,就算是他自己将自己驱赶出科林斯,自愿投奔了忒拜,走向了弑父娶母之路。但是,对于俄狄浦斯的疑问(即"波吕波斯和墨洛珀究竟是不是我的亲生父母呢?"),阿波罗没有给予他答案,而只是告诉他:你将会娶你的母亲,杀你的父亲。这个可怕的预言令他的问题始终悬而未决,他没有得到固定答案。因此,这就是俄狄浦斯的过错了,是他自己没有谨慎思考神的沉默,也没能将神的预言解读为:或许其中隐含了他身世的答案。俄狄浦斯的这一过错与他的两个性格特点有关:首先,太过于自信,自信地以为自己的判断($gnóm\bar{e}$)[1]准确无误,丝毫没有怀疑过自己对神谕的理解[2];其次,太过于自傲,他总是想成为支配者,成为首领[3]。这就是索福克勒斯所遵循的最单纯意义上的心理因素。傲慢自信的俄狄浦斯自认为:他是那个破解了斯芬克斯之谜的英雄。从某种程度上来说,整部悲剧就是一个俄

---

[1]   参见 398。

[2]   参见 642。

[3]   参见 1522。

狄浦斯必须要解决的谜,一个需要侦查的案件之谜,即到底是谁杀了拉伊俄斯? 最后,侦查者会发现凶手原来就是自己。其实,他从一开始就怀疑克瑞翁,因为他把克瑞翁当作敌人,一个嫉妒自己权力和名望的敌人。但是,他越是怀疑他的表兄弟克瑞翁,他就越发坚决地想要继续追查下去。

在克瑞翁身上折射出的是俄狄浦斯自己的权力欲望,俄狄浦斯坚信他的表兄弟克瑞翁是受嫉妒(phthónos)驱使,才努力要夺取忒拜城的王位,因此,他之前才教唆他人杀死了前任国王拉伊俄斯。正是作为僭主的狂妄自大(húbris)——合唱队所用的正是这个词①——最终导致了俄狄浦斯的失败,也构成了悲剧的推动力之一。因为这一追查探寻的过程,除了要查清拉伊俄斯之死以外,还针对另一个对象:也就是俄狄浦斯自己,他自己也被质疑。俄狄浦斯是敏锐之人,也是谜题的破解者,但这次,他自身就是这个谜,他作为国王的盲目自大使他无法破解自身这个谜。就像神谕所言,俄狄浦斯具有"双重性":在悲剧的开头,他是作为拯救者的国王,每个公民都在他面前卑躬屈膝,犹如面对着一位掌握着城邦命运的神;但他也是可憎的罪恶之人,堕落的魔鬼,身上集合了所有的恶,亵渎了整个世界,他应该作为罪人和赎罪的祭品(pharmakós)被驱逐,以便最终净化和挽救城邦。

俄狄浦斯高居国王之位,确信神给予了他启示,坚信幸运女神站在他这边,他怎么能想到自己居然也会成为人人避而远之的耻辱之人。他必须要为自己所谓的"远见"付出代价,那就是刺瞎自己的双眼,通过这种痛苦,他会明白,在众神眼中,爬得最高的人也是跌得最低的人。②在《俄狄浦斯在科罗诺斯》中,俄狄浦斯在经历了各种考验之后变得明智,此时峰回路转了:在不幸和贫乏达到顶点时,物极必反,他成为了被雅典娜所守护的英雄人物。但在《俄狄浦斯王》中,

① 872。

② 参见 873—78;1195, s.;1524, s.

所有的路还有待于他去开拓,他不了解自己所具有的阴暗面,那是他荣耀光环下所反射的黯黑之影。这也是为什么他没能"领会"神谕的模棱两可之意,因为他向德尔菲的神阿波罗所提的问题,正是这个他无法解开的谜本身:我是谁? 在俄狄浦斯看来,"波吕波斯和墨洛珀的儿子"就意味着为社稷而生的国王之子。如果说"冒牌货"这个词对他伤害很深,让他失去理智,像严重的凌辱一样折磨着他,那是因为他极度害怕出身卑微,害怕令人羞愧的家世。神谕虽然严重威胁到了他,但至少在这一点上是让他放心了。他也因此离开了科林斯,不再去想他被神所禁足的这片"故土"是否就是他父母(即表面上的父母)所统治的这个城市。悲剧进展到后来,当科林斯的信使道破他被收养的身世时,他的反应也是一样的。已经明白这一切的伊俄卡斯忒祈求他不要再继续追查下去。但他不答应,惊愕的王后离开了,最后跟他说:"悲惨的人,要是你永远都不知道你是谁就好了!"谁是俄狄浦斯? 他祈求神谕时问的是同样的问题,在这部悲剧的始终,他总是不断地遇到这个身世之谜。但就像在德尔菲一样,俄狄浦斯这次也误解了这句话的真正含义。而他的"误解"与深度心理学没有任何关系。他以为伊俄卡斯忒建议他不要继续追查下去,是因为追查的结果可能是他身世卑微,让王后的婚姻变成了一场与身份低微的奴隶之子的婚姻。"她,就请让她以自己富有的家庭为荣吧,(……)作为一个高傲的女人,她可能会因为我卑微的出身而感到羞愧。"然而,伊俄卡斯忒刚发现了俄狄浦斯的身世真相,这时她不知所措,恐惧不安。其实,他的真实身份并不是奴隶或平民,会拆散他们的也不是巨大的身份差距,反而恰恰是他高贵的出身、王族的血统才将他们拉得太近,他们的婚姻并非门不当户不对,而是乱伦。这也让俄狄浦斯变成了可怕的罪人。

　　为什么安齐厄会从一开始就趋向于误解该悲剧的意思——不顾原文中很明显的意思——,坚持认为俄狄浦斯其实很清楚抚养他的父母并非他的亲生父母呢? 这种"误解"并非偶然,这是用精神分析学来解释的必然后果。事实上,如果悲剧的前提是俄狄浦斯不知道自己的真正身世,那很明显,《俄狄浦斯王》的主人公就完全没有俄狄浦斯式的恋母情结了。在俄狄浦斯出生时,他被交给一个牧人,牧人奉命要将他送到荒凉的喀泰戎山(Cithéron)上,让他自生自灭。最后他被没有子嗣的墨洛珀和波吕波斯收养,他们把他当亲生儿子一样疼爱,并抚养长大。因此,在俄狄浦斯的情感中,母亲的角色只能是墨洛珀,而不是伊俄卡斯忒。在到忒拜之前,他从未见过伊俄卡斯忒,所以对他来说,她完全不代表母亲的概念。后来,他之所以娶了伊俄卡斯忒,并非出于个人偏好和选择,而是因为她必须嫁给他,那并不是他自己所要求的,正如忒拜的王位一样,他在破解斯芬克斯(Sphinx)之谜以后,就顺其自然成了忒拜国王,但他只能跟王后同床共枕才能拥有王位。安齐厄写道:"可以确认的一点是,俄狄浦斯在母亲的床上找到了幸福:重新拥有母亲,使他重新感受到了曾失去的最初的幸福,因为他小时候曾被迫与她分离,被送到了喀泰戎山上。"如果俄狄浦斯在伊俄卡斯忒的身上感觉到了幸福,从精神分析学角度来看,那是因为这一结合对他来说并不意味着睡在"母亲的床上"(他在诗句 976 处提到过,指的是墨洛珀的床);之后,当他发现伊俄卡斯忒真的是他的母亲时,这对他们来说都是不幸的标志。俄狄浦斯的婚姻是忒拜人献给他的,他们将王后也献给了他,这对俄狄浦斯来说并不意味着重新得到母亲,因为对他而言,伊俄卡斯忒是一个陌生人(xénē)。根据预言者提瑞西阿斯所言,俄狄浦斯很确信自己在忒拜城也只是一个外来的陌生人(xénos métoikos)①。对他而言,与"母亲"的分离,并不是指在他出生时被送到喀泰戎山上那一刻,而是在他不得不离开"父母温暖的面容"、离开科林斯的那一天②。有人可能会问,对他而言,伊俄卡斯忒是墨洛珀的"替代品"吗?他与忒拜王后的结合,是以一种跟母亲结合的方式去体验的吗?这种理解都是错误的,事实并非如此。如果索福克勒斯的目的在于此,那他很容

---

① 452。

② 999。

易在悲剧中以暗示的方式提及相关内容。而实际上恰恰相反，在最终揭示真相之前，文中体现他们夫妻私人关系的地方，没有提到任何母子之间的关联。起初，伊俄卡斯忒很长时间一直没有孩子，年龄很大时才生下俄狄浦斯。所以，她肯定比俄狄浦斯要老很多。但悲剧中却只字未提他们夫妇两人之间的年龄差距。如果索福克勒斯丝毫未提及，这不仅是因为提及这点会让当时的希腊人觉得很奇怪（妻子总是比她丈夫年轻很多），更是因为：如果他在夫妻关系中提及了年龄差距，那就等于暗示俄狄浦斯的地位相对低微——至少，从伊俄卡斯忒的角度来看，那也等于暗示了一种母亲的态度，这不符合主人公控制、独断和专横的性格①。本来，这部悲剧自身主要呈现的是俄狄浦斯的绝对权力和狂妄自大，然而，在今天看来，现代意义上的俄狄浦斯和伊俄卡斯忒之间的关系（即"俄狄浦斯型的乱伦关系"）却成了重点，这显然与该剧自身的悲剧意图完全大相径庭。

　　关于悲剧的分析，为了完善他的观点，安齐厄又指出：克瑞翁对他的妹妹伊俄卡斯忒具有乱伦之爱。除了王位之外，舅舅跟侄子之间又要争夺同一个女人。"克瑞翁和伊俄卡斯忒之间的乱伦之爱，使俄狄浦斯对他妻子（兼母亲）的哥哥心怀嫉妒，这是为了能理解俄狄浦斯的悲剧而作的一个必要的推测。"推测是必须的，这毫无疑问，但这种推测不是为了理解悲剧，而是为了将它置于一个已经设定好的解读观点中。文中没有任何影射兄妹之间的乱伦之爱的痕迹，俄狄浦斯也并不是嫉妒他们兄妹之间的相互爱慕。如果真是那样的话，伊俄卡斯忒的介入（偏向克瑞翁）就显得无效了：她只能激起其嫉妒者更大的愤怒。俄狄浦斯只是确信克瑞翁嫉妒他——并

---

① 在《日常生活中的心理病理学》（*Psychopathologie de la vie quotidienne*，Petite Bibliothèque Payot）第 191 页，弗洛伊德写道："有一个奇怪之处在于，这个古希腊传说丝毫未考虑伊俄卡斯忒的年龄。在我看来，这恰好与我以下结论相契合：儿子对母亲的爱，并不是指对现在的母亲本人的爱，而是针对儿子从童年起所保留的母亲的形象。"但详细来看，俄狄浦斯不可能保留有他童年时对伊俄卡斯忒的任何形象的记忆。

不是肉欲意义上的——而是社会意义上的,希腊语用的是 *phthónos*（嫉妒）一词,指的是对更富有、更有能力、更谨慎的人心怀嫉妒①。事实上,克瑞翁并不是他的情敌:克瑞翁只渴望得到俄狄浦斯因家庭身份而已经拥有的政权。他们之间的敌意,更应该说是僭主的怀疑思想所催生的敌对心魔,而这种敌对关系完全建立在权力竞争的领域上②。在俄狄浦斯眼中,克瑞翁很不愿意看到他成功破解斯芬克斯之谜③,也嫉妒他的名望和王权。俄狄浦斯从一开始就怀疑克瑞翁密谋反叛他④,也谴责克瑞翁意图谋害他的性命,公然盗取他的王权。他确信,克瑞翁企图害他是因为王权在他手里。同时,从悲剧开场以来,他越来越怀疑克瑞翁是谋杀拉伊俄斯的真正教唆者⑤。这里仍然是以"俄狄浦斯观"在看待剧中的人物及其关系,而这种俄狄浦斯式的分析角度,并不能解释作品,反而会导致对作品的曲解。

弗洛伊德曾指出,在《俄狄浦斯王》中,有一段伊俄卡斯忒的话经常被引用以支持精神分析学的分析。伊俄卡斯忒对正在担忧神谕的俄狄浦斯说:"很多人都有过与母亲同床共枕的梦境。"因此,这神谕也没什么可怕的。他们俩的讨论涉及对神谕的理解方向和信任度。从德尔菲获得的神谕,曾向俄狄浦斯预言他会与母亲同床共枕。这种事值得让人窘迫不安吗? 对于古希腊人来说,梦也具有神谕的价值。所以说,俄狄浦斯并不是唯一一收到神的"暗示"的人。但伊俄卡斯忒却认为,这种暗示或许只是说明了人能提前得知一些事⑥,因此,不需要把它看得如此重要,更无须大惊小怪;又或者,如果神谕预言了某些事,这应该会是好事。索福克勒斯与古希腊史学家希罗多

---

① 参见 380—1。

② 参见 382,399,535,541,618,642,659—9,701。

③ 参见 495,541。

④ 参见 385。

⑤ 参见 73,s;125—5;288—9;401—2。

⑥ 参见 709。

德（Hérodote）非常熟悉，他在这里想到了希罗多德的希庇亚斯篇（Hippias），正如希罗多德所引证的那样①：前僭主希庇亚斯——曾凭借波斯大军的支持，进军雅典，并试图重新夺回王权——也曾梦到自己与母亲结合。他立刻开心地从中总结认为："他必须回到雅典，重建他的权力，并要在那里生活到老，落叶归根。"正如安齐厄在玛丽·德尔古（Marie Delcourt）之后所指出的那样，事实上，在古希腊人看来，与母亲的结合——此处的母亲，指的是孕育一切，也是一切归属的大地——有时意味着死亡，有时意味着占有领土，获得权力。在这一象征性含义中，没有严格意义上的俄狄浦斯式的焦虑和负罪感。因此，包含或赋予文化现象含义的，并不是梦。梦的本身只是一种非历史层面的现实。梦作为象征性现象，它的含义本身是属于历史心理学研究范畴的文化现象。就这一点来看，我们可能会建议精神分析学家们更要努力成为历史学家，而且应该通过西方相继出现的各种《梦之秘诀》（*Clés des songes*），去研究梦的象征意义的稳定性和可能的变化。

---

① VI, 107.

五、模糊性与逆转:论《俄狄浦斯王》的结构之谜

　　1939 年,斯坦福(W. B. Stanford)[1]在关于希腊文学中的模糊性研究中指出,从意义模糊的角度来看,《俄狄浦斯王》占有特殊的地位:该作品具有典型的范例价值[2]。古代的任何一种文学样式,都没有像悲剧这样如此广泛地运用双重含义的表述,而《俄狄浦斯王》与索福克勒斯的其他悲剧作品相比,又拥有比其他作品多两倍的模糊性表述。根据胡格(Hug)在 1872 年编订的索引,其中总共有五十处模糊性表述[3]。然而,问题重点不在于其数量,而在于其性质和作用。所有的古希腊悲剧都借助于模糊性的表述,将其作为一种表达方式和思维模式。但是悲剧诗人会将其置于不同的悲剧结构和语言层次,因此双重含义也会有不同的作用。

　　如果是关于在词汇中体现出的模糊性,与此相对应,亚里士多德称之为"词汇模糊性"(*homōnumia*)。这种模糊性可能是由语言的模

---

① 《希腊文学中的模糊性》(*Ambiguity in Greek Literature*),Oxford,1939,页 163—173。

② 形式略有变动,该文章延伸的研究发表于《交流与沟通》(*Echanges et Communications*),赠与克洛德·列维-斯特劳斯(Claude Lévi-Strauss)的合集,Paris,1970,第二卷,页 1253—1279。

③ 阿尔诺德·胡格(Aronold HUG),《索福克勒斯的〈俄狄浦斯王〉中的双重含义》(*Der Doppelsinn in Sophokles Oedipus König*)。

棱两可或矛盾而引起的①。悲剧诗人玩这种文字游戏,是为了展现出矛盾而分裂的世界之悲剧——这一世界被矛盾所撕扯,朝着与它本身相对立的方向分裂。在各种不同人物的嘴里,同样的词会具有不同甚至相反的含义,因为词语在宗教语言、法律语言、政治语言和公共语言等不同语言范围中的语义都是不同的。这样来看,安提戈涅所说的 *nómos*("法律")的含义与克瑞翁所说的 *nómos*② 的含义是相反的,因为他们所处的情形和地位是相反的③。对于年轻的安提戈涅来说,这个词意味着宗教法规;而对克瑞翁而言,这个词意味着由国家首领颁布的法令。事实上,*nómos*("法律")一词的语义场是很宽泛的,足以涵盖这两种含义④。模糊性体现了某些同音但意义互异的词之间的冲突张力。在舞台上人物所说的话语,并没有在人物之间建立起交流或和谐,相反,这突出了人物之间思想的不可渗透性及其性格间的障碍;人物的话语揭示出人物之间的种种隔阂和障

---

① "名词的数量是有限的,而事物的数量却是无限的。因此,就不可避免地存在这种现象,即一个名词可能有多种含义。"亚里士多德,《谬误论证》(*De Sophisticis Elenchis*),第一卷,165a II.

② 同样的模糊性还出现在其他词汇中,这些词汇在作品结构中占有很大比重。参见戈欣(R. F. GOHEEN),《索福克勒斯的〈安提戈涅〉中的形象化》(*The Imagery of Sophocles' Antigone*),Princeton,1951;以及西格尔(Ch. P. SEGAL),〈索福克勒斯的人的赞美与《安提戈涅》的冲突〉(Sophocles' praise of Man and the Conflicts of the *Antigone*),发表于期刊 *Arion*,3,2,1964,页 46—66。

③ 参见欧里庇得斯(Euripide),《腓尼基妇女》(*Phéniciennes*),499, s. "如果同样的事物对所有人来说都是美的和明智的,那么,人类就没有纷争和论战了。但是,对于人类来说,没有任何东西是相同或平等的,除了在词语中;而现实却是完全不同的。"

④ 邦弗尼斯特(BENVENISTE)《印欧语系中的施动者名词和动作名词》[*Noms d'agent et noms d'action en indo-européen*],Paris,1948,页 79—80)指出 *nemein* 一词具有常规管理、习惯法规权威所规定的分配的意思。这种含义顾及到了词根 *nem* 的语义史上的两大类别。*Nómos*,即常规管理、通用的规则、习俗、宗教仪式、神的法规或公民法规,约定俗成的惯例;*nomós*,即由习俗、放牧和区域所确定的领土分配。*Tà nomizómena* 这种表述的意思是:神所规定的规则的整体;*tànómima* 是指宗教和政治方面的法规;*tà nomísmata*,指城邦中所通用的风俗习惯及通行的货币。

碍,也划出了冲突的轮廓和界线。每个人物封闭在属于自己的世界中,每个人物也赋予一个词唯一的含义。这一种单义会强烈地遭遇到另外一种单义。悲剧的讽刺性在于:在行动过程中,展示出人物是如何在字面上"受制于词",一个词会反过来与他对立,同时,也给他带来不忍提起的苦难经历①。只有在人物以外的悲剧诗人和观众之间,才形成了另一种形式的对话。在这一对话中,语言重新具备了穿透力,也重新起到了沟通交流的作用。但是,悲剧信息之所以能得以传达,并被人理解,具体是因为:在人与人的对话中,存在着一种隐晦的、无法交流的灰色地带。当观众看到悲剧人物只是盲目地相信其中一种含义,进而迷失自我、相互残杀的时候,观众就被引向这样的理解:事实上,存在两种或两种以上的含义。当悲剧信息从传统的确切性和限定性中脱离出来的时候,它所呈现出的是词语、道德标准和人类世界的双重性和模糊性,此时,观众就可以完全领会到这一悲剧信息的意义。当它承认宇宙是矛盾冲突的,放弃以往所秉持的确定性,接受世界存在争议性和各种可能性的一面时,这种悲剧信息就通过戏剧变成了悲剧意识。

　　埃斯库罗斯的《阿伽门农》体现了悲剧模糊性的另一种类型,即隐含义。某些悲剧人物完全是有意识地使用这种隐含义,以便在向对方讲话时,他们能以此掩盖这与第一层话语相反的第二层话语。只有舞台上的人物和舞台下的观众,才能够领会这一隐含义②,因为

---

① 在《安提戈涅》(Antigone)中,第481行诗,克瑞翁将违反"既定法律"的年轻的安提戈涅定罪。在剧的最后,第1113行诗句中,克瑞翁担心提瑞西阿斯的威胁,发誓以后会遵守"既定法律"。但是,在前后这句话中,nómos(法律)的意思发生了变化。在第448行中,克瑞翁把"法律"这个词用作 kérugma 的同义词,即由城邦首领所发布的公共法律;而在第1113行中,在克瑞翁的话中,再次出现的"法律"一词,指的是安提戈涅当初所赋予它的意思,即宗教法规,葬礼仪式。

② 正像先知所说的那样:"对于那些知道的人,我会说;对于那些不会到的人,我会特意隐藏。"在第136行,我们能发现一个很好的模糊性的例子:几乎每个词都可能有双重含义。我们可以理解为:"杀死一只浑身颤抖的母兔",也可以理解为:"在希腊联军面前,杀死一个浑身颤抖的可怜的人,即他自己的女儿。"

只有他们才掌握了必要信息的关键部分。克吕泰涅斯特拉在宫殿门口迎接阿伽门农的时候,她运用了具有双重意义的语言:她在丈夫的耳边温柔地说话,此时,语言是作为夫妻间爱和忠诚的担保;但对合唱队来说,这种语言已经具有双重性了,合唱队推进了隐约逼近的威胁,在观众看来,这种语言显得非常险恶,观众通过它发觉了克吕泰涅斯特拉谋杀丈夫的阴谋①。此处的模糊性并不是体现在意义的冲突上,而是体现为人物的双重性——类似于被魔鬼附身的双重性:同样的话、同样的词,掩盖了潜伏的危险,使阿伽门农落入陷阱,同时也透露了将要发生的罪行。对丈夫怀恨在心的王后克吕泰涅斯特拉,在悲剧中成为神的法律的工具,她所说的秘语被隐藏在她的欢迎词中,而这种秘语具有神谕的意义。她就像一个预言家一样,在说出国王阿伽门农之死的同时,也使他的死成为了不可避免的必然。对于克吕泰涅斯特拉的话,阿伽门农没能领悟到话语的实质和真相。克吕泰涅斯特拉大声说出来的话语,获取了一种祈神降祸的强大执行力:这一话语早已将其要表达的内容提前渗入到并会永久保留在说话人身上。她为阿伽门农精心布置的红色地毯(并说服他走了上去)所象征的意义,恰好回应了其话语的模糊性意义。当阿伽门农按照克吕泰涅斯特拉的安排跨入自己的宫殿时,他也同时跨入了另一个

---

① 参见斯坦福,《希腊文学中的模糊性》(*Ambiguity in Greek Literature*),Oxford,1939,页137—162。举以下几个例子:在一开始,克吕泰涅斯特拉提及在丈夫出战时自己的忧虑不安,她表明如果阿伽门农真如传闻所言伤口累累的话,"那他身上的伤口应该要比渔网还要多了"(868)。这种说法是一种不祥的讽刺:阿伽门农正是以这样的方式而死的,因为克吕泰涅斯特拉为他设下如渔网一般毫无出路的陷阱(1382),他就是陷入了这样天罗地网式的死亡陷阱(1115)。——"门"(*pulai*,604),"住所"(*domata*,911),这两个她提到过好几次的词,并不是像很多人所以为的那样,以为它们指的是宫殿之门,事实上,它们指的是地狱之门(1291)。当她表明阿伽门农觉得她是 γυναîκα πιστήν, δωμάτων κύνα("不忠的女人","母狗的行径"),事实上,她要表达的是与字面意思相反的含义——正如注解所指出的那样——,在这里,κύνα("母狗")指的是拥有不止一个男人的女人。当她为了实现自己的愿望(973—974)而求助于万能的宙斯(Zeus *Téleios*)时,她所指的并非真正的宙斯,而是掌管死亡的地狱之王。

地方，即哈德斯的地狱之门。当他赤脚踏上铺好了的奢华红毯时，这条在他脚下延伸的"红毯之路"，其实完全不是他所想象的庆祝其胜利的盛大欢迎仪式，而是一场毫不留情地将他推向地狱、推向死亡的仪式。死亡已随着"奢华的红毯"来到了他的身边，克吕泰涅斯特拉为他铺设红毯，只是为了将他推入陷阱之网①。

　　然而，《俄狄浦斯王》所体现出的模糊性却有所不同，它并不涉及词义的相反，也不涉及人物的双重性（即实施行为的人物在受害者身上玩弄文字游戏）。在《俄狄浦斯王》中，受害者是俄狄浦斯，也是俄狄浦斯自己在玩这个独角戏。完全是他自己倔强地想要查出凶手，出于他自己的责任、能力、判断和强烈的欲望，这最终导致他不惜一切代价地去追查真相，而其实除了他自己，没有任何人强迫他要将一切查得水落石出。提瑞西阿斯、伊俄卡斯忒和牧人都曾试图阻止他，但一切都是徒劳，他不是那种能满足于一知半解、将就凑合的人，也绝不会妥协退让，而是会一直走到最后。在追查之路的尽头，俄狄浦斯发现，从头到尾，自始至终都是他自己在进行这场游戏，也是他自己被自己所玩弄。当他意识到自己有罪，意识到他亲手铸成了自己的不幸，这时，他也可以责怪神：是神提前布局了这一切，并最终使他一步步走到这布局的终点②。俄狄浦斯的话语所具有的模糊性与悲剧赋予他的模糊性身份是相呼应的，而其模糊性身份正是构建整部悲剧的基础。当俄狄浦斯说话时，可能其中蕴含着其他的意思，或许与他实际想表达的意思截然不同。俄狄浦斯话语的模糊性所体现的

---

①　我们就以下两方面进行比较：一方面是 910，921，936，946，949，另一方面是 960—961。其中有凶险的文字游戏："布料的染色"（960）指的是"血染之色"（参照《奠酒人》[Uhoéphores]，1010—1013）。我们都知道，在荷马的作品中，"血"和"死亡"都被称为 πορφύρεα（"红色"）。根据阿尔提米多尔（ARTEMIDORE）的《梦之秘诀》（Clef des songes），I，77（页 84，2—4 Pack）："红色与死亡有某种相关性和一致性。"参见路易·热尔内，《颜色问题》（Problèmes de la couleur），Paris，1957，页 321—324。

②　参见威宁顿-安格拉姆（R. P. Winnington-Ingram），〈悲剧与希腊古代思想〉（Tragedy and Greek archaic Thought），《古代悲剧及其影响》（Classical Drama and its influences，Essays presented to H. D. F. Kitto），1965，页 31—50。

并非他性格的表里不一,而是他整个人的双重性。俄狄浦斯本身是双重的。他自己设立了一个谜,而等他猜出谜底的时候,他才发现一切都与他曾经所深信不疑的完全相反。在俄狄浦斯话语里面所隐含的秘密话语,他自己根本没有领会,除了提瑞西阿斯以外,其他所有在台上见证悲剧的人也都无法领会。众神将他们所认同的俄狄浦斯的话加以变形和转换,之后又传给俄狄浦斯①。这一逆向呼应是对俄狄浦斯(自己)话语的复兴和实践,就像一阵阴森不祥的笑声一样

---

① 这里,还是推荐读者参阅斯坦福的作品、杰布(R. JEBB)的评论作品《僭主俄狄浦斯》(Œdipus Tyrannus,1887)以及 J. C. KAMERBEEK 的《索福克勒斯戏剧集》,第四部,《僭主俄狄浦斯》(The Plays of Sophocles, IV, The Œdipus Tyrannus, 1967)。在此,我们只引用几个例子。克瑞翁刚指出强盗们(复数形式)杀死了拉伊俄斯。俄狄浦斯回答道:凶手(单数形式)怎么可能没有同谋就实施了杀人行为呢?(124)评注者指出:"俄狄浦斯以为是克瑞翁指使人杀死了拉伊俄斯。"但是,俄狄浦斯此处运用的单数形式,却恰恰在他毫无意识的情况下就将矛头指向了自己,因为他正是那个"凶手"。在悲剧的后面(842—847),俄狄浦斯将会指出:如果是有多名共犯的话,那么那个执行谋杀的人是无罪的;如果只有唯一一个凶手的话,那谋杀罪行当然就必须由该凶手一人承担。在第 137—141 行中,有三处模糊点:一是在为城邦清洗罪恶污点的同时,他其实也正是在清洗自己的罪恶,而他当时是根本意识不到这一意义的。二是谋杀前国王拉伊俄斯的人,很可能也试图要谋害他,而后来,俄狄浦斯自己戳瞎了自己的双眼。三是追究拉伊俄斯之死的元凶,他本来是为了自己的利益,然而,事实却并非如此,他恰恰导致了自己的毁灭。258—265 这一整段具有双重性和模糊性,它总结如下:"我要为了拉伊俄斯而战,就像他是我的父亲一样。""要是他的后代没有消失就好了",这句话也可以理解为:"要是他的后代并不是注定要遭受悲惨的命运就好了。"在 551—552 这两行,俄狄浦斯威胁克瑞翁说:"如果你以为可以杀害亲人,也不需要为此付出代价的话,那么你就错了",这句话又变成了对他自己的指控;他将为杀害自己的父亲而付出惨重的代价。在 572—573 处,也可以看出双重含义:"他本不该声称是我杀了拉伊俄斯",也可以理解为:"他本不该揭露并追查是我杀了拉伊俄斯这件事。"在第 928 行,伊俄卡斯忒的位置也隐含着:她既是俄狄浦斯的妻子,又是俄狄浦斯的母亲。在 955—956 处:"他告诉你:你的父亲波吕波斯已经去世了",也意味着:"他告诉你:你的父亲并非波吕波斯,而是已经去世了。"在 1183 行,俄狄浦斯只求一死,他呼喊着:"哦,光明,我能否再最后一次看你一眼!"但是"光明"一词在希腊语中有两种含义:一种是指生活之光,另一种是指白天的阳光。正是俄狄浦斯所不愿说的那层意义,最终却得以实现了。

响起。俄狄浦斯所说的他自己既不想说也不明白的话,构成了俄狄浦斯话语唯一的真实性。俄狄浦斯语言的双重性,以逆向形式再现了神的语言的双重性,比如俄狄浦斯也运用了神谕模糊性的表达方式。众神知道真相,并且也把真相说了出来,但神用来描述真相的词,其含义在人的眼中会被理解为其他的意思。俄狄浦斯既不知道真相,也表达不出来,但其实他是在用另有它意的词说话时,却恰好描述出了真相——尽管他自己也没有意识到——,而且他描述的方式也极其明显,有双重理解力的人方可领会,就如同神有双重视线一样。因此,俄狄浦斯的语言就成为一个双重话语相遇、对抗的载体,在同样的话里面,集合了以下两种不同的话语:人类的话语和神的话语。起初,这两种话语区分明确,彼此界限分明;但在悲剧中,当一切都很明显了,人类的话语就逆向转化为它的对立面,两种话语就此相遇:谜就被解开了。在剧院的阶梯上,观众就拥有了一种特别待遇,这使他们可以像神一样能同时听到两种对立的话语,而且能随着剧情从头到尾地看到两种话语针锋相对的较量。

这样的话,我们就明白了为什么从模糊性方面来看,《俄狄浦斯王》具有典型性。亚里士多德认为,悲剧情节进展的两大构成元素(除了"哀婉悲怆"之外)是认知和突变(或称反转),即行动发生颠覆,并向其反面转化。另外,亚里士多德还指出,在《俄狄浦斯王》中认知这一点被体现得淋漓尽致,因为它恰好与情节突变同时发生①。事实上,俄狄浦斯的认知涉及的不是别人,恰恰就是他自己,而主人公最终对自己身份的确认,构成了其行为的完全逆转。亚里士多德的看法有两层含义:首先,由于认知而导致的俄狄浦斯的境遇与他之前的境遇完全相反;其次,俄狄浦斯最终得到的结果与他曾经的预期目标完全相反。俄狄浦斯作为一个从科斯林来的外乡人、谜题的破解者和忒拜城的拯救者,成为了忒拜的首领。这里的人民敬仰他,就如同敬仰神灵一般,大家崇拜他的学识和为城邦公共事务所作的贡献,而从悲剧的

---

① 《诗学》,1452 a 32—33。

开场,集这些光环于一身的俄狄浦斯就必须面临一个新的谜题,即前任国王之死。杀死拉伊俄斯的凶手是谁?而追查的结果却是:作为审判者的俄狄浦斯发现自己就是杀人凶手。其实,在被侦查的谜题渐渐水落石出的背后,起主导作用的就是俄狄浦斯对自己身份的认知。这一侦查谜题也构成了悲剧行为的情节主线。当悲剧开场时,他第一次出现在台上,并对乞求者宣布了他不惜任何代价也要查出凶手的决心,以及必定完成这一目标的自信。这时,他所用的表达词汇的模糊性,突出体现了:在他信誓旦旦回答的问题(杀死拉伊俄斯的凶手是谁?)背后,隐含了另外一个问题(俄狄浦斯是谁?)。作为国王的俄狄浦斯骄傲地说:"现在轮到我去追查这些不明案件的根源了,最终会由我将一切查得水落石出,将由我带来光明(ἐγώ φανῶ)。"注解者也注意到了,在最后的 egō phanô("由我带来光明")中,隐藏着俄狄浦斯所不知道的意思,但其实观众都明白,"因为这将在俄狄浦斯自身找到答案"。Egō phanô("由我带来光明"):最后我必定查出杀人凶手,但同样,我也会发现,原来自己就是那个杀人凶手。

　　谁是俄狄浦斯?正如他自己所言,正如神谕所示,俄狄浦斯是双重的,如谜一般神秘。从悲剧的开场到结束,他在心理上和道德上都始终如一:一个富于行动和决心的人,具有坚不可摧的勇气和始终不渝的智慧。就这一点来说,我们无法指责他任何道德上的问题和(蓄意的)正义上的过失。但是,这一俄狄浦斯式的人物,在所有社会、宗教和人性领域,都体现出:他与自己城邦之王的外在完全相反。从科林斯来的外乡人,事实上是武拜本邦人;破解谜题者,实则面临着一个他无法破解的谜;审判者,其实是罪犯;有远见者,其实是一个盲目者;城邦的拯救者,实则为城邦的灾难。俄狄浦斯,本来是受众人尊重的有名望之人[1],人中翘楚[2],最非凡的人[3],拥有权力、智慧、

---

[1]　《俄狄浦斯王》,8。

[2]　同上,33。

[3]　同上,46。

名誉和财富的人,后来却变成了最低等的、最不幸[1]和遭世人唾弃的人[2],甚至成为杀人凶手[3]、千古罪人[4],受众神痛恨和遗弃[5],最终沦落为乞丐,遭受颠沛流离之苦[6]。

有两个特点突出体现了俄狄浦斯的境况的颠覆性逆转。在一开始,宙斯的祭司对他说的话,将他奉为某种意义上的神[7]。当斯芬克斯之谜被解开后,合唱队在俄狄浦斯身上重新确认了人类生活的典范,通过这种典范榜样,人类生活在他眼中几近虚无[8]。起初,俄狄浦斯是有远见的明智者,他无需任何人的帮助,也无需神的庇护和预兆,只凭借自己的知识和判断,就能成功破解斯芬克斯之谜。他对神的盲目眼光持蔑视的态度,他认为神都紧闭双眼而不见光明,正如他自己所说的那样,"(神)只活在黑暗之中"[9]。然而,当黑暗散去,一切都变得明朗了[10],阳光照向俄狄浦斯,就在这一时刻,那是他最后一次看到阳光。当俄狄浦斯一旦"被看穿"、被揭露[11],并将他一切可怕的事展现在众人面前时[12],他就再也不可能看得见或被看见了。自此,忒拜城居民的目光就从他身上转移开了[13],他们无法直视这个可憎的人——"可怕到让人无法直视"[14],也无法直视这种悲痛,甚至无力提起,也无力去看[15]。

---

[1]　《俄狄浦斯王》,1204—06,1297,s.,1397。

[2]　同上,1433。

[3]　同上,1397。

[4]　同上,1306。

[5]　同上,1345。

[6]　同上,455—56,1518。

[7]　同上,31。

[8]　同上,1187—88。

[9]　同上,374。

[10]　同上,1182。

[11]　同上,1213。

[12]　同上,1397。

[13]　同上,1303—05。

[14]　同上,1297。

[15]　同上,1312。

俄狄浦斯亲手刺瞎双眼，那是因为——正如他自己所解释的那样①——他已经无法再承受任何人类的目光，无论是活着的人还是死去的人。如果可以的话，他宁愿堵上自己的耳朵，把自己禁闭在与世隔绝的孤独中——与社会和人都彻底隔绝。众神普照在俄狄浦斯身上的光太过耀眼，以至于他（作为人类）的眼睛根本无法去直视这光。这光将俄狄浦斯排斥于这个世界之外——这个充满阳光、人的目光和社会目光的世界，而将他置于暗夜的孤独世界中，那个提瑞西阿斯所生活的世界。提瑞西阿斯也是付出了双眼的代价，换来了双重视力，能看到另一种光，即耀眼而恐怖的神之光。

　　从人类的角度来看，俄狄浦斯是极有智慧和远见的人，被人尊奉为神；从众神的角度来看，他又是盲目的，什么都不是。正如语言的模糊性一样，行为的突然转变体现了"人类境遇"的双重性。从谜的模式来看，"人类境遇"会有两种相反的理解。比如就"人类语言"来看，当众神通过俄狄浦斯来说话的时候，人类语言就变成相反的、颠倒的含义。而"人类境遇"亦是如此，如果以神的标准来看待的话，人类境遇也是颠倒的——无论人是如何伟大和快乐——在神眼里却恰恰相反。俄狄浦斯"曾将箭扔得比任何人都远，也获得了最大快乐和幸运"②。但在神的眼中，爬的最高的人也会摔得最狠、摔到最低。曾经最幸运的俄狄浦斯却成了最不幸的人，合唱队唱道："还会有谁会像他一样，想象着要得到无与伦比的幸福，其实只为在一切幸福化为泡影之后，跌落到最不幸的深渊？不幸的俄狄浦斯，是的，这是你的命运，以你的命运为例，我看到没有任何一个人的生活会是幸福的。"③

---

① 《俄狄浦斯王》，1370，s.

② 同上，1196—97。

③ 同上，1189，s. 从这个方面来说，自柏拉图之前，悲剧就与普罗泰戈拉（Protago-ras）的观点不同，也与公元前5世纪由诡辩派（或称智者学派）所发展起来的"启蒙哲学"不同。悲剧认为人并不是衡量万物的尺度，而神才是衡量万物的尺度。其他更详细的内容参见诺克斯（B. KNOX），《主人公的性格：索福克勒斯的悲剧研究》(The Heroic Temper: Studies in Sophoclean Tragedy)，Berkeley and Los Angeles，1964，页150，s.，184。

　　如果这正是古希腊学家们所认同的悲剧的意义，那么我们也认为《俄狄浦斯王》不仅仅针对"谜"这一主题，而且在悲剧的开启、发展和结尾的过程中，这部悲剧作品本身就构成了一个谜。模糊性（或双重性）、认知、情节突变和对应关系共同构成了悲剧作品谜一样的结构。悲剧构建的支柱——也被用作悲剧结构和悲剧语言的模板——就是颠覆性的逆转，也正是根据这一模式，当从人类层面转向神的层面时，正面含义就转成了负面含义。悲剧与逆转既相互结合又相互对立，就像"谜"一样，亚里士多德认为，"谜"将互不相容的层面联系到了一起①。

　　通过这一逆向的逻辑模式——与悲剧的模糊思维方式相对应——，观众接收到了一种特殊的教育：人，并不是我们能描述或定义的存在；人，是一个问题，一个谜，我们永远也解不开他的双重意义。悲剧作品的含义既不在于心理也不在于道德，而是在于特殊的悲剧范畴②。弑父娶母既不符合俄狄浦斯的习惯性格（êthos），也不属于道德犯罪（adikia）。如果说他杀了自己的父亲，又娶了自己的母亲，这并不是因为他隐约地恨着他的父亲并爱着自己的母亲。对于他本以为是自己亲生父母的墨洛珀和波吕波斯，他心怀同样温和而深刻的亲情。当他杀死拉伊俄斯的时候，是出于正当防卫才杀死了一个先动手打他的陌生人；当他娶伊俄卡斯忒的时候，那并非出于他的选择，而是忒拜城强加给他的，为的是让他接任忒拜国王之位，用以回报他为忒拜立下的功绩："忒拜城将我推向了这场致命的受诅咒的婚姻，而我当时什么都不知道……我接受了这个本永远不该接受的忒拜城的'谢礼'。"③正如俄狄浦斯自己所声明的那样：虽然做

① 《诗学》，1458a 26。我们后来认为"逆转模式"与赫拉克利特（Héraclite）的思想模式很接近，尤其体现为动词（μεταπίπτειν）。参见克莱芒斯·朗奴（Clémence RAM-NOUX），《赫拉克利特或在事物与词汇之间的人》（Héraclite ou l'homme entre les choses et les mots），1959，页 33，s.，392。

② 关于这里的悲剧信息的特性，参见上文，页 23。

③ 《俄狄浦斯在科罗诺斯》，525，539—541。

出了弑父娶母的乱伦行为，但这既不能归咎于他本身（*sôma*），也不能归咎于他的行为（*érga*），事实上，他自己什么也没有做（οὐκ ἔρεζα）①。或者说，当发生弑父娶母的乱伦行为时，因为他毫不知情，所以其行为的意义完全颠倒了，即正当防卫变成了杀父，胜利后获得的赐婚也变成了乱伦。从人类法律的角度来看，他是无辜的也是清白的；但从宗教的角度来看，他又是有罪的、耻辱的。在毫不知情、没有任何恶意和犯罪意图的情况下，俄狄浦斯的所作所为，对控制人类生活的神圣秩序而言，可谓是一个不小的打击和触犯。这很像是那种吃鸟肉的鸟——正如埃斯库罗斯所言②——，俄狄浦斯也曾两次啃食自己的肉，第一次是他亲手杀死了自己的父亲，第二次是他与自己的亲生母亲结婚。就这样，俄狄浦斯就像神话传说中的人物一样被无故地选中，受到神的诅咒，最终，他被隔离在社会之外，也被排除在人性之外。从此以后，他就成为了无城邦、无归属之人（*ápolis*），代表着被排斥于城邦之外的人的形象。在他的孤独中，他既有低于人的一面，即凶猛的野兽和野蛮的怪物，也有高于人的一面，即拥有备受争议的神力（daimōn）一样的资质。他的罪（*ágos*）只不过是超自然力量的反面，作为正面的超自然力量集中在他身上，只是为了让他迷失：在犯罪的同时，他也是神圣的（*hierós et eusebés*）③。他为迎接他的城邦、收留他尸体的土地带来了最大的保护和赐福。

　　这种颠倒游戏与模糊的表达并存，并且通过其他的文体手法和悲剧手法体现出来。尤其是通过在悲剧行为的过程中使用的"逆转"手法——诺克斯（B. KNOX）④称之为"逆转"（*reversal*）。"逆转"的第一种形式是将词汇的含义从主动逆转为被动，用于显示俄狄浦斯

---

① 《俄狄浦斯在科罗诺斯》，265，s.，539。

② 《乞援人》（*Les Suppliantes*），226。

③ 《俄狄浦斯在科罗诺斯》，287。

④ 《俄狄浦斯在忒拜——索福克勒斯的悲剧人物及其时间》（*Œdipus at Thebes. Sophocles' Tragic Hero and his Time*），1957，第二版，1966，页138。

的地位特点和变化。俄狄浦斯原本是一个猎人,他跟踪、追捕、驱逐在山中游荡的野兽[1],但他突然由追击变为逃跑[2],被驱逐出了人群[3]。但在这场狩猎中,猎人最后却沦为猎物,即被他父母的恐怖诅咒所猎杀[4]。在俄狄浦斯自毁双目并逃至喀泰戎山[5]之前,他像野兽般漂泊、咆哮[6]。俄狄浦斯不停地追查,重复使用的动词 *zētein*("追查"、"探究")就突出了这一点[7]。但其实追查者(*zētôn*)也就是被追查的对象(*zētoúmenon*)[8],就像是检查者、发问者[9]也是问题的答案本身[10]。俄狄浦斯是发现者[11]也是被发现的对象[12],他是为描述城邦的病痛而使用医学词汇的医生,但也是病人[13]和疾病[14]。

另外一种形式的"逆转"如下:用来描述最辉煌时期的俄狄浦斯的词,都是用来描绘神的词;俄狄浦斯的强大在与神的强大的较量中,后者逐渐变得越来越明显,俄狄浦斯的强大就随之慢慢消失了。在第 14 行诗中,在宙斯的祭司起初对俄狄浦斯所说的话中,他将俄狄浦斯称为"王"(*kratúnōn*);而在第 903 行诗中,合唱队祈求宙斯时称他为"王"(*ô kratúnōn*)。在第 48 行诗中,忒拜城众人称俄狄浦斯为"拯救者"(*sōtér*);而在第 150 行诗中,是阿波罗被称为

---

① 《俄狄浦斯王》,109—110,221,475,s.

② 同上,468。

③ 同上,479。

④ 同上,418。

⑤ 同上,1451。

⑥ 同上,1255,1265。

⑦ 同上,278,362,450,658—659,1112。

⑧ 参见普鲁塔克(PLUTARQUE),《好奇》(*De curiositate*),522c;《俄狄浦斯王》,278,362,450,658—659,1112。

⑨ 《俄狄浦斯王》,"查看"(*skopein*):68,291,407,964;"问询"(*historein*):1150。

⑩ 同上,1180—1181。

⑪ 同上,"发现者"(*heurein, heuretés*):68,108,120,440,1050。

⑫ 同上,1026,1108,1213。

⑬ 同上,1397。

⑭ 同上,674。

阻止（*paustérios*）恶行的"拯救者"，正如俄狄浦斯也曾阻止了斯芬克斯①。在第 237 行诗中，俄狄浦斯作为拥有权力和王位的国王发号施令；而在第 201 行诗中，合唱队称宙斯为"权力和雷电之王"。在第 441 行诗中，俄狄浦斯提及他的丰功伟绩——这也成就了他的伟大（*mégas*）；而在第 871 行诗中，合唱队提到：在神界律法中，存在一位伟大的（*mégas*）不老之神。对于俄狄浦斯自豪地行使过的统治权②，合唱队意识到这一权力在宙斯手中是永远不灭的③。在第 42 行诗中，祭司向俄狄浦斯请求帮助，而在第 189 行诗中，合唱队祈求雅典娜给予他帮助。在悲剧的第一行诗句中，俄狄浦斯对乞求者说话的时候就像是父亲在对孩子说话一样；但在第 202 行诗句中，为了消除城邦的瘟疫，合唱队将"父"的称呼献给宙斯，即"宙斯，我们的父啊"（*ô Zeû páter*）。

　　事实上，并不是直到俄狄浦斯出现才引起了逆转的效果。模糊性本身就包含了如谜般神秘的特性，这一特性贯穿着整部悲剧。俄狄浦斯的脚是肿胀（*aîdos*）的，他的残缺提醒着他是受诅咒的孩子，被父母抛弃，又被遗弃在荒山任其自生自灭。但是，俄狄浦斯也是能够解答（*oîda*）脚之谜的人，无需逆向思考④，他就成功破解了阴险的女先知的"神谕"⑤，破解了斯芬克斯⑥之谜。俄狄浦斯这位外来英雄也因此登上了忒拜的王位，取代了其他三位合法继承人而成为国王。*Oidípous*（"俄狄浦斯"）这个名字的双重词义就在于这个名字本身，它本身就由前后两部分对比构成，即第一、二个音节和第三个音节。*Oîda*："我知道"，这是作为胜利者俄狄浦斯和作为僭主的俄狄浦斯⑦

---

① 《俄狄浦斯王》，397。

② 同上，259，383。

③ 同上，905。

④ 《欧里庇得斯的〈腓尼基妇女〉之注解》（*Scholie à Euripide*，*Phéniciennes*），45。

⑤ 《俄狄浦斯王》，1200。

⑥ 同上，130；《腓尼基妇女》（*Phéniciennes*），1505—1506。

⑦ 《俄狄浦斯王》，58—59，84，105，397；也请参阅 43。

嘴里经常说起的词。*Poús*："脚"，这是从俄狄浦斯出生起就一直跟随着他的印记（他的命运就是：结束亦如最初），他的"脚"使他得以逃脱野兽之口[①]，而他自己就像这野兽一样被排斥，他的"脚"也将他与人隔离。他企图逃脱神谕的希望也落空了[②]，始终被残缺之"脚"[③]的诅咒紧追不舍，最终还是触犯了高贵之"脚"[④]的神圣法律。他登上权力顶峰的同时，也骤然陷入罪恶深渊，从此以后，他再也无法摆脱罪恶之"脚"[⑤]。整个俄狄浦斯的悲剧——就像它所讲述的内容一样——就是借由他的名字之谜而引发的一场悲剧游戏。无论从哪一点来看，那个被诅咒的孩子、被故土抛弃的肿胀之脚，与受幸运女神庇护的、博学的忒拜之王，都显得格格不入。但为了让俄狄浦斯知道自己真正的身份，他的第一个形象必须要等到与第二种形象相遇后，才彻底发生逆转。

　　当俄狄浦斯在破解斯芬克斯之谜时，他的答案其实已经隐约涉及到了他自己。狮身女首怪物斯芬克斯问他：什么生物，有时 2 只脚（*dípous*），有时 3 只脚（*trípous*），也有时 4 只脚（*tetrápous*）？对于俄狄浦斯来说，这个谜只是表面现象：事实上，这当然是关于他自己的谜，关于人的谜。但这个回答只是表面上的答案，它隐藏了真正的问题：人是什么？俄狄浦斯又是什么？俄狄浦斯的表面答案为他开启了忒拜城的大门。在俄狄浦斯当上忒拜国王之后，尽管他仍不知道

---

① 《俄狄浦斯王》，468。

② 同上，479，s.

③ 同上，418。

④ 同上，866。

⑤ 同上，878。参见克诺斯（Knox），前揭，页 182—184。从科林斯来的信使到达之后，就问道："你知道俄狄浦斯在哪里吗？"正如克诺斯所观察的那样，924—926 这几行诗都是以"俄狄浦斯"作为结尾或者是以疑问副词"哪里"（hópou）结尾，克诺斯认为这意味着："这些强烈的相关语意在引起一种奇妙的配合，与动词词组'搞清楚在哪里'——由主人公的名字所构成，正如提瑞西阿斯告诉他的那样（413—414），他不知道自己属于哪里——相呼应。"这是众神对俄狄浦斯的讽刺和嘲笑——他自认为是在寻求真相，但其实是自我驱逐。

真正的答案,但最后杀父娶母显现出了他的真实身份和真正的答案。对俄狄浦斯而言,深入他自己的秘密就意味着要发觉:自己作为统治忒拜的异乡人,实际上却是个曾被遗弃的忒拜本地人。这一身份的确认,并没有使俄狄浦斯彻底融入他自己的故乡忒拜,也没有使他从一个外来僭主变成国王的合法继承人,更没能巩固他的王位,而是使他成了一个要被永远驱逐出城邦和人群的怪物。

被众人敬重如神、无比公正的国王,集全城万千祝福于一身,这就是曾经高高在上的明智者俄狄浦斯,但在悲剧的结尾,他却颠覆一切,形象全然相反。在最落魄的时候,他就成了"脚肿胀"的俄狄浦斯:可恶的罪人,似乎集世上所有的不洁于一身。神圣的国王、城邦的净化者和拯救者,也同样是可恶的罪人——必须把他作为赎罪的祭品(pharmakós)赶出城邦,以便净化和拯救城邦。

事实上,这正是实现一系列逆转的基础,而所有的逆转都是沿着这条俄狄浦斯的命运轴线发生的:由顶点的神圣国王到低谷的卑贱罪犯(pharmakós)。这种颠覆性的逆转使俄狄浦斯痛苦不堪,也使他由英雄变成双重性和悲剧性人物的"典型"。

在悲剧的开头,俄狄浦斯以威严的形象走入宫殿,他的这一神圣形象也没有逃脱评论者的评价。早先就已经有古代注解者对第16行诗句进行了评注,指出:乞求着来到国王宫殿的祭台前,就仿佛是到了神的祭坛一样。宙斯的祭司用了这样的表达方式:"你看到我们在你的祭坛旁边汇聚一堂。"况且,俄狄浦斯自己也在想:"为什么你们以对待神灵的祈求方式对待我呢——这样蹲在我面前,还戴着饰有细带的小枝桠?"这更加突出了宙斯的祭司所说的话意义深重。对俄狄浦斯如此崇敬,其实就是将他置于比人更高级的地位,因为他"在神的帮助下"①挽救了城邦,因为他借由神的力量显示出城邦是受幸运女神(Túchē)②庇护的。对俄狄浦斯的崇敬之情始终贯穿着

① 《俄狄浦斯王》,38。
② 同上,52。

整部悲剧。甚至是在俄狄浦斯的双重罪已经展现在众人面前之后，合唱队仍然将他视为拯救者，并称他为"我的国王"，他仍然是一个"屹立不倒的抵御死亡的堡垒"①。合唱队也提及了不幸的俄狄浦斯所犯下的无法弥补的罪行，此时，合唱队总结如下："然而，说实话，多亏了你，我才得以喘息和休息。"②

　　然而，在悲剧的关键时刻，即俄狄浦斯的命运岌岌可危之时，这两种天壤之别的地位——神一般的英雄和阶下囚——的极端性就被体现得淋漓尽致。那到底是什么样的情形呢？众人都已经知道俄狄浦斯可能就是杀死拉伊俄斯的凶手；神谕一方面指向俄狄浦斯，另一方面又指向拉伊俄斯和伊俄卡斯忒，神谕的这种对称性让人的焦虑情绪更加沉重，这种焦虑紧紧地揪住主角和忒拜人的心。就在此时，从科林斯来的信使到达了，他告诉俄狄浦斯：其实俄狄浦斯并不是科林斯国王王后的亲生儿子，而是他们的养子；是他自己亲手把俄狄浦斯从来自喀泰戎山的牧人手中接过来的。此时，已经明白一切的伊俄卡斯忒祈求俄狄浦斯不要再继续追查下去了，但俄狄浦斯却坚持要查清楚。王后无奈，对他说了最后的警示："悲惨的人，要是你永远都不知道你是谁就好了！"但这一次，这位忒拜的僭主还是误解了"俄狄浦斯是谁"的真正含义。他以为王后是担心查出他是出身卑微的"养子"，以至于让她的婚姻变成了一场与身份卑微的人、奴隶甚至是奴隶之子的婚姻③。具体说来，也就是在这时，俄狄浦斯重新被激发起斗志，重新振作了起来。在他沮丧的灵魂中，信使的话激发了他疯狂的希望和斗志，合唱队也表示认同，并用欢快的歌声表达了出来。俄狄浦斯自称是幸运女神之子，因为在这些年，幸运女神彻底改变了他的境遇，使他从不起眼的"卑微的人"变成了"伟大的英雄"④，也就

---

① 《俄狄浦斯王》，1200—1201。

② 同上，1219，s.

③ 同上，1062—1063。

④ μικρόυ καίμέγαν，同上，1083。

是说,将他从一个残缺的弃儿变成了试拜的国王。这里体现出了话语的讽刺性:俄狄浦斯并非幸运女神之子,正如提瑞西阿斯所言[1],他是幸运女神的牺牲品;而且,他地位的转向与他的理解恰恰相反——将伟大的俄狄浦斯变成了卑贱的罪人,将神一般的人变为了一无是处的人。

但是,俄狄浦斯和合唱队的想象是可以被理解的。被遗弃的孩子可能是一个人人都想摆脱的废人,一头畸形的野兽,或者是一个卑贱的奴隶。但他也可能是一个拥有辉煌命运的英雄。经历了死里逃生,经受了重重考验——这是从他一出生时就强加给他的——被遗弃和排斥的人成长为受人崇敬的国王,拥有着超自然的力量[2]。以胜利者的姿态重返曾驱逐他的故乡,俄狄浦斯注定不会是这里的一个普通居民,而是绝对的统治者,他在人类世界以神的姿态统治着国民。这也是为什么在几乎所有的古希腊英雄传说里,都会出现遗弃的主题。如果说俄狄浦斯从一出生就被遗弃,他与人类血统的关系也被切断,那么,这可能是因为——正如合唱队所想象的那样——他是某位神的儿子:比如喀泰戎山上的宁芙仙女,牧神潘(Pan)或太阳神阿波罗,众神的使者赫尔墨斯(Hermès)或酒神狄俄尼索斯[3]。

被遗弃又被拯救,被排斥又以胜利者回归:诸如此类的英雄人物的神秘形象在公元前 5 世纪很盛行,以颠倒转换的形式出现,在某种程度上来说,这种形象甚至成为僭主(túrannos)的象征。比如在合法继承范围之外的主人公——僭主——通过间接的方式获得王权,就像俄狄浦斯一样,凭借自己的作为和建立的功绩获取王权。他之所以掌权,并不是因为血统关系,而是因为自己的德行,因为他是功勋和幸运之子。他能够打破普通秩序而赢得权力,不管是好是坏,这

---

[1] 《俄狄浦斯王》,442。

[2] 参见玛丽·德尔古(Marie DELCOURT),《俄狄浦斯或胜利者的传说》(*Œdipe ou la légend du conquérant*),Paris-Liège,1944。该作品深入探讨了这一主题,并重点指出了它在俄狄浦斯之谜中的地位。

[3] 《俄狄浦斯王》,1086—1109。

种至高无上的权力将他置于万人之上、法律之下①。诺克斯的评价
很恰当,他认为:僭主政治与神的权力之间的比较是公元前 5 世纪和
公元前 6 世纪的文学中重复出现的主题。在谈及僭主统治——权力
堪比神的权力——时,欧里庇得斯②和柏拉图③的意见一致,那是一
种为所欲为的绝对权力④。

评论家们并没有对俄狄浦斯的另一面——作为补充和对立的另
一面(替罪羊)——进行同样清晰的分析和总结。我们看到,在悲剧
的最后,俄狄浦斯被驱逐出忒拜,就像是在驱赶同类来赎罪(*homo
piacularis*)一样,为的是"远离罪恶"⑤。但是路易·热尔内很具体
地建立起悲剧主题和雅典的献祭(*pharmakós*)仪式之间的联系⑥。

忒拜遭受了可怕的瘟疫(*loimós*),充裕的水源也变得枯竭干涸:
田地贫瘠,牛羊不再繁殖,妇女也无法生育,而且瘟疫造成大量的人
死亡。贫瘠不育、疾病和死亡也被认为是污浊和罪恶(*miasma*)导致
的灾难,这使忒拜人正常的生活被彻底破坏,民不聊生。所以,必须
要找到城邦污浊不堪的罪魁祸首,找到罪恶(*ágos*)的源头,通过驱
赶这个罪人从而达到清除罪恶和瘟疫的目的。我们知道,在公元前

---

① 包括被城邦规范所承认的婚姻法。在"僭主的婚姻"中,《向吕西安·费弗尔致敬》
　　(*Hommage à Lucien* Febvre),页 41—53《古希腊人类学》[*Anthropologie de la
　　Grèce antique*],Paris,1968,页 344—359),热尔内曾指出:这位僭主的威望来自于
　　他过去很多方面的功绩,他的出格不羁在此前的传说中也找得到类似的范例,"就
　　僭主佩里安德(Périandre)而言,与母亲乱伦的神话传说主题在他身上也上演过"。
　　这位母亲叫 Krateia,意味着最高权力和王权。

② 《特洛伊妇女》(*Les Troyennes*),1169。

③ 《理想国》(*La République*),568 b.

④ 参见柏拉图,《理想国》,300 bd.

⑤ 关于俄狄浦斯的罪(*ágos*),参见 1426;1121,656,921;以及 KAMERBEEK 针对这
　　些段落的评论。

⑥ 在高等学院的一门课程的授课内容(但并未出版);参见让-皮埃尔·格潘(J. P.
　　Guépin),《悲剧的矛盾》(*The Tragic Paradox*),Amsterdam,1968,页 89 及以下各
　　页——玛丽·德尔古,《俄狄浦斯或胜利者的传说》,Paris-Liège,1944,页 30—37。
　　作者突出强调了遗弃和替罪羊(或祭品)两种仪式之间的关系。

7世纪就已经发生过类似的事情了,当时为了补赎谋杀库伦(Kylon)之罪,就驱逐了阿尔克迈翁家族(Alcméonides),声称他们犯了渎神罪①。

就像在古希腊的其他城邦一样,在雅典也存在一种年度仪式:定期驱逐过去一整年累积的罪恶。拜占庭(Byzance)的赫拉狄俄斯(Helladios)转述说:"相继献祭一男一女两个人作为祭品、替罪羊(*pharmakoi*),这是雅典的习俗,其目的就是净化罪恶②……"根据传说,这一仪式的起源是因为雅典人对克里特人安德洛革俄斯(Androgée)犯下了渎神的谋杀罪(或者说,前者对后者的死负有重大责任):为了要清除由这一罪行所引发的灾难(*loimós*),雅典人就开始通过献祭(替罪羊)来净化罪恶,从此就形成了一种惯例。仪式在萨吉里节(Thargélies,也称为收获节)的第一天举行,也就是萨吉里(*Thargeliôn*)月的第六天③。这两个作为替罪羊的人,要戴着干无花果项链(黑色或白色的,根据他们所代表的性别来分配),他们会被带着在城邦绕着示众,大家用绵枣的球茎、无花果的树枝和其他野生植物④击打他们的性器官,然后再将他们驱逐出去。可能至少在这种习俗开始的时候,他们会被处以石块击毙的刑罚,然后火烧尸体,最后再将骨灰抛撒各处⑤。那如何来选择替罪羊作为祭品呢?

---

① 希罗多德(Hérodote),5,70—71;修昔底德(Thucydide),第一卷,126—127。

② 君士坦丁堡的福提乌斯(Photius),《书录》(*Bibliothèque*),页534(Bekker);参见赫绪喀乌斯(Hesychius),s. v.,φαρμακοί.

③ 第欧根尼·拉尔修(Diogène Laërce)告诉我们(2,44):萨吉里月(5月)6日这一天也是苏格拉底的出生之日,也就在这一天,雅典人"净化了整个城市"。

④ 君士坦丁堡的福提乌斯,《书录》;赫绪喀乌斯,s. v.;拜占庭诗人特兹特斯(Tzetzès),《千行卷汇编》(*Chiliades*),第五卷,729;希波纳克斯(Hipponax)fr. 4,5,Bergk。

⑤ 《阿里斯托芬的〈青蛙〉评注》(*Scholie à Aristophane*, *Grenouilles*),730;《阿里斯托芬的〈骑士〉评注》(*Cavaliers*),1133;《苏达辞书》(*SOUDA*),s. v. φαρμακούς;希波纳克斯(HIPPONAX),s. v. φαρμακός;拜占庭诗人特兹特斯,《千行卷汇编》,第五卷,736。

一切都证明，这应该是从当时居民里的败类中征集而来的，这些人做过坏事，外表丑陋，社会地位低下，从事卑贱和令人反感的工作，这些都体现出他们是卑微、低贱的社会渣滓。阿里斯托芬（Aristophane）在他的作品《青蛙》（*Les Grenouilles*）中，将出身好、聪明、公正、善良和诚实的优秀公民与"烂铜币"（指卑贱之人）——它们出身于贫穷的家庭、头发呈红棕色、怪异、贫穷、是最新来的人——相对比，但城邦要从后者中选择恰当的人选也并非易事，也不是盲目随便选择的，哪怕只是用来献祭①。特兹特斯（Tzetzès）引用了诗人希波纳克斯（Hipponax）的篇章，然后指出：当一场瘟疫灾难袭击城邦时，大家会选择所有人中最坏的人（*amorphóteron*）作为对罪恶之城的一种净化（*katharmós*）②。在莱夫卡斯（Leucade），大家会选一个死刑犯用来进行净化城邦的仪式；而在马赛（Marseille），大家会选一个穷人用来净化那里所有居民的罪。被选择的这个人可以再活一年的时间，他的生活费算在城邦公共费用中。等这一年结束的时候，大家就带他绕城示众，正式接受所有人对他的唾弃，为的是让所有人的罪恶都汇集于他一个人身上③。人作为赎罪的祭品（*pharmakós*），其形象也来源于吕西亚斯（Lysias）自然而来的想法——当他向法官揭发安多西德（Andocide）的卑劣行为时，这一形象就自然地产生了：安多西德被视为渎神者、告密者和背信者，从一个城邦又被驱逐到另一个城邦。

---

① 阿里斯托芬，《青蛙》，730—734。

② 拜占庭诗人特兹特斯，《千行卷汇编》，第五卷；阿里斯托芬，《骑士》（*Cavaliers*），1133，阿里斯托芬作品的评注者认为，雅典人会供养一些爬到高层的出身卑微的恶人，将他们用作祭品，即替罪羊；阿里斯托芬，《青蛙》，703，其评注者认为，为了驱除饥饿，这些被作为献祭品的人通常是卑微丑陋之人；请参照玛丽·德尔古，《俄狄浦斯或胜利者的传说》，Paris-Liège，1944，页 31，n. 2。

③ 莱夫卡斯（Leucade）：斯特拉波（STRABON），10，9，p. 452；福提乌斯（Photius），s. v.——马西莉亚（Massilia，即今天的马赛）：塞尔维乌斯（SERVIUS）援引自佩特罗尼乌斯（Petronius），*ad En*，3，57；拉克坦提乌斯·普拉西德（LACTANCE PLACIDE），《斯塔提乌斯的〈忒拜隐士的生活〉之评论》（*Comment. Stat. Theb.*），10，793。

他所有的不幸，都正如上帝之手所指示的那样。将安多西德判罪，"就是净化城邦，使城邦从罪恶中解脱，驱逐被献祭的罪人（*pharmakós*）"①。

雅典人的萨吉里节还包括第二部分的活动。被献祭的罪人被驱逐后，节日就随之进入另一个仪式，并于本月的第七天举行，这一天是向阿波罗祝圣的日子。众人将这一年初次收获的硕果敬献给太阳神，将一个饼和一个盛满所有谷物种子的罐子献给神②。但节日的重头戏是佩戴"艾里逊尼"（*eiresiōnē*），即橄榄树枝或者饰有羊毛的月桂树，还装有各种水果、点心、小瓶的油和葡萄酒③。小男孩儿们拿着这些"五月之树"（即艾里逊尼）在城邦中列队游行，之后将它们放在阿波罗神庙的祭坛上，最后，孩子们会将它们取下来挂在每家每户的门口，用来避除饥饿和灾荒，祈求丰收④。在阿提卡地区（雅典）、

_____

① 《反对安多西德》（*Contre Andocide*），108，4：《τήν πόλιν καθαίρειν καὶ ἀποδιοπομπεῖσθαι καὶ φαρμακὸν ἀποπέμπειν …》。吕西亚斯使用了一个宗教词汇。关于驱逐仪式，参见欧斯塔修斯（EUSTATHE）的《奥德修斯评论》（*ad Odys.*），22，481。在《俄狄浦斯王》中的第696行诗，在克瑞翁与俄狄浦斯的争吵之后，合唱队的领唱表达了希望俄狄浦斯能成为城邦的"幸运的领导者"。后来出现的转折也进一步呼应补充了这一点：这位领导者将会被驱逐。

② 普鲁塔克（PLUTARQUE），《传记集》（*Quaest. Conv.*），717 d；赫绪略乌斯（HESYCHIUS），s. v. Θαργήλια（萨吉里节，也称为收获节）；《阿里斯托芬的〈财神〉评注》（*Schol. Aristophane, Ploutos*），1055；《阿里斯托芬的〈骑士〉评注》，729；阿特纳奥斯（ATHENEE），114a；欧斯塔修斯（EUSTATHE），*ad Il .*，9，530。

③ 关于"艾里逊尼"，请参照欧斯塔修斯，*ad Il .*，1283，7；《阿里斯托芬的〈财神〉评注》1055；《古希腊拜占庭词语词源大字典》（*Etymologicon Magnum*），s. v. Εἰρεσιώνη；赫绪略乌斯，s. v. Κορυθαλία；《苏达辞书》（*Souda*），s. v. Διακόνιον；普鲁塔克，《忒修斯传》（*Vie de Thésée*），22。

④ 《阿里斯托芬的〈财神〉评注》，1055；《阿里斯托芬的〈骑士〉评注》，728："饥荒和瘟疫时期"（οἱ μὲν γάρ φασιν ὅτι λιμοῦ, οἱ δὲ ὅτι καὶ λοιμου）；欧斯塔修斯，*ad Il .*，1283，7："防止饥荒"（ἀποτροπῇ λιμοῦ）。

在宗教日历中，"艾里逊尼"在十月份的哑剧节中也会出现。十月份标志着夏天的结束，而五月份（或者是四月份）标志着夏天的开始。十月七日举行的献祭仪式（阿特纳奥斯，648）与五月份举办的献祭仪式相呼应，是在秋季和春季（转下页注）

萨摩斯(Samos)、德洛斯(Délos)、罗德岛(Rhodes),人们称之为"艾里逊尼",而在忒拜,它被称为 kōpó,这象征着春天的万物更新。同时,伴随着人们的歌声和寻找礼物的环节,游行队伍庆祝着过去的一年,也开启和迎接新的一年,并期盼新的一年能风调雨顺、硕果累累、平安健康①。孕育力是人类生命所赖以生存的力量,而在过去的一年中已经萎靡不振,因此,对于社会群体来讲,激发孕育力是非常必要的,这种必要性在雅典的仪式中体现得非常明显。"艾里逊尼"会一直挂在家家户户的门上,一直到新的一年到来,再用新的翠绿的"艾里逊尼"将旧的替换掉②。

　　但是,"艾里逊尼"所象征的更新并不能确认城邦的罪恶是否都

(接上页注)分别举办的两次献祭,在这两次节日仪式中,都要用一个筐子装满土地出产的累累硕果。同样地,在神话中,在春天拿着"艾里逊尼"的仪式寓示着忒修斯的出发(普鲁塔克,《忒修斯传》,18,第一、二卷),而秋天的仪式则代表着忒修斯的回归(Ib, 22, 5—7)。参见路德维希·多伊布纳(L. DEUBNER),《阿提卡的节日》(Attische Feste),Berlin,1932 年,页 198—201,以及页 224—226;亨利·让-梅尔(H. JEAN-MAIRE),《论斯巴达式的教育和古希腊的青年仪式》(Couroi et Courètes),Paris,1939,页 321—3, 347, s;让娜·罗贝尔和路易·罗贝尔(J. et L. ROBERT),《希腊研究杂志》(Revue des études grecques),62,1949,题铭学简报,第 45 期,页 106。

① 这是一种辟邪之物、意指丰收的护符,"艾里逊尼"有时会像五月的丰收节一样被看作是健康和昌盛的象征。《阿里斯托芬的〈骑士〉评注》729a(Koster)指出:人们喜欢将季节与树枝装饰联系在一起。柏拉图的《会饮篇》(Banquet)在 188ab 处指出:当季节秩序(如干湿程度或冷热程度等)恰如其分时,就会为人类带来健康昌盛;相反,当这些相互关系过度和紊乱时,各种波及人类、动物和植物的瘟疫和疾病便会由此而产生。——瘟疫体现出一种季节的失常错乱,这与人类行为的失常错乱极为相似,后者也能导致前者。"艾里逊尼"象征着正常季节秩序的回归。以上两种情况,都是为了排除混乱(anomia)。

② 阿里斯托芬,《骑士》,728—729 及其评注;《财神》(Ploutos),1053—4 页:"一点点火花也会让它像一个干枯的'艾里逊尼'一样熊熊燃烧";《胡蜂》(Gupêpes),399。人们把春季树枝做成的"艾里逊尼"的干枯与土地和人类的枯竭(即饥饿)联系在一起,因为饥饿经常与干旱密不可分。希波纳克斯(Hipponax)就曾咒骂他的敌人布帕罗斯(Boupalos),他希望驱逐这个罪人,甚至希望看到他因饥饿而枯竭,像一个替罪羊一样被游行示众,也让他备受鞭策的酷刑。

已清除,土地和人民是否都已被净化。正如普鲁塔克(Plutarque)①所说的,装饰"艾里逊尼"的累累硕果是为了纪念土地贫瘠灾难的结束——因安德洛革俄斯的死而受到惩罚,曾一度土地贫瘠,寸草不生。具体来说,驱逐被献祭者(pharmakós)就是在为这一谋杀赎罪。"艾里逊尼"在萨吉里节的主要作用说明了赫绪喀乌斯(Hésychius)的注解:因为从外形和功能方面来看,"艾里逊尼"仅仅是一段用来祈福的树枝②。

　　具体地说,在索福克勒斯的悲剧开场,就出现了祈求者饰有羊毛的树枝(hiketeriai),代表着忒拜年轻活力的人,根据其年龄分队,分为孩子和很年轻的人。他们成群结队地游行,一直走到王宫门前,在阿波罗的祭坛前放下这些饰有羊毛的树枝,为的是驱除给整个城邦带来巨大灾难的瘟疫。还有另外一个细节,能更具体地体现第一幕中所提到的节日仪式的特点。此处曾两次提到③:城邦到处都是"混杂着哭声和呻吟声的节日之歌"。节日之歌,通常指的是胜利的凯歌和感恩之歌,而与挽歌是相反的——哀悼之歌,哀怨的旋律。但我们也知道,一位《伊利亚特》(Iliade)注解者曾指出:存在另外一种类型的节日之歌,当人们唱起它的时候,是为了"阻止罪恶或者让罪恶远离他们"④。毕

---

① 普鲁塔克,《忒修斯传》,22,6—7。参见 15,第一卷:安德洛革俄斯(Androgée)死后,"神灵之力摧毁了这个地区,降临各种灾难,如疾病、不育、江河干枯等"。

② 赫绪喀乌斯,s. v. Θαργήλια(萨吉里节,也称为收获节);普鲁塔克,《忒修斯传》,22,6,18,第一卷;欧斯塔修斯,ad Il., 1283, 6。

③ 《俄狄浦斯王》,5,186。

④ 《伊利亚特评注》(Schol. Vicotr. ad Iliad.),10,391;"节日之歌:当唱起这种歌的时候,是为了祛除灾难和罪恶,或者是让这一切恶都远离城邦。原始音乐并不只是与宴会和舞蹈有关,也与挽歌紧密相连。原始音乐当时仍歌颂毕达哥拉斯学说盛行的时代,当时大家将这种音乐称为'净化'"。也可参见埃斯库罗斯,《阿伽门农》,645;《奠酒人》(Choéphores),150—151;《七雄攻忒拜》,868,915,s. 参见德拉特(L. DELATTE)的《合唱诗人斯特西克鲁斯的片段注解》(Note sur un fragment de Stésichore),《古典研究》(L'Antiquité classique),7,第一卷,1938 年,页 23—29。塞弗兰斯(A. SEVERYNS),《普罗克洛斯的古典名著选研究》(Recherches sur la chrestomathie de Proclus),第一卷,1938 年,页 125。

达哥拉斯派的学者们也曾谈及这一点。根据上面这位注解者的观点，这种宣泄的节日之歌也可以表现为挽歌。这就是索福克勒斯的悲剧作品中所指的节日之歌，即哭声连连的挽歌。必须在宗教日历规定的具体时刻才能唱这种具有净化意义的挽歌，春天代表着这一年的转折点，而在春夏之交，正是人类要开始奔走忙碌的时候，忙于收获、航海或战争①。萨吉里节正是在收获来临之前的五月份，也体现了人们喜欢在春季举办庆典这一情结。

这些细节能以很直观的方式拉近观众与俄狄浦斯时期雅典习俗的距离，比如罪恶（ágos）是必须要被驱逐的②。俄狄浦斯在一开场所说的话中就自己提到了替罪羊的角色，尽管他自己都没有意识到。他对祈求的人说："我知道你们所有的人都深受其害，然而，尽管你们如此痛苦，却都不及我痛苦。因为你们每个人的痛苦我都能感受到，你们每个人体会到的是自己一个人的痛苦，没有人像我一样，承受着所有的痛苦：城邦的，我自己的，以及你的。"③再后面的地方，他又说："我承担着所有人的不幸，他们的不幸甚至更像是我自己的。"④然而，俄狄浦斯错了，事实上，这种罪恶的确是他自己的，正如克瑞翁当时立刻说出了罪恶的真正名字，即 *mias-*

---

① 德拉特（L. DELATTE），前揭；斯特西克鲁斯（STESICHORE），法语版，37，Bergk ＝14 Diehl ；杨布里科斯（JAMBLIQUE），《毕达哥拉斯传记》（*Vie Pythagoricienne*），110，多伊布纳（Deubner）；亚里士多赛诺斯（ARISTOXENE DE TARENTE），法语版，117，Wehrli："对于洛克里（Locres）和利基翁（Rhegium）两地的居民来说，他们曾经去询问神谕，为的是要找到治愈当地妇女疯癫之症的方法，神灵指示他们要在春天的时候唱起节日之歌，而且要坚持唱 60 天。"关于春天的意义，与其他季节相比，它不只是一个季节，而更代表着时间的划分节点，既标志着大地万物的更新，也标志着在过去的一年与新的一年交接之时人类储备的匮乏。参见阿尔克曼（ALCMAN），法语版，56 D＝137 Ed.："（宙斯）将季节首先划分为三个阶段——夏天、冬天和秋天——以及第四个季节，即春天。在这个季节，万物生长，开花发芽，但我们却吃不饱。"

② 《俄狄浦斯王》，第 1426 行 ；请参照上文，n. 85，页 117。

③ 同上，59—64。

④ 同上，93—94。

ma（"罪"、"污点"）①。虽然俄狄浦斯的想法是错误的，但他却不知不觉地就说出了真相：因为他就是他自己，而作为罪恶（*mias-ma*）和城邦的污点（*ágos*），他确实承担了压在他同胞身上的不幸的重量。

神圣的国王与献祭的罪人，这就是俄狄浦斯的两面。这完全相反的两面共存于俄狄浦斯一个人身上，也赋予他神秘的特性，正如一句话具有双重含义一样。针对俄狄浦斯本性中的内在冲突，索福克勒斯赋予了一个普遍的意义：这一人物是人类状态的典型范例。但是，国王与替罪羊之间的极端冲突（这种极端冲突也存在于俄狄浦斯自身）并不是索福克勒斯创造出来的，而是在宗教实践和希腊人的社会观念中早已经有了的。诗人只是赋予它一种新的意义，以此来象征人及其模糊性（双重性）。如果说索福克勒斯选择"僭主-赎罪祭品"（*túrannos-pharmakós*）这一对对立面，是为了阐述我们所说的逆转主题，那是因为这两种对立的形象也是对称的，从某种角度上来说，它们是可以相互转化的。此外，两者都是作为群体共同得救的责任个体（individus）而存在。荷马和赫西俄德认为，大地的丰产、牛羊的繁殖和妇女的生育，都要依仗国王本人——宙斯的后代。他执行王权的正义（*amúmōn*），表现得无可指责，一切都在城邦中繁荣昌盛②；如果他犯了错的话，那就需要整个城邦为他一个人的错误付出代价。神降下了各种灾难，如饥荒（*limós*）和瘟疫（*loimós*）纷纷降临：人类面临着死亡，濒临灭绝，女人不再生育，大地不再出产，牛羊不再繁衍③。当神降灾祸于人民身上的时候，正常的解决方法就是牺牲国王。如果说国王是丰产的掌控者，而现在却丰产不再、民不聊生，那就说明他的王权变成了它的反面——罪，而他的正义也成为他

① 《俄狄浦斯王》，97。

② 荷马（Homère），《奥德赛》（*Od.*），第 19 行，109 行，s.；赫西俄德，《工作与时日》（*Travaux*），第 225 行，s.

③ 赫西俄德，《工作与时日》，第 238 行，s.

的罪过和德行污点，最好的(*áristos*)也就成了最坏的(*kákistos*)。吕枯耳戈斯(Lycurgue)、阿塔马斯(Athamas)和俄伊诺克罗斯(Oinoclos)的传说也包含了类似事件：为了祛除瘟疫，对国王处以投石之刑，这是仪式性的死刑，不然的话，也可以牺牲他的儿子。但是，有时候也会从城邦中选一个人来承担不称职的国王这一角色，让他来接受刑罚。国王就将自己的责任推卸给这个人，后者就像是国王的替身，国王的所有罪责全都转移到了他身上。这也正是替罪羊(*pharmakós*)：身为国王的替身，但他本人的地位又与国王相反，就像是狂欢节中的王族人物一样，只是在节日当下才被冠以王族的头衔，但这实际上与他们真实的社会等级是相反的，人物的社会地位都是颠倒过来的：婚配禁忌被取消，偷盗成为合法行为，奴隶变成了主人，女人也与男人互换了衣服；这样一来，国王也就应该由最低贱、最丑陋、最微不足道、最罪恶的人来担当。然而，节日庆典一旦结束，假国王就被驱逐出城邦或者被处死，这样就能清除他所代表的所有混乱和罪恶，同时，也能使城邦的居民得到净化。

在古雅典，萨吉里节的仪式还是在替罪羊的角色中隐约保留着某些特点，让人会由此想到主掌王权和丰产的国王[①]。这个代表罪恶污点的人，由国家负责他的一切费用，他吃的饭都是特别纯的水果、奶酪和祝圣的披萨饼(*mâza*)[②]。在仪式队伍游行时，他戴着各种——如"艾里逊尼"——无花果项链和树枝的装饰物，被绵枣的球茎击打下体，这些都象征着他拥有丰产的善德。他的罪也是一种宗教意义上的资质，因为他的罪可以被用于有益的方面。就像俄狄浦斯一样，他的罪(*ágos*)令他成为"净化剂"，能够净化整个城邦的罪

---

① 关于献祭品(*pharmakos*)的双重性，参见法内尔(R. L. FARNELL)，《希腊城邦的祭祀仪式》(*Cults of the Greek States*)，Oxford，1907，4，页280—281。

② 《苏达辞书》(*SOUDA*)，s. v. ；希波纳克斯(HIPPONAX)，法语版，7(Bergk)；塞尔维乌斯(SERVIUS)，*ad Aen* ．，3，57；拉克坦提乌斯·普拉西德(LACTANCE PLACIDE)，《斯塔提乌斯的〈忒拜隐士的生活〉之评论》(*Comment. Stat. Theb.*)，10，793；"(……)用部分公共资金供应纯净的食物……"

恶。另外,人物的模糊性(双重性)甚至体现在解释性的叙述中,此类叙述是用于解释仪式设立的缘由。我们所引用过的拜占庭学者赫拉狄俄斯(Helladios)的版本,与第欧根尼·拉尔修(Diogène Laërce)和阿特纳奥斯(Athénée)的版本①相反:谋杀库伦之罪致使雅典遭受瘟疫之灾,当欧默尼得斯(Euménide,指复仇女神)净化瘟疫(loimós)肆虐的雅典时,两个年轻人——其中一个人叫克拉提努斯(Cratinos)——自愿将他们自己作为祭品来净化养育他们的故土。这两个人并不是社会的败类,而是雅典的年轻与活力之花。我们前面已经谈到过特兹特斯(Tzetzès)的观点,他认为大家会选择一个很丑陋的人(ἀμορφότερος)作为赎罪的祭品(pharmakós);而阿特纳奥斯却认为:相反地(μειράκιον εὔμορφον),克拉提努斯是一个非常俊美的少年。

　　赎罪的祭品和传奇的国王,这两者是对称的:从下层人中选出一个人充当前者,而前者再扮成与后者(国王)相似的样子。而这种对称性似乎也体现出类似于像陶片放逐制的一种机制,卡耳科庇诺(J. Carcopino)曾从多方面指出这陶片放逐制的奇特性②。我们知道,在古希腊城邦时期,国王已经不再扮演掌管多产昌盛的角色了。而在公元前 6 世纪,当雅典的陶片放逐制创立时,僭主的形象继承了古代统治的某些宗教观念,虽也有一定的变化。当时设立陶片放逐制,目的是为了杜绝城邦公民中有人因地位升得过高而发展成为僭主统治。但是,这只看到了这种形式的积极意义,而没有意识到它所具有的古旧特性。陶片放逐制的投票每年举办一次,大概是在每年的第六到第八个执政月之间举行,其规则与政治和法律生活的普通程序相反。陶片放逐制是一种放逐形式的判罚,针对的是城邦中具有威

---

① 　第欧根尼·拉尔修,1,110;阿特纳奥斯,602cd.

② 　卡耳科庇诺,《雅典的陶片放逐制度》(L'Ostracisme athénien),Paris,1935。在以下作品中,我们将会集中找到与此相关的主要文章:卡尔代里尼(A. Calderini),《陶片放逐制度》(L'Ostracismo),科莫(Côme),1945 年。将陶片放逐制度与献祭习俗联系在一起,这是由路易·热尔内首先提出来的观点。

胁性的公民，放逐期为 10 年①。这一判罚是在法院之外执行的，通过公民大会宣布结果，无需经过公众揭发，甚至都不需要正式控诉某个人。在第一场准备大会上，以举手表决的方式，确定是否对过去这一年执行陶片放逐制的投票。投票实行不记名制，因此此也就不会引起任何争论和冲突。如果表决者都同意举办，那公民大会将在不久后再举办一次特别会议。公民大会位于阿格拉集会广场（Agora），而不是像平常集会一样在普尼克斯（Pnyx）。为了开始真正的投票，每位参与者都在一块陶片上写下他想投的人的名字。而这一过程，既没有控诉，也没有辩护；无论从政治还是法律角度，这种投票都不存在任何理性规则。这一切都让人感受到：希腊人将"嫉妒"（phthónos，同时也是对地位升得太高、太过成功的人所怀有的羡慕嫉妒感以及宗教层面的怀疑）②以一种最自发、最一致的方式发泄出来（但投票人数至少要有 6000 人），而且完全没有任何法律规则和理性验证。被选出的即将被放逐的人，人们到底责怪他什么呢？因为他的优越性以及借此达到了高高在上的地位，所以大家嫉妒他；因为他的过于幸运容易招致神的不满，从而给该城邦带来灾难。对僭主政治的恐惧与宗教层面更深层的畏惧——这会使整个城邦的居民陷于危难——交错在一起。正如梭伦所言："过于伟大的人会为其所居住的城邦带来灭顶之灾。"③

　　亚里士多德对陶片放逐制的进一步研究也涉及到该方面的问题④。他说，如果一个人在美德和政治能力方面都超出常人，大家就不知道该如何将他与其他人平等对待、一视同仁："事实上，这样的一

---

① μεθίστασθαι τῆς πόλεως；参见《古希腊拜占庭词语词源大字典》（Etymologicon Magnum），s. v. ἐξοστρακισμός；福提乌斯（Photius），s. v. ὀστρακισμός.

② 在《俄狄浦斯王》中，我们会注意到："嫉妒"（phthnos）主题通常会发生在城邦首领的身上，参见 380，s.

③ "雪和冰雹总是从大块乌云中倾泻而下；霹雳总是出自最亮的闪电；城邦的毁灭也正是源于那些太伟大的人"，梭伦（Solon），法语版，9—10（Edmonds）.

④ 《政治学》（Politique），3，1284 a3—b 13.

个人自然就像是众人之中的一个神。"这也是为什么民主的国家都设立了陶片放逐制度。这是因为他们都遵循了一个神话范例：阿尔戈英雄们（Argonautes）之所以放弃了赫拉克勒斯（Héraclès），也是出于类似的原因。阿尔戈船（Argo）当时拒绝载他，就像拒载其他人一样，主要因为他是一个太过伟大也太过耀眼的英雄。亚里士多德还总结说，这一问题在艺术和科学领域也是一样的道理："合唱队的队长绝不会接受这样一位成员，对于一个合唱队而言，如果一个人的声音在力量和优美方面都远远超越其他成员，那么，合唱队的队长绝不会允许这样的人存在于队伍中。"

那么，城邦如何能接受像俄狄浦斯这样一个人呢——他"投掷投得比任何人都远"，而且成为了神一般高傲的人（isótheos）？当城邦建立了陶片放逐制度，就意味着创造了一种与萨吉里节的仪式既对称又颠倒的机制。对于由陶片放逐法选出来的人而言，城邦驱逐的是能力最强的人，他代表的是因为地位太高而可能导致的罪恶。而对于替罪羊本身而言，城邦驱逐的是最邪恶的人，他代表着源自最底层的威胁城邦安全之人①。通过这种双重的互补的清理，城邦就自我划定了以上及以下的范围，并有效地促使人自我节制，避免走向两个极端：一方面，人不能太过神圣和英勇；另一方面，人也不能太过卑劣和邪恶。

城邦就是这样通过其机制自发地实现其目标——亚里士多德意识到了这一点，并对此进行了深刻的思考，最后在他的政治学理论中也表述了此类观点。他写道：人，从本质上来看是一种政治动物；因

① 1958 年 2 月，路易·热尔内在社会学研究中心所做的一个讲座（并未发表）中指出：在被献祭者与被驱逐者两个极端之间，有时会因制度原因而产生一种短路现象。雅典人最后一次实行的陶片放逐制度就是个典型的例子。在公元前 417 年，有两位首当其冲的人最有可能在投票后被放逐，即 Nicias 和 Alcibiade。但他们两人密谋，最后成功陷害了平民领袖海柏波拉斯（Hyperbolos）——被他们仇视和蔑视的人。这样，海柏波拉斯最终被放逐了，但是正如路易·热尔内所研究的那样，也正是因此陶片放逐制度自此结束，此后不再援用：雅典人震惊于这种"导向性错误"，它突出了被献祭者与被驱逐者之间的两极性和对称性，因此他们很憎恶这一制度。

此，出于无城邦、无归属（*ápolis*）或恶的本质，一个卑微、低下之人或超越了人性的人，往往要比正常的人更加强大。亚里士多德还指出：这样的人"就像是跳棋游戏中一颗被孤立的棋子"。后来，亚里士多德又进一步探讨了这个问题，他认为：无法在群体中生活的人"就完全不属于城邦，因此，他要么是粗鲁的野兽，要么就是神"①。

俄狄浦斯就正是这种情况，他具有双重性和矛盾性，总是处于高于人或低于人的境地。他是比人更强大、堪与神相比的英雄，同时也是被遗弃在荒山与孤独中的粗鲁的野兽。

但亚里士多德的评论更加深入精辟，让我们能够明白弑父娶母在"逆转"——在俄狄浦斯身上集合了伟大如神和卑贱至极同种类型的身份——过程中所起的作用。事实上，这两种罪（指弑父和娶母）都触犯了"跳棋游戏"的基本规则，因为每个棋子在城邦这个棋盘上都有属于自己的确定的位置②。在犯罪的同时，俄狄浦斯也重新洗牌，打乱了棋子及其位置的顺序：从此以后，他就成为局外人，从游戏中被驱逐了出去。通过弑父娶母，俄狄浦斯取代了他父亲的位置；在

---

① 《政治学》，第一卷，1253 a 2—29。亚里士多德用来指低微卑贱之人的词 φαῦλος，也正是注解者用来指被献祭者的词（*pharmakós*）。关于粗暴的野兽与英雄或神之间的对立，参见《尼各马可伦理学》，7，1145 a 15，s.："谈到兽性的对立面，我们最多只能说那是超人类的、英雄式的、神的美德。（……）如果很难找到一个神圣的人，那可见，兽性在人类中也并非比比皆是。"

② 在亚里士多德的话中，我们引用了最常见的翻译版本："就像是跳棋游戏中一个被孤立的棋子一样"，不仅存在着不成对的筹码和正常的棋子之间的对立，事实上，在希腊人用动词 *pesseúein* 所指的游戏范畴中，"城邦"（*pólis*）也是其中之一。根据苏埃托尼乌斯（Suétone）（《罗马十二帝王传》，I，16）的观点，他认为"城邦（*pólis*）也是一种游戏骰子，对手们被看作是棋子，就像跳棋一样被置于规定的方格——由交错的线条组成——之中。我们将被界定好的方格称为城邦（*póleis*），将相互对阵的棋子称为 *kúnes*（狗）。"按照波吕克斯（Pollux，9，98）的观点来看："我们放了很多棋子的地方就是一个配有格子的围裙，格子由线条交错而成，我们称这个围裙为城邦，把棋子称为狗。"参见 J. TAILLARDAT，《苏埃托尼乌斯：不当用语，古希腊游戏》（*Suétone: Des termes injurieux. Des jeux grecs*），Paris，1057，页 154—155。如果说亚里士多德也参照跳棋游戏来定义"个人"（*ápolis*），那是因为在希腊的游戏中，决定各个棋子的位置和行动的"棋盘"，正如其名字一样，可以被看作是城邦的秩序。

伊俄卡斯忒身上，他将母亲和妻子两种角色混同在一起。无论是对于拉伊俄斯（作为伊俄卡斯忒的丈夫）而言，还是对于俄狄浦斯自己的孩子（俄狄浦斯既是父亲，也是兄长）而言，俄狄浦斯的身份都使其家族三代人的身份变得极其混乱。索福克勒斯强调了这种身份均等和身份认证，并坚持要将其区别和分隔开来。有时，他强调的程度会让今天的人感觉有些突兀，但这其实也是今天的解读者需要重视和注意的一个问题。索福克勒斯对于身份问题的强调是通过词形游戏来实现的，主要涉及 homós 和 ísos 两个词根及其组合词，以上两个词根的意思分别为"相似的"和"相同的"。俄狄浦斯在得知自己的真实身份之前，当他谈到自己与拉伊俄斯的关系时，就自认为是与他共同分享了一张床，也先后娶了同一个女人为妻（homósporon）①。他嘴里说出的 homósporon 这个词意味着：拉伊俄斯与他是先后跟同一个女人孕育后代；但在第 460 行诗中，提瑞西阿斯重新提到了这个词，并赋予它真正的含义。他对俄狄浦斯坦言：俄狄浦斯将会发现自己既是杀死父亲的凶手，同时也与他父亲是共同孕育者（homósporos）②。通常来说，homósporos 一词的意思并非如此，而是指同胞兄弟姐妹，共同祖先的亲人。实际上，尽管俄狄浦斯并不知情，但他与拉伊俄斯以及伊俄卡斯忒都来源于同一祖先。以下一系列直接而形象的比喻体现了俄狄浦斯及其子女的身份均等：父亲"种下"了儿子，儿子又在同样的地方"播种"；伊俄卡斯忒身兼妻子和母亲双重身份，她作为"田"孕育出了父亲和儿子——双重收获；俄狄浦斯在孕育他的"田"中播种，而他自己本身就是从这"田"中被"种下"的，又是在这同样的"田"里，他收获了自己的孩子③。但是，在提瑞西阿斯对俄狄浦斯说接下来这段话的时候，他赋予这个表达等同含义的词以非常沉重的悲剧意义：所有的罪恶都会降临在你身上，"让

---

① 《俄狄浦斯王》，260。

② 参见《俄狄浦斯王》，1209—1212。

③ 参见《俄狄浦斯王》，1256—7，1485，1498—9。

你等同于你的孩子(即你跟你的孩子是兄弟关系),同时,也将让你等同于你自己"①。俄狄浦斯对于他的孩子和他的父亲所处的身份,伊俄卡斯忒身上母亲与妻子两种身份的同化,这一切都使俄狄浦斯等同于他自己,也就是使他成为了一个罪人(ágos),一个无城邦、无归属的人(ápolis),一个与其他人毫无对等性的人,他曾自以为等同于神,最终却落得一无是处②。因为如神灵般伟大的僭主(tyran isótheos),其实比野兽好不了多少,他并不了解人类城邦运行的游戏规则③。对整个都是一个大家族的众神而言,乱伦并非禁忌。科罗诺斯和宙斯都打败了他们的父亲并夺取了王位;跟他们一样,僭主也自以为这不是禁忌,可以为所欲为。柏拉图称之为"弑父"④,他将"弑父"比喻为一个以为可以随意违反最神圣的法规而不会遭受惩罚的异想天开的人:杀死任何他想杀的人,与任何他喜欢的人结合,"犹如存在于人类中的神一样,主宰一切,为所欲为"⑤。粗鲁的野兽也

---

① 参见《俄狄浦斯王》,425。

② 关于俄狄浦斯所遭受的这种"不公平"(这种"不公平"是与其他忒拜人相比而言的,如提瑞西阿斯和克瑞翁,他们在俄狄浦斯面前要求得到平等的权利),参见《俄狄浦斯王》,61,408—409,544;579 和 581;603。当被拉伊俄斯用鞭子抽打的时候,俄狄浦斯也说"这是不公平的"(810)。而沦落后俄狄浦斯对孩子们所表达的最后期望就是:希望克瑞翁"不会为他们带来像自己一样的不幸"(1507)。

③ "我们无法用言语表达出神的美德,那么我们也无法表达野兽的恶:神的完美远胜过美德,同样地,野兽的恶与邪恶也远不是同一层面的意义。"亚里士多德,《尼各马可伦理学》,7,1145 a 25。

④ 《理想国》,569 b.

⑤ 《理想国》,360 c. 我们就是应该在这种背景下来理解第二段合唱歌(stásimon, 863—911),这一段被赋予了太多不同的解读。这是唯一一次合唱队对僭主俄狄浦斯采取了否定态度;但是,对僭主狂妄自傲所进行的批判在俄狄浦斯身上似乎完全不合适,比如,他可能会是最后一个利用形势之便而"获取不当利益"的僭主(889)。事实上,合唱队的话并不是针对俄狄浦斯本身,而是针对他在城邦中的特别身份。俄狄浦斯被揭露出自己也会犯下罪行,也不再是神谕般的象征,就在这时,对这位人中翘楚的几近崇拜的感情转化成了憎恶。在这种情况下,如神一般伟大的人(isótheos)不再是能被信赖和依靠的领导者,而是成为了没有节制没有礼法的野兽,一个无所不惧、为所欲为的放纵者。

不会遵守任何人类社会的规则。其实,他们并不像神一样可以凌驾于法律力量之上,他们都必须要遵守法律,否则,也至少要遵循理性(或称逻各斯,*lógos*)①。迪翁·克里索斯托(Dion Chrysostome)将第欧根尼的讽刺评论与俄狄浦斯的主题联系在一起:"俄狄浦斯悲叹自己既是他孩子的父亲也是他们的兄长,既是他妻子的丈夫也是她的儿子。但是,公鸡不会因此而感到气愤,狗和鸟也都不会。"②因为对这些动物来说,它们根本没有兄弟、父亲、丈夫、儿子和妻子。就像是被隔离在游戏之外的棋子,它们生活在没有法规、没有区分也没有平等③的混乱(*anomia*)之中④。

俄狄浦斯因弑父娶母而被排除在游戏之外,被城邦驱逐,更遭众人唾弃。在悲剧结尾的时候,俄狄浦斯被揭露出自己就是斯芬克斯

---

① 逻各斯(*lógos*)将人类区分为唯一的"政治性"动物,拥有语言和理性。野兽是只有声音的,然而只有人才能"用言语表达有用和有害,进而能区分公正和不公:因为在众多生物中,这是只有人类才具有的特性,人类也是唯一拥有公正与不公正这类情感以及其他道德观念的生物。正是这些情感的综合才衍生出了家庭和城邦。"亚里士多德,《政治学》,第一卷,1253 a 10—18.

② D. CHRYSOST.,10,29;参见诺克斯(B. KNOX),《主人公的性格:索福克勒斯的悲剧研究》(*The Heroic Temper: Studies in Sophoclean Tragedy*),Berkeley and Los Angeles,1964,页 206;也可参阅奥维德(OVIDE),《变形记》(*Métamorphoses*),7,386—7:"墨涅弗朗(Ménéphron)必须要与自己的母亲结合,就如同野兽那样!"也可参阅 10,324—331。

③ 在悲剧的开始,俄狄浦斯要努力地融入拉布达科斯家族(les Labdacides),作为外来人,他觉得离得很遥远(参照 137—141;258—268);正如诺克斯所写的那样:"当俄狄浦斯羡慕地述说拉伊俄斯的王室谱系时,其中蕴含了他因出生问题而产生的深深的缺陷之感(……)。而且,他试图在他的讲述中将自己也插入到忒拜王族的谱系中。"(同上,第 56 页)然而,他的不幸并不在于他与这个显赫家族之间的巨大差距,而恰恰正是因为他隶属于这一家族,才最终导致了他的不幸。俄狄浦斯也担心自己的卑微出身会配不上伊俄卡斯忒。然而,同样地,他的不幸并非因为距离太远,反而是因为距离太近,因为他们之间的家族关系太近,距离缺失。其实,比门不当户不对更严重的是,他们的婚姻就是一场乱伦。

④ 兽性并不仅仅指缺少逻辑和法制,而更是指一种"混乱"的状态,在这种状态下,一切都盲目地混淆交错在一起;参见埃斯库罗斯的《被缚的普罗米修斯》(*Prométhée enchaîné*),450;欧里庇得斯的《乞援人》(*Suppliantes*),201。

之谜所指的"怪物"——他高傲地自以为凭借自己的聪明才智早已经
破解了这个谜。斯芬克斯曾问他:什么生物有的时候两只脚,有的时
候三只脚,而有的时候又四只脚?这个谜将人一生依次经历的三个
阶段混杂融合在一起:当人还是孩子的时候,需要手脚并用爬行,所
以是四只脚;当人长大之后,就有足够的力量两只脚走路;而等人变
老时,就需要借助拐杖的力量行走,可谓是三只脚。当俄狄浦斯最后
发现自己的真正身份——与他的父亲和子女之间的混同关系——
时,他其实是消除了父亲与孩子或祖辈之间的分界线,而分界线是用
于确保每一代人在时间秩序和城邦秩序中都有专属于自己的位置。
最后一个悲剧性"逆转"是指:经历了成功破解斯芬克斯之谜的胜利
之后,俄狄浦斯最终成为一个与众不同之人、一个纠结混乱之人,也
是大千世界所有生物中唯一需要改变自己本性(而不能保留其本性)
的人①。然而,真正使俄狄浦斯发生这种颠覆性改变的,并不是他所
猜出的谜底,而是谜题本身。

　　我们可以从对《俄狄浦斯王》的分析中得出以下几个结论。

　　首先,存在一种悲剧的模式,而悲剧所展开的所有情节都围绕这
一模式,该模式存在于以下各个方面:语言和多种文体手法,持续探
寻与情节突变重合式的戏剧写作结构,俄狄浦斯的命运主题以及主
人公本身。这种模式并非体现在某个形象、概念或情结上,而完全是
一种逆转性的操作模式,一种模糊性的逻辑规则。但是,这种模式在
悲剧中具有一定的意义。为了充分体现俄狄浦斯这一具有双重性和
逆转性的人物典型的真正面目,这一模式体现:从神圣国王变成替
罪羊的巨大反差。

　　其次是第二点,如果索福克勒斯所安排的僭主(*túrannos*)与献
祭品(*pharmakós*)之间的对立完全符合当时古希腊人的体制法规和
政治理念,那么悲剧除了反映在当时社会和公共观念中已存在的结
构和状态,是否还具有其他的价值?事实上,我们认为恰恰相反,悲

―――――――――――

① 参见欧里庇得斯的《腓尼基妇女》。

剧并非是当时社会状况的缩影，反而是与当时的社会相对立的，并对其提出了质疑。因为在社会实践和社会理论中，人类和神灵的两级结构的区分，目的在于更好地从特点方面界定人类生活的范围，而这一范围的特点就是：以一系列法律（*nómoi*）为约束，并通过法律得以确立。而这以内和以外的两个范围，其实只是内外相呼应的两条线，它们共同清晰地勾画出了人类所限其中的这个范围。相反，在索福克勒斯的作品（即《俄狄浦斯王》）中，人类和神灵却相遇了，而且交融体现在同一个人身上。因为这个人物是人类的典范，所以，所有的界线——本来是可以帮助他界定自己作为人的生活，并能明确确立他的身份地位——在他身上都消失了。当一个人以俄狄浦斯的方式想要彻底追查自己究竟是谁时，他就会发现：其实人自身就是一个谜，他没有完全属于自己的领域和确定性，没有固定的归属也没有明确的意义，而是在神和虚无之间摇摆。而人真正的伟大之处也正在于此：自我思考和探索。这体现出了人的本质的模糊性和神秘性。

最后一点，最难的可能并不是要确认悲剧对于公元前5世纪的古希腊人的真正意义到底是什么——我们曾一直试图要去搞清楚这个问题——，而是去理解悲剧所提出来的质疑，或者说悲剧是如何提出了如此之多的质疑。究竟是什么使得悲剧这一艺术作品拥有永恒的延展性和可塑性，使它自身的魅力长盛不衰、永葆青春？如果正如最后的分析所言，悲剧真正的原动力是颠覆性"逆转"——悲剧的逻辑模式——，那么我们可以理解为：悲剧作品可以有各种解读方式，而且始终不存在某种定论。随着时代的发展，《俄狄浦斯王》也会具有新的解读方式。随着西方思想发展的历史，人类的双重性和模糊性问题已经逐渐改变，不再只是对于古希腊悲剧而言的"谜"，而是转换成了其他形式的人类存在问题。

六、埃斯库罗斯的悲剧《俄瑞斯忒亚》中的狩猎与献祭[①]

　　《俄瑞斯忒亚》开幕即出现了火把,它从灭亡的特洛伊到了迈锡尼(Mycènes),为"暗夜带来了白昼","将冬天变成了夏天[②]",然而,这个火把实际上预示着与其表面现象相反的另一个阶段的到来;它在"闪耀的火把之光下[③]",步入了被黑暗所包围的时代,此时,火把之光并不是骗人的,而是照亮了一个妥协的世界——当然,这并不意味着这是一个没有冲突张力的世界。无论是新一代的神还是老一代的神,他们之间的混战在《阿伽门农》(*Agamemnon*)的开篇就已初显端倪,主要体现为以乌拉诺斯为首的第一代众神之间的争斗[④],并对峙于雅典法庭之上。在神的世界中,以悲剧行为为代价,最终将混乱的世界转变成了有序的世界。而对于人类的世界而言,情况亦是如此。在埃斯库罗斯的悲剧三部曲中,自始至终都贯穿着两个主题,即献祭与驱逐。在《复仇女神》(*Euménides*)的结尾部分,当献祭的动

---

① 首次发表于《古代之言》(*Parola del Passato*),129,1966,页401—425。这一论文重新探讨并进一步研究了让-皮埃尔·韦尔南在高等研究实践学院的课程中和在比耶夫雷(Bièvres)举办的"埃斯库罗斯时代"研讨会上(1969年6月,由Gilbert Kahn组织举办)所提到的问题。在此,我感谢参与者们提出的各种意见和建议。

② 《阿伽门农》,22,522,969。

③ 《复仇女神》,1022,马宗(Mazon)的翻译版本。

④ 《阿伽门农》,169—175。

物被宰杀时,游行队伍被号召发出像女人一样的仪式性的哭喊声①:"现在请你们发出哭喊声,来回应我们的颂词。"但是,最早的献祭场面出现在《阿伽门农》的第 65 行诗之后,争斗的开始与婚礼开头的献祭相对照,此后,立刻出现了献祭的主题,即众神不满意的献祭,或者正像我们所说的"变质的献祭":"燃烧你的怒火吧,底部加柴,上面浇油,这样,没有任何东西能熄灭这祭品的不屈的怒火,因为这祭品之火不愿停息。"②

另外一个经常出现的场景就是狩猎:在《阿伽门农》的整部作品中都隐含着猎杀的预兆。而通过整部悲剧展示出了阿特柔斯家族的过去、现在和将来,这一驱逐的预兆就是那场动物间的猎杀,即两只鹰吞食了一只怀胎的母兔。《复仇女神》中指出,在这场对人类的猎杀中,俄瑞斯忒斯是猎物,而复仇女神则是猎犬。这些猎杀驱逐的场景都被收集在一本很优秀的著作中,但其中的分析却没能超越普通的文学范围③。当谈及献祭的主题时,献祭的重要性被像弗伦克尔(E. Fraenkel)一样的研究者完全忽略,他只是简单地认为献祭是"一种仪式语言的改扮,为的是引起阴森恐怖的效果"④,在近几年,他又进行了更为深入的研究,并与弗洛玛·塞特林(Froma I. Zeitlin)合作,主要致力于从埃斯库罗斯的悲剧三部曲⑤中探寻献祭的意义;或者以更具野心也更具争议性的研究方式,将献祭的研究与整个古希腊悲剧的研究联系在一起,比如伯克特(W. Burkert)和让-皮

---

① 《复仇女神》,1043,1047。

② 《阿伽门农》,68—71。

③ 迪莫捷(J. DUMORTIER),《埃斯库罗斯作品中的形象》(*Les Images dans la poésie d'Eschyle*),Paris,1935;参见页 71—87,页 88—100,页 134—155 等。反之,献祭的主题被完全忽略;参见页 217—220。

④ 弗伦克尔,《埃斯库罗斯的〈阿伽门农〉(附点评)》(*Aeschylus, Agamemnon edited with a commentary*),Oxford,1950,III,页 653。

⑤ 弗洛玛·塞特林,〈在埃斯库罗斯的作品《俄瑞斯忒亚》中的变质献祭主题〉(The Motif of the Corrupted Sacrifice in Aechylus' Oresteia),《美国语文学协会翻译与校对》,第 96 期,1965,页 463—508。〈在《俄瑞斯忒亚》中的献祭形象之后记〉(Postscript to Sacrifical Imagery in the Oresteia(Ag. 1253—37)),同上,第 97 期,页 645—653。

埃尔·格潘(J.-P. Guépin)所从事的研究正是如此①。

　　这就意味着,在狩猎和献祭之间存在着一种关联。在《俄瑞斯忒亚》中,这两个主题不再是简单的交错关系,而是直接的重叠关系。如此看来,这值得我们将两者联系在一起进行研究,而直到现在,大家似乎也并未发现这一点②。然而,这两个主题所涉及的其实都是同样的人物:阿伽门农和俄瑞斯忒斯都相继是狩猎者和被猎杀者,献祭者和被献祭者(或者说是险些成为被献祭者)。在怀胎母兔被鹰吞食的预兆中,可以看到:猎杀体现出的是一种极其残酷的献祭,比如伊菲革涅亚。

　　古希腊的狩猎主题是一个相对来说比较少被研究的领域,而狩猎却具备一系列非常完整的表征意义。首先,这是一种社会活动,它以生活的阶段为依据来进行区分;我也可以这样将狩猎分为相互对立的几组:对青年进行的以公民培训为目的的狩猎和以强化军事为目的的狩猎,诡诈狩猎和英勇狩猎③。然而,狩猎的意义不止这些,

---

①　伯克特,〈古希腊悲剧与献祭仪式〉(Greek Tragedy and Sacrificial Ritual),《希腊、罗马和拜占庭研究》(*Greek, Roman and Byzantine Studies*),第 7 期,1966,页87—122;让-皮埃尔·格潘,《悲剧的悖论:古希腊悲剧中的神话与仪式》(*The Tragic paradox: Myth and Ritual in Greek Tragedy*),Amsterdam,1968。最后这一作品非常充实丰富,但是如果作者能不那么着力于不可能的研究,即悲剧的仪式起源(尤其是涉及到狄俄尼索斯式的仪式)的话,那该作品会具有更大价值。结果,作者将悲剧描述成"收获粮食和葡萄的庆典"(页 195—200),而疏于描写悲剧是什么,从而试着去解释悲剧的起源,而不是去过度谈论很久之前哈里森(J. E. Harrison)和康福德(F. M. Cornford)的种种猜想和假设。

②　让-皮埃尔·格潘已经预先感觉到了这种研究的价值;参见《悲剧的悖论:古希腊悲剧中的神话与仪式》(*The Tragic paradox: Myth and Ritual in Greek Tragedy*),Amsterdam,1968,页 24—32;他甚至指出(页 26):"当然,在古希腊时期,狩猎的隐喻义是完全统一的,尤其是在战争和爱两方面。仅仅去列举狩猎的隐喻义,这其实没有太大意义。但有时也有人认为,可能还隐含更多其他的含义,一种对仪式的暗指。"他还引用了很多文本,用来阐明这一仪式性狩猎的含义。

③　参见皮埃尔·维达尔-纳凯,〈黑色猎杀者和雅典的预备公民制度的起源〉(Le Chasseur noir et l'origine de l'éphébie aténienne),《经济·社会·文明年鉴》(*Annales E. S. C.*),1968,页 947—964;其英文版发表在《剑桥语文学学会会刊》(*Proceedings of the Cambridge Philological Society*),第 194 期,1968,页 49—64。

在很多的悲剧、哲学或神话研究作品中，狩猎是从自然到耕作过渡的表现之一。从这个方面来看，狩猎与战争相重合了。在此，我们只举一个例子，在柏拉图的《普罗塔哥拉斯篇》①（Protagoras）中，当诡辩派描绘政治出现之前的人类世界时，他们这样说："人类首先是分散而居的，不存在任何城邦。因此，人类总是被更强大的动物所消灭，而他们的技艺虽然能够养活自己，但在与野兽的抗争中就显得很弱势。因为他们还不具备策略技巧，而战斗技巧就是策略技巧的一部分。"②

　　对于狩猎和献祭，也就是希腊人所使用的获得肉类食物的两种方式而言，它们两者之间的关系还是相当紧密的。是否正如卡尔·墨利（K. Meuli）所论证的那样，这涉及的是一种血脉相连的关系，献祭仪式衍生出了史前的狩猎仪式，尤其是在今天的西伯利亚，这种仪式仍然被沿袭？为了从历史角度证实这一观点，卡尔·墨利必须要接受以下观点：在演变成献祭仪式之前，狩猎仪式就已经穿越了双重的历史进程，即牧业文明，以及继牧业文明之后的古希腊农业文明，而牧业文明正是来源于驱逐文明。假定这些都已经被证明，但这仍然无法让我们清晰地看到在古希腊时期狩猎和献祭之间的关系，也就是说，古希腊人本质上并非猎杀者，但他们却一直不断地进行狩猎③。对于他们来说，狩猎还提供了丰富的神话故事和社会象征意义。在这种情况下，哪怕是对于历史学家而言，尤其是对于一个不热衷于古代研究的历史学家而言，这也是不得不做的一项综合研究。

　　天上的诸神和地上的人类分列在举办对奥林匹斯神献祭的祭坛

---

① 　参见 322 b.

② 　同样，亚里士多德的《政治学》，第一卷，1256 b 23；在文明起源的古希腊文学中，关于该主题参见科尔（TH. COLE），《德谟克利特和古希腊人类学的起源》（Democritus and the Sources of Greek Anthropology），Ann Arbor，1967，页 34—36，页 64—65，页 83—84，页 92—93 页，页 115，页 123—126。

③ 　作者卡尔·墨利只是简略地提到了这个问题。

两侧,而根据赫西俄德的《神谱》,当时,"神灵和人类在墨科涅(Mécôné)发生争执"①。在普罗米修斯将献祭的公牛切成碎块、分成两堆后,结果神选择了骨头,人则选择了熟的肉。普罗米修斯的神话与潘多拉的神话故事紧密相关:在献祭之餐中必须要用到火,这就意味着在神话层面上,宙斯用来报复普罗米修斯盗火种的方法就是创造出"被赋予一切的女人",即潘多拉,也因"女人,非常可恶的一类人"而为人类带来了灾难和贪婪的性欲。这也造就了黑铁时代人类的悲惨命运,人变成了耕作者,而只有在田地的辛苦劳作才能拯救自己。

狩猎与献祭两者的功能既相互补充又相互对立。我们可以借用修饰人类与大自然关系的词来解释这一点。狩猎者既是捕食性动物(如狮子和鹰),也是机灵狡猾的动物(如蛇和狼),在荷马的作品中,大多数狩猎情景都是动物间的猎杀场景②;此外,狩猎者也是掌握技艺者,狮子和狼却不具备技艺。这就是在百余篇作品中,普罗米修斯的神话所要表达的意义所在,正如柏拉图的《普罗塔哥拉斯篇》中所评论的一样。

献祭行为是一种食肉的行为,被献祭的动物主要是耕牛。极端的献祭算是一种罪行,另外,某些文章还宣称要加以禁止。这种献祭在雅典的布弗尼亚(Bouphonies,即"杀牛")节上被戏剧化,这是为了向宙斯表达敬意。当耕牛被献祭的时候,要在它体内填充干草,再套上一个犁。此时所有在场参与的"谋杀者"——从祭司到杀牛用的刀——都被称为"审判者③"(或见证者),但是献祭与农耕之间的关

---

① 《神谱》(*Théogonie*),535—36。

② 参见下文中的几个例子,页 141;涉及汇编以及与现代技艺的对比,参见 R. HAMPE 的《荷马的寓意与荷马时代的形象艺术》(*Die Gleichnisse Homers und die Bildkunst seiner Zeit*),Tübingen,1952. 重点参阅页 30 e s.

③ 参见 *Schol. ARAT. Phaen.*,132,埃利安(ELIEN),*N. A.*,12,34;《〈奥德赛〉评注》(*Schol. Odyssée*),12,353;尼古拉·德·达马斯(NICOLAS DE DAMAS),法语版,103,i Jacoby;埃利安(ELIEN),《历史变革》(*Var. Hist.*,) 5,14;马库斯·特伦提乌斯·瓦罗(VARRON),《论农业》(*De re rustica*),2,5,4;COLU-MELLE,6,*Praef.*;PLINE,*N. H.*,8,180. 这些文章的探讨已经远远超出了古希腊的范围。

系,比这一边缘化的节日所展示出的关系更具基础性。以下就是一个援引自古代的例证:在粮食匮乏之时,奥德修斯(Ulysse)①的同伴们决定宰杀并献祭太阳神的神,因为他们当时没有田地出产的粮食,所以他们用的不是大麦粒,而是橡树叶;他们也没有用酒来进行浇祭,而是用水来代替。结果这种献祭带来了一场灾难:"生的和熟的牛肉都在烤肉杆上哞哞叫。"②然而,奥德修斯也指出应对的方法:这是一种亵渎神灵的献祭,本来正统献祭的方式应该是狩猎和捕鱼③。

总体来看,狩猎与奥林匹斯诸神的传统献祭实际上是相反的。我们知道,被猎获的动物用于献祭是极为罕见的现象(更容易的解释是:被献祭的动物必须是活的)。通常来说,这与城邦的反叛之神和大自然之神密切相关,如阿尔忒弥斯和狄俄尼索斯④。就像伊菲革涅亚的神话一样,经常会出现以下情形:在献祭中,被猎杀的动物用作祭品,这看起来像是一种代替人类祭品的方式。献祭品的野蛮性从某种意义上来说替换和转移了该行为本身的野蛮性。

然而,在这些对立领域之间,存在着一种相交领域,这也正是悲剧所针对的领域。欧里庇得斯的《酒神的伴侣》(Bacchantes)就生动地描绘出了一个吃生肉祭(与酒神狄俄尼索斯相关)的场景,在这一活动中,猎杀和献祭相互融合在一起了。彭透斯(Penthée)后来就成为这样一场猎杀献祭的牺牲品。

---

① 译注:奥德修斯的罗马名为尤利西斯。

② 保萨尼亚斯(PAUSANIAS),第一卷,28,10;埃利安(ELIEN),《历史变革》(*Var. Hist.*,)8,3;波尔菲里(PORPHYRE),《论节制》(*De Abstinentia*),2,28;关于传统的总体状况,参见路德维希·多伊布纳(L. DEUBNER),《阿提卡的节日》(*Attische Feste*),Berlin,1932,页1958。

③ 《奥德赛》(*Odyssée*),12,356—396。

④ 《奥德赛》,12,329—333;关于这一点,请参见我的文章〈在《奥德赛》中土地与献祭的宗教意义和神话意义〉(Valeurs religieuses et mythiques de la terre et du sacrifice dans *l'Odyssée*),《经济·社会·文明年鉴》(*Annales E. S. C.*),1970,页1288—1289。

在这里所建议的做法，并不是将《俄瑞斯忒亚》中所有与献祭、猎杀和捕鱼有关的章节都标记出来，而只是强调这三部曲作品的着力点，我们也会看到，它们之间有时也会有相互矛盾的地方。

紧接着《阿伽门农》的合唱队的登场（*párodos*）①和对伯罗奔尼撒半岛的居民的预言（在奥利斯，Aulis），让我们与合唱队一起——响应着预言——共同揭开序幕。另外，从卡桑德拉宏大梦境的那一幕中可以看出，诗人"将最遥远的过去和紧随而至的未来组合成一个整体（……）"②，但具体是因为我们处于悲剧的边缘，这使得一切都变得更加模糊了③。

"两只鹰像鸟中之王一样出现了，其中一只是全黑的，另外一只背部的羽毛是白色的。它们出现在殿堂附近，落在挥舞着长矛的雕像的胳膊旁，居高临下，它们正在轻而易举地吞食一只怀胎的母兔，而母兔非常绝望地挣扎着。"卡尔卡斯立刻从中得出结论：鹰代表的就是阿特柔斯家族，也就是最终攻陷特洛伊城的家族，而阿尔忒弥斯因为母兔被食而受到侮辱，她将采取更沉重的报复（伊菲革涅亚），她的这种报复又会招致其他的灾难："因为一个阴险的女管家（指阿伽门农的妻子，伊菲革涅亚的母亲）已经准备好让更可怕的一天降临，她异常愤怒，要为自己的女儿报仇。"④就这样，几近抽象地宣告了克吕泰涅斯特拉复仇阴谋的开始。

这里，猎杀词汇和献祭词汇都融合在了一起。母兔"非常绝望地挣扎着"，（奄奄一息之路，λοισθίων δρόμων⑤）这种表达方式我们在其

---

① 参见《阿伽门农》，105—159。

② 雅克利娜·德·罗米伊（J. de Romilly），《古希腊研究期刊》（*Revue des études grecques*），1967，页95；也参见《希腊悲剧中的时间》（*Le Temps dans la tragédie grecque*），Paris，1971，页73—74。

③ 在写完这篇文章之后，我才发现了这篇出色的研究论文：J. J. PERADOTTO，《〈阿伽门农〉中鹰的预兆和社会思想》（The *Omen* of the Eagles and the ῆθος of Agamemnon），*Phonenix* 23，1969，页237—263。

④ 《阿伽门农》，151—55。

⑤ 《阿伽门农》，120。

他地方也能找到①。古希腊史学家希罗多德认为，必须强调是雌野兔，这是被猎杀的物种，当雌兔变肥的时候就是怀孕了，而大自然非常需要这些受害者②，它们同样也需要狮子和鹰这样的天敌，进而去维持平衡；荷马提到阿喀琉斯（Achille）时说："他拥有黑鹰般的冲劲，黑鹰是最勇猛的猎杀者，在所有动物中，它最强悍，而在鸟类中，它的速度最快"；另外，他还指出："高飞的鹰会穿越暗沉的云霄飞向草原，去劫掠温顺的羊或藏在洞中的雌野兔"，"它是鸟类中最有效率的可怕的猎杀者，我们称之为黑鹰"③。但是，这并不是指任何猎杀都是如此，我们也注意到了④，由色诺芬所定的猎杀法则要求"强健者"将小的猎物留给女神⑤。鹰所进行的猎杀既是王族的猎杀，也是不合规则的猎杀，因为这侵犯了女神阿尔忒弥斯所管辖的猎物领域。

　　但是，这种猎杀也是一种献祭，卡尔卡斯也是这么说的，他因为害怕女神阿尔忒弥斯苛求"另外一种可怕的献祭，而献祭的祭品就完全属于女神自己了"⑥，尤其是，这一点可以在极为出色的第 136 行诗中得到印证。这也体现了埃斯库罗斯式的模糊性特点，此处表现了阿尔忒弥斯对"她父亲的飞鹰"的愤怒，这一愤怒既意味着"在分娩之前就残忍地猎杀了这可怜的母兔"，也意味着"在猎杀母兔的同时，也猎杀了母兔的孩子，那可怜的躲藏起来的小生命"⑦。

---

① 色诺芬（Xénophon），《狩猎术》（Cynégétique），5，14；9，10；阿德里安（ARRIEN），《狩猎术》（Cynégétique），17，其中提到被追捕的动物的挣扎。

② 希罗多德（Hérodote），3，108。关于雌野兔在阿尔忒弥斯崇拜中的意义，尤其是在阿提卡地区的布劳隆（Brauron），请参照上文提到的 J. J. PERADOTTO 的文章，页 244。

③ 《伊利亚特》（Iliade），21，252—53；22，310；24，415—316，马宗（P. MAZON）翻译版本，Budé 版。

④ 马宗，页 15，Budé 版。

⑤ 《狩猎术》，5，14。

⑥ 《阿伽门农》，150，"另外一种献祭"，而不是"轮到她要求一次献祭"（MAZON）。此处的献祭是一种毁灭性的献祭。

⑦ 关于详细的阐述，请大家参照斯坦福（W. B. STANFORD）的《希腊悲剧中的模糊性》（Ambiguity in Greek Tragedy），Oxford，1939，页 143。

　　我们还能比卡尔卡斯更好地更具体地指出预言的含义吗？预言者卡尔卡斯也强调了双重性的特点。这种特点在很多地方都体现得相当明显。鹰是落在"挥舞长矛的胳膊旁边"[①]的，这就意味着落在右边，其中一只鹰的背部羽毛是白色的，从宗教意义上来看，这是一种吉祥的颜色[②]。鹰的狩猎行动获得了成功。从某种意义上说，怀胎的母兔指的是特洛伊[③]，最终特洛伊城的男女老少都逃脱不了毁灭的命运[④]，那将是一场对特洛伊的猎捕之战[⑤]。但我们也看到，母兔同样也是被父亲所献祭的伊菲革涅亚。美丽仁慈的阿尔忒弥斯"既保护弱小的动物，使它们逃脱凶猛的狮子，也保护温和的人兔遭野外猛兽的毒手"[⑥]。阿伽门农也是一头狮子[⑦]；而伊菲革涅亚作为母兔的形象，是遭受鹰啄食的受害者；作为狮子之女，她成为阿尔忒弥斯愤怒之下的牺牲品，但她始终也是她父亲的牺牲品。卡尔卡斯受大自然的女神阿尔忒弥斯所托，向阿伽门农提出了献祭伊菲革涅亚的要求，阿尔忒弥斯之所以参与进来，只是因为阿伽门农以鹰的形象侵犯了她所管辖的自然领域[⑧]。在奥利斯（Aulis）那一幕之前，

---

① 《阿伽门农》，116。

② 参见拉德克（G. RADKE），《白色和黑色在希腊和罗马的献祭风俗的意义》（*Die Bedeutung der Weissen und der Schwarzen Farbe im Kult und Brauch der Griechen und Römern*），Berlin，1936，主要是页 27。

③ 尽管其象征意义各不相同，但看过埃斯库罗斯悲剧的观众一定会提到那著名的一幕：卡尔卡斯解读出了由一条吞食了一只母燕雀和八只小燕雀的蛇所揭示的预言，最终这条蛇变成了石头，这预示着特洛伊在经过九年的战争后最终被攻陷（《伊利亚特》，2，301—329）。但是，在荷马的作品中，预言一旦被解读出来就完全变成显而易见的事情了，这与埃斯库罗斯的作品不同。

④ 《阿伽门农》，357—360。

⑤ 参见下文，页 142。

⑥ 《阿伽门农》，140—143。

⑦ 请首先参阅《阿伽门农》，1259，或者 827—28。请参阅诺克斯（B. M. W. KNOX）很详尽的阐述，〈房间里的狮子〉（The Lion in the House），《古典语文学研究》（*Classical Philology*），47，1957，页 17—25，他论证了这个长大的幼狮形象应该不仅代表着帕里斯（Pâris），也代表着阿特柔斯的儿子。

⑧ 参见沃尔伦（W. WHALLON）的论文〈阿尔忒弥斯为何愤怒〉（Why is （转下页注）

卡桑德拉那一幕就已经提到过:在亵渎神灵的宴会中,就已经有很多像兔仔一样的小动物被宰杀和吞食;后来,克吕泰涅斯特拉说:"这是阿特柔斯激烈的复仇之神杀死了这个成年祭品来为无辜的孩子们报仇。"①母兔也可以看作是被屠杀的孩子们。

鹰指的就是阿特柔斯家族,但是其中第一位被命名为黑鹰,并注定成为不幸的黑色狩猎者②,这个人只能是悲剧的主角阿伽门农。而阿伽门农难道不也是后文出现的那头"黑角公牛"③吗?

其中暗含的意思是:墨涅拉俄斯(Ménélas)被赋予了白色,这可能是指——对于他而言——事件会完美地结束。墨涅拉俄斯是接下来的森林之神④(普罗透斯,Proteus)那段悲剧的主角,出现在悲剧

(接上页注)Artemis angry?),《美国语文学杂志》(*American Journal of Philology*),第82期,1961,页78—88。弗伦克尔,《埃斯库罗斯的〈阿伽门农〉(附点评)》,Oxford,1950,第二卷,页97—98。在该文中,作者指出了另外一方面,即埃斯库罗斯不着重于体现:阿特柔斯家族侵犯了本属于阿尔忒弥斯的领地或者是杀掉了原本属于阿尔忒弥斯的动物。事实上,这一方面的问题无需多谈,因为在悲剧视角下,作为阿特柔斯家族一员的阿伽门农已经注定是有罪的,而且必然要受到牵连。首先,我们可以在第141行诗中看到对伊菲革涅亚得救的影射:阿尔忒弥斯你难道不是心怀怜悯吗(134)?但是,埃斯库罗斯没有在任何文章中对此加以确认。

① 《阿伽门农》,1502—1503。

② 关于黑色狩猎者,在前文中已经提到过一次,但前文的"黑色"只是暂时的,仅限于训练休整期间。而这里的"黑色"涉及的则是另外一回事:阿伽门农是一个被诅咒的狩猎者。

③ "在一件遮身长袍的掩护下,她抓住了黑角公牛并击打它。"(1126—28)这是我个人的翻译,与其他研究者的解读不尽相同。另外,让-皮埃尔·格潘(J.-P. GUEPIN)的《悲剧的悖论:古希腊悲剧中的神话与仪式》(*The Tragic paradox: Myth and Ritual in Greek Tragedy*),Amsterdam,1968年,页24—25,其中,作者认为这块遮挡长袍就是"一种黑角阴谋"。与计谋和长袍相比较而言,"角"还是更适合公牛。

④ 在评论中,弗伦克尔引用了(第二卷,页67)好几篇文章。在这些文章中,"背部的白色羽毛"都被认为是鹰的懦弱的一面。这种解读与我们这里所说的观点并不冲突;与此相呼应,我们可以看一下墨涅拉俄斯的命运,他在翻土的风暴中消失了,在第674—679行中,信使隐约地暗示了这一事实。

的结尾。但是,使解读者的任务变得更加复杂的是:我们也看到在悲剧的开头,合唱队领唱展示出了"鹰"——也是秃鹫——在空旷的上空盘旋,为它们被偷走的孩子要求(并取得了)公正,其实就是指被掳走的海伦(Hélène)①。此处对鸟的两个不同用词,是否值得注意呢?埃斯库罗斯是使用了两个词来指同一种鸟吗? 这是普遍认同的观点②,这两种鸟确实经常被混淆③。然而,以下看法还是有点奇怪的:高翔的鹰是一种高贵、庄严的鸟,但它却代表着恐怖行为的执行;而秃鹫是一种卑鄙的动物,但它却代表对公正的诉求④。秃鹫难道不是与鹰相反的鸟类吗,它不是喜欢腐朽和行尸走肉的味道,遇到香气就会受不了的吗⑤? 反之,这种"矛盾"不也正是这部悲剧的原动力之一吗? 况且,不管怎样,腐朽之气在该剧中随处可见。在卡桑德拉那一幕中,这位女预言家喊道:"这个宫殿中有杀戮和血腥的气味。——他(歌队长)闻到了祭品被焚烧的味道。——那很像是一种

---

① 《阿伽门农》,49—54。

② 黑德勒姆(W. G. HEADLAM)和汤姆森(G. THOMSON),《埃斯库罗斯的〈俄瑞斯忒亚〉》(*The Oresteia of Aeschylus*),Cambridge,1938,页 16;沃尔伦(W. WHALLON)很清楚地看到动物寓意对于解读埃斯库罗斯作品的重要性:"《俄瑞斯忒亚》中重复出现的动物象征是埃斯库罗斯悲剧与索福克勒斯悲剧的对应,也是对后者进行的讽喻。(同前,页 81)同样,"在这里,秃鹫和鹰之间的物种差异并不重要;鹰可能就是复仇之鸟,而秃鹫可能也是捕食之鸟。"(同上,页 80)弗洛玛·塞特林(F. I. ZEITLIN)更好地将这一问题提了出来:《主题……》(*The Motif...*),页 482—483。

③ 参见达西·W·汤姆森(G. D'ARCY W. THOMASON),《古希腊鸟类词汇表》(*A Glossary of Greek Birds*),Oxford,1936,页 5—6,页 26。

④ 关于秃鹫和鹰之间的对立或混淆,请参照由欧尔贡(J. HEURGON)所收集的文章〈秃鹫〉(Vultur),发表于《拉丁研究期刊》(*Revue des études latines*),第 14 期,1936,页 109—118。在其中,我们能找到所有在达西·W·汤姆森的《古希腊鸟类词汇表》中想要的参考资料。

⑤ 关于此外的相反性,请对比:埃索普(ESOPE),寓言 6;埃利安(ELIEN),*N. A.*,3,7;18,4;安托尼诺斯·利柏拉利(ANTONINUS LIBERALIS),12,5—6;狄俄尼西俄斯(DIONYSIOS),《关于鸟》(*De Aucupio*),第一卷,5(Garzya)。也请参阅达西·W·汤姆森,《古希腊鸟类词汇表》,Oxford,1936,页 84。

从坟墓中出来的气味。——你借给他一种没有香的香料。"①

从某种意义上来看,整部剧向我们展示了以牺牲伊菲革涅亚为代价的这种腐败的献祭是如何产生的,又是如何前仆后继、承前启后地导致了更多类似的献祭。同样,鹰所享用的盛宴,这种可怕的猎杀,也同样引出了此后无数的猎杀。这种献祭和猎杀从未停息过。

特洛伊战争本身就是一场猎杀,合唱队也唱道:"无数手持盾牌、全副武装的猎杀者蜂拥而至,他们沿着抢掠海伦的舰船的痕迹一路追赶而来。"②这些猎杀者并不"陌生"③,他们就是阿提卡的陶瓶上所画的全副武装、手持盾牌的猎杀者们,他们与全裸的从事猎杀训练的雅典青年完全不一样④。但很快就可以看到,就像幼狮与真正的狮子之间的差别一样,这些全副武装的猎杀者与全副武装的战士也是不一样的。战争(máchē)的场景将会转换成野蛮的亵渎神灵的动物猎杀场景。信使最后通报道:"普里阿摩斯家族(Les Priamides)已经为他们的罪过付出了双倍的代价。"⑤

克吕泰涅斯特拉曾厚颜无耻地指出:一场不尊重胜利之神的战争,对于胜者来说必将会是一场危险的战争⑥。阿伽门农之后在讲到攻陷特洛伊的时候,把这层意思说得更加清楚了:我们已经报仇了⑦,

---

① 《阿伽门农》,1309—1312。

② 《阿伽门农》,694—695。

③ 正如翻译者马宗所做的那样,在翻译时他加上了一个词。

④ 在他的硕士论文中也谈到了(在公元前 6 世纪和公元前 5 世纪时期)阿提卡地区的瓦罐上的狩猎主题(1968 年),阿兰·施纳普(Alain Schnapp)搜集了一些关于该主题的重要资料,希望他会尽快出版。

⑤ 《阿伽门农》,537。

⑥ 《阿伽门农》,338—344。

⑦ 不过,$ὑπρχότως$(822)一词是凯瑟(Kayser)所做的纠正,马宗也参照了他的改动,而并没有使用某些手稿中的$ὑπερχότους$一词,因为后者在此处是完全不相符的。如果我们使用后者的话——正如弗伦克尔(Fraenkel)、汤姆森(Thomson)和丹尼斯顿-帕杰(Denniston-PAGE)一样,他们正是使用了希斯(Heath)所用的$ὑπερχότους$一词——那第 822—823 行就要翻译为:"我们已经获得绑架海伦的报偿了",另外,"绑架"一词也是做过改动的。

但这与诱拐海伦是完全不同的。因为征服特洛伊的是全副武装的士兵和拥有"灵活盾牌的军队"①，而军队是在夜间作战的②，这与古希腊的战斗道义相左。这支军队出于马腹，是"阿尔戈斯(Argos)凶残的野兽"③，狂冲乱撞，"就如同一头残酷的狮子心满意足地舔舐着高贵的鲜血"④。战争不断重复着吞食母兔的场景，而这里的狮子是另一种威严的动物，它代替了鹰。卡桑德拉预见的一幕和阿伽门农之死将会不断重复，而伊菲革涅亚的牺牲、战争和提埃斯特(Thyeste)的孩子之死，也是如此重复不断。这里也还是顺便提一下，不断出现的词汇总是与献祭和狩猎相关的词汇⑤。卡桑德拉是一只猎犬⑥。阿伽门农将是在献祭中被宰杀的人，当伴随着誓词和家族复仇女神仪式性的哭喊声时⑦，一切显得更加可怕；阿伽门农也是被禁锢在网中的野兽，在被宰杀之前还被不停地

---

① 《阿伽门农》，825。

② 在将近昂星团西落时；11 月 14 日昂星团落下之时，标志着恶劣季节的开始：诗句 650 中使者所讲述的暴风雨正好印证了这一指示意义；从象征性的角度来看，实际发生的惊险情节——实际发生的特洛伊城的陷落和阿伽门农的返乡——也印证了这个指示意义。也有学者甚至认为这种指示意义是没有根据的，例如汤姆森和丹尼斯顿-帕杰(第 141 页)。其他的学者认为，δυσις 一词指的仅仅是这个星座的夜晚降落而已，弗伦克尔提醒说：在三月末的时候，昂星团在晚上 10 点左右西落。甚至不需要弗伦克尔的提醒——狮子的饮食习惯，荷马也知道的习惯(《伊利亚特》，17，657—60)——我们也必须承认：与想象"一头狮子在初冬跳起"相比，我们更容易想象"一头狮子在夜间跳起"(甚至还能想象其隐喻的含义)。所有的传统都表明特洛伊城的陷落发生在夜间。维拉莫威兹(Wilamowitz)为这一论文提供了一个有力的论证："月亮和昂星团落下之时，就是夜晚了。"

③ 埃斯库罗斯也将其另外用于描绘斯芬克斯：斯芬克斯的形象出现在七雄之一的帕耳忒诺派俄斯(Parthénopée)的盾牌上(《七雄攻忒拜》，558)，或者也用来描述各种海怪(《普罗米修斯》，583)。

④ 《阿伽门农》，827—828。

⑤ 关于细节，我建议参阅上文已经引用过的弗洛玛·塞特林(F. I. ZEITLIN)的文章。

⑥ 《阿伽门农》，1093—1094，—1184—1185。

⑦ 参见 1056，1117—18(仪式性的哭喊)，1431(誓词)。

追捕①。他既是母狮子克吕泰涅斯特拉的受害者，又是懦弱的雄狮（同时也是狼——在希腊人看来，这是一种既残酷又狡猾的动物）埃吉斯托斯②的牺牲品。阿伽门农是被献祭的祭司③，这种猎杀-献祭不断重复着原始的杀戮；并采取了一种可怕的形式，即伴着誓词的人类献祭，而比人类献祭更可怕的事情是：家族内部互相残相食，而他成了家族的食物④，这是家族内部互相残杀的后果⑤。无论是相互残

---

① 指的是追捕网和猎杀陷阱。关于卡桑德拉，请参照 1048，关于阿伽门农，请参照 1115，1375，1382(捕鱼网)，1611。关于网和"背叛之袍"的主题，是否在埃斯库罗斯之前就存在呢？没有任何文学作品能回答这个问题。至于绘画文献就具有很大的争议性了。韦尔默勒(E. Vermeule)最近展示了波士顿博物馆保存相当完好的一个双耳爵，上面显示的是克吕泰涅斯特拉用一件长袍将她的丈夫阿伽门农裹了起来，与此同时，埃吉斯托斯趁机杀死了阿伽门农(〈波士顿的《俄瑞斯忒亚》双耳爵〉，发表于期刊《美国考古记录》，第 70 期，1966 年，第 1—22 页；参见梅斯热(H. METZGER)，"考古与陶器"，发表于《古希腊研究期刊》，第 81 期，1968 年，第 165—166 页)，以文学资料为依据，进而确认这一文献作品完成于《俄瑞斯忒亚》(458)上演之后。依据此类解读方式，当克吕泰涅斯特拉在击打阿伽门农的时候，埃吉斯托斯也同时将一张网罩在了他头上，但是网本身是否存在也是不确定的。至于波士顿的双耳爵，M. I. Davies 确认它的年代为公元前 470 年左右，其判断依据为：与埃斯库罗斯的悲剧所描述的有所不同，在这里，埃吉斯托斯是行使谋杀行动的主要人物(页 258)。

② 埃吉斯托斯(Egisthe)-懦弱的狮子：1224；埃吉斯托斯-女狮子的同伴，1258—1259。希腊人眼中的狼既奸诈又凶狠，然而，在我们的文化中，诡计当然不是狼最主要的特点。参见例如亚里士多德，*H. A.*，1，1，488，作者认为狼是一种既勇敢凶猛又狡诈的动物。而阿里斯托芬则认为："既狡诈又胆大妄为的动物就是狼。"关于在某些习俗中对狼的诡计的使用，参见路易·热尔内，"多隆-狼"(Dolon le loup)，《弗朗茨·屈蒙杂集》(*Mélanges F. Cumont*)，布鲁塞尔，1936 年，页 154—172。

③ 著名的表达方式："对罪人必施以惩罚"(《阿伽门农》，1564)，《奠酒人》(*Choéphores*，313)后来又重新借用了这句话。在埃斯库罗斯的作品中，这可能是在玩双重含义的手法：执行献祭和自我献祭(之前执行献祭的人，如今沦落为被献祭者，即自我献祭。)。

④ 父亲将孩子们的内脏吃了下去(1221)；关于被切成块的人肉和内脏(σπλάγνα)在宣誓中所起到的作用，参见鲁德哈特(J. RUDHARDT)作品，页 203。

⑤ 参见尚特赖纳(P. CHANTRAINE)，《词源大辞典》(*Dictionnaire étymologique*，*s. v.*)；"吞食"一词的本意是指动物的食物。通常来说，当这个词被用于(转下页注)

杀还是相食①,猎杀和献祭之所以能重合,其真正条件就是:人只是动物而已,此时的人只保留了动物性的一面。总的来看,家族内部的相互残食是与乱伦相对应而滋生的现象。

在《阿伽门农》中,还有一个我们应该注意的事件,我认为它进一步印证了前面的分析。在该作品中,描述将被用来献祭的人的时候,会用猎杀场景作为比喻,而在提到献祭仪式的执行时,被献祭者则经常用家养牲畜来喻指。比如伊菲革涅亚就依次被称作是

（接上页注）煮熟而指人类的食物时,此时的人是被看作回到了野蛮的动物状态,或者是把人等同于动物看待了;请参照西格尔(CH. P. SEGAL)在其研究中所总结的例子,〈欧里庇得斯,希波吕托斯108—112:悲剧的讽刺性和公正性〉(Euripides, Hippolytus 108—112: Tragic Irony and Tragic Justice),发表于期刊 *Hermes*,第97期,1969,页297—299。

　　我也不清楚为什么西格尔在此处并未做出更多说明,他只是写道(第297页):"'食物'(βορά)一词可以被用于指普通的人类食物。"而以下所引用的这些例子显然都并非这个意思。在埃斯库罗斯的《波斯人》(*Perses*)的第490行中:指的是如动物般饥饿的波斯士兵的食物;在索福克勒斯的《菲罗克忒斯》(*Philoctète*)的第274行和第308行,就是两个很好的例子,这两处指的是一个被野蛮化了的人的食物;根据希罗多德的记载,如1,119,15:这几处涉及的是阿斯提阿格斯(Astyage)为哈尔帕格(Harpage)准备的人肉盛宴,在宴会中让他吃了自己儿子的肉,这与《俄瑞斯忒亚》(*Orestie*)中的场景如出一辙;ID.,2,65,15:指的是埃及人给动物吃的食物;ID.,3,16,15:火被看作是吞食食物的野兽;欧里庇得斯的《俄瑞斯忒亚》的第189行:发了疯(或者说是变成了疯癫的野蛮人)的主人公俄瑞斯忒斯甚至都失去了满足自己兽性食欲的想法。另外,还有一个与之类似的例子:即索福克勒斯的《俄狄浦斯王》的第1463—1464行,一些研究者认为该部分非常难以解读,存在很多各不相同的解读方式(请参照:J. C. KAMERBEEK 的《索福克勒斯戏剧集第四部——评注》[*The Plays of Sophocles*, IV, *Commentary*],Leyde,1967,页262)。俄狄浦斯对克瑞翁说过,他的儿子们(作为人而言)的生活必需品非常充足,毫不匮乏。此后,俄狄浦斯又提到了他的女儿,"(而)对于她们来说,只要我在场,我的饭桌上永远都有食物"。在这里,俄狄浦斯言下之意难道不是将他的女儿们比作是跟他自己吃着同样食物的家养动物吗?而在《希波吕托斯》(*Hippolyte*)的第952行中,忒修斯明确指出:在他儿子(希波吕托斯)素食者的外表下,隐藏的却是残食同类和乱伦的本性。

①　需要提醒的是:提埃斯特(Thyeste)的孩子都是被烤熟而食的;参见《阿伽门农》,1097。

山羊和母羊①；克吕泰涅斯特拉在描述阿伽门农时，就曾称他为牛棚中的狗（而她自己就是母狗②），被捕到了网中，但却像公牛一样被宰杀③。这是对犯了渎神罪者的另外一种指称方式，因为家养牲畜是普通献祭的祭品，因此它们一定会用某种方式表现出它们是心甘情愿的④，这与设下陷阱的谋杀完全相反。欧里庇得斯的《酒神的伴侣》（*Bacchantes*）就提供了一种很有意思的比较点。当阿高厄（Agavé）从杀戮中恢复神智、清醒过来的时候，她手中已经提着他儿子彭透斯的头颅了⑤，她首先以为是从山上带来了狄俄尼索斯的常春藤，象征着"快乐的猎杀"，然后，她以为那是一只没用网就抓到的小狮子，那是真正的狩猎技术的成果，最终，在她发现真相之前，她以为那是一头小牛，是完全没有开化的野兽⑥；阿高厄称赞巴克斯（Bakkhios，狄俄尼索斯的别称）的狩猎技巧，称他是伟大的带猎犬的狩猎者。事实上，狄俄尼索斯的技巧主要在于，他能让阿高厄迷失心智，进而拧下自己儿子的头颅，像对待家畜一样对待自己的儿子，而全然没有意识到那是她多么亲近的人。阿高厄在无意识的情况下的所作所为，正是《阿伽门农》中的猎杀者们蓄意而为的。他们像宰杀家畜一样所宰杀的动物，正是他们最亲近的人，即他们的女儿和他们

① 参见《阿伽门农》，232，1415。

② 《阿伽门农》，896。

③ 《阿伽门农》，607。守夜者也被比作狗(3)。

④ 阿里斯托芬（ARISTOPHANE），《和平》（*Paix*），960，以及《评注》（*Scholies*）；波尔菲里（PORPHYRE），《论节制》（*De Abstinentia*），2，9（Théophraste）；普鲁塔克（PLUTARQUE），《传记集》（*Quaest. Conv.*），8，279 a，s.；*De Defect. Orac.*，435 b；《逻辑》（*Sylloge*），1025，20；参见卡尔·墨利（K. Meuli）作品，第 267 页。当然，阿伽门农完全没有心甘情愿的赞同之意，他被打了三次（1384—1386），而对于动物只是很用力地打一次，即可毫无疼痛地死去。让-皮埃尔·格潘（J. P. Guépin），《悲剧的矛盾》（*The Tragic Paradox*），阿姆斯特丹，1968，页 39，作者将阿伽门农的死与布弗尼亚（*Bouphonies*，即"杀牛"）节上的献祭相对比。这种相似性在我看来是站不住脚的。在屠杀家畜的过程中，并不存在事先的阴谋宰杀行为。

⑤ 《酒神的伴侣》，1188。

⑥ 《酒神的伴侣》，1192。

的丈夫。

　　这样,《阿伽门农》达到了一种完全的颠覆,一种价值的逆转:雌性杀死了雄性①,城邦中充斥着混乱的乌烟瘴气,这种献祭是一种反献祭,一种恶劣败坏的屠杀。当然,作品的最后一行,是这位迈锡尼的王后(阿伽门农的妻子)所说的话,她提到了城邦秩序的重建,但这是一种欺骗性的、逆反的秩序,终将在《奠酒人》(Choéphores)中被摧毁。

　　在针对《奠酒人》第一段合唱颂歌部分的最新研究中,勒贝克女士(A. Lebeck)指出悲剧三部曲中的第二部不仅与《阿伽门农》②的基本结构一致,而且还算是与《阿伽门农》相对应的续写③。其中,受害者被其谋杀者所欺骗,谋杀者也被他的受害者所欺骗。第一种情况是,接待归来丈夫的妻子欺骗了她的丈夫;而在第二种情况中,归来的丈夫欺骗了接待他的妻子。的确如此,只是再看一下细节部分,就会发现:相对于《阿伽门农》来说,《奠酒人》是一部真正的影射副本。然而,我们已经注意到了④,在这两部作品之间,"腐败的献祭"这一主题已趋于消失,这也是它们基本的不同之处。俄瑞斯忒斯并没有丧心病狂地直接杀死他的母亲,而是按照神谕的要求去执行的。然而,"腐败的献祭"这一主题也并没有完全消失,合唱队喊叫道:"我终于可以为被杀害的男人和被宰杀的女人高声地发出神圣的呐喊了。"⑤在俄瑞斯忒斯的口中,埃吉斯托斯的血——而不是克吕泰涅斯特拉的血——是对复仇女神的一种浇祭,而并不是亵渎神灵的行为。如果我们反过来看的话,事情也会变得不一样。阿伽门农就不再是被设计陷害而最终死于剑下的勇士,而是为他所犯下的两个罪行所必然付出的代价:攻

---

① 《阿伽门农》,1231。

② 参见 A. LESKY,〈埃斯库罗斯的《俄瑞斯忒亚》三部曲〉,*Hermes*,第 66 期,1931,页 190—214,尤其是页 207—208。

③ 勒贝克女士(A. LEBECK),〈埃斯库罗斯的《奠酒人》中的第一段合唱队颂歌:神话与影射〉,(The first stasimon of Aeschylus' Choephori: Myth and Mirror image)《古典语文学研究》,第 57 期,1967,页 182—185。

④ 弗洛玛・塞特林,《主题……》,页 484—485。

⑤ 《奠酒人》,385—388。

打特洛伊和献祭自己的女儿伊菲革涅亚。其中,阿伽门农的第一个罪名被完全确认了:"正义女神终于来了;她最终通过严厉的惩罚打击了普里阿摩斯家族"①;然而,他的第二个罪名却没有被任何人提起过,甚至是作为凶手的王后本人也从未提及②。阿伽门农最终成了纯粹的祭司,他的坟墓就是一个祭坛,就像为乌拉诺斯众神所设的祭坛一样③;对宙斯而言,阿伽门农曾是向他献祭的人④,如果阿伽门农没有被报复的话,宙斯也就不会拥有百牛大祭了⑤。可以预见的是,俄瑞斯忒斯的统治会与盛宴和献祭共存。而对阿伽门农的谋杀却仅是一种可恶的陷阱。俄瑞斯忒斯发现他的父亲阿伽门农并不是像一个战士一样在战场上被杀⑥。当厄勒克特拉(Electre)和她的弟弟俄瑞斯忒斯谈起他们父亲的死,他们是这样说的:

厄勒克特拉:"记住他们的阴谋诡计和他们的陷阱之网吧。"

俄瑞斯忒斯:"我的父亲,那虽不是青铜铸成的锁链(无青铜的锁链),却已将你囚禁⑦。"

关于"无青铜的锁链"这种表达方式,诗人用过好几次。当俄瑞斯忒斯提到陷害阴谋(*mechánēma*⑧)的时候,当他将阴谋之网说成是捕捉野兽的陷阱时,诗人都用了同样的表达方式。他提到埃吉斯托斯的剑,这是很合理的,埃吉斯托斯用阿伽门农的血染红了宽大的长袍,而就是这长袍使这位迈锡尼王落入陷阱之中,是宽大的长袍本

---

① 《奠酒人》,935—936。

② 当合唱队在悲剧结尾对阿特柔斯家族的诅咒悲剧进行总结的时候(1065—76),主要提到了三次"风暴":提埃斯特的孩子之死、阿伽门农之死以及模棱两可的克吕泰涅斯特拉之死。

③ 《奠酒人》,106。

④ 《奠酒人》,255。

⑤ 《奠酒人》,261。

⑥ 《奠酒人》,345—354。

⑦ 492—493;马宗翻译为:"你被它囚禁",这体现不出猎杀的形象;请参照《欧默尼得斯》(*Euménides*),460;627—28;在此,阿波罗解释说:克吕泰涅斯特拉甚至都没有使用"阿玛宗战士的长弓"。

⑧ 《奠酒人》,981。

身成了杀人凶手①。

　　这些观点促使我进一步去研究《奠酒人》的主要人物俄瑞斯忒斯，如果说他不是完整意义上的献祭者，那他也是一个猎杀者和战士。在俄瑞斯忒斯身上，真正能瞬间打动人的是他的双重性格：这里，我所指的并不只是他既有罪又无辜，这预先揭露了他在《欧默尼得斯》(Euménides)中被宣告无罪（具模糊性和争议性）。在《奠酒人》的结尾，合唱队并不知道俄瑞斯忒斯到底是拯救者还是灾祸②；但更加深层次的是：从悲剧的一开始，俄瑞斯忒斯就具有这种双重性（我会试着在别处进一步阐述这一点③）；双重性是指预备战士和预备公民的显著特点，而在他学习如何成为"人"和一名武装战士的这一过程中，他在掌握战争的道德准则之前，会首先使用计谋。

　　俄瑞斯忒斯来到父亲墓前的第一个动作就是在坟墓上放了一绺自己的头发，这是为了寄予哀悼④；俄瑞斯忒斯自己也说过，这头发——表达哀悼的祭品⑤——是在重复感谢着养育之恩，年少的俄瑞斯忒斯重新将这祭品送归伊纳科斯(Inachos)河⑥。厄勒克特拉也来到父亲的墓前，她和女奴们发现了这一绺头发，这一发现让合唱队长开始疑惑：这是谁的头发呢？是一个男孩还是女孩的头发呢？事实上，俄瑞斯忒斯和厄勒克特拉长得极为相似，就像一个模子刻出来的⑦。他们姐弟相认的关键是一件厄勒克特拉曾亲自为弟弟俄瑞斯忒斯编织的衣服，上面

---

① 《奠酒人》，1015。

② 《奠酒人》，1073—1074。

③ 参见我的文章〈黑色狩猎者〉(Le Chasseur noir)，《经济·社会·文明年鉴》(Annales E. S. C.)，1968。

④ 《奠酒人》，7。

⑤ 《奠酒人》，6。

⑥ 关于通常的头发祭品，请参照卡尔·墨利(K. Meuli)所整合的参考文献和索引，页205，n. I；关于青年预备公民的剃发礼，参见拉巴布(J. LABARBE)的文章。

⑦ 169，s.；关于青年的公民训练中的女性问题，参见让-皮埃尔·韦尔南的作品，页959—960。

编织的是一群动物的场景①。具体来说,这是一场对青年预备公民进行的猎杀训练,其中也体现出了计谋,但这次是合法地运用计谋。

　　俄瑞斯忒斯的勇猛之举具有双重性,这在悲剧中有很多生动的表达。俄瑞斯忒斯提前描绘了埃吉斯托斯之死,后者被他用网包围,又用锋利的青铜剑刺死②。从某种意义上说,这次搏斗可谓一场战争(máchē):这是战神阿瑞斯(Arès)对阿瑞斯,正义女神狄刻对狄刻,即战士之战、正义之战③。但是,这场搏斗的狡诈之处也非常明显。俄瑞斯忒斯说:“他们(指克吕泰涅斯特拉和埃吉斯托斯)用诡计谋害了一位受人尊敬的英雄,现在必须要抓住他们,然后让他们死在同样的阴谋之网中。”④克吕泰涅斯特拉也回应他说:“我们最终会被设计谋害,就如同我们当年谋害阿伽门农一样。”⑤俄瑞斯忒斯必须使用这种狡猾的游说⑥,最终,这场复仇成功了,合唱队胜利了:“他到来了,在黑暗中战斗,他最终通过计谋完成了复仇。”⑦但是,“战争”一词的使用提醒了我们,这里所运用的计谋不是随随便便的计谋。合唱队继续唱道:“她在战斗中触碰到了宙斯的女儿——人类称之为正义女神——的胳膊,她最终要因‘公正’而受到惩罚。”⑧在悲剧开场时,合唱队提到了理想的复仇者将会是什么样子,描绘出的是一位全副武装的战士,一手握有斯基泰人的弓箭(弓箭要向后弯曲⑨),一手持有

---

① 《奠酒人》,232。

② 《奠酒人》,576。

③ 《奠酒人》,461。

④ 《奠酒人》,556—557。

⑤ 《奠酒人》,888。

⑥ 《奠酒人》,726。

⑦ 《奠酒人》,946—947。

⑧ 《奠酒人》,948—951。

⑨ 斯基泰人的弓箭所弯曲的方向是反过来的,请参照普拉萨尔(A. PLASSART),《古希腊研究期刊》,1913,页 157—158;以及斯诺德格拉斯(A. SNODGRASS),《古希腊的武器和盔甲》,伦敦,1967,页 82,以及由沃斯(M. F. Vos)所收集的图片文献资料,《古希腊阿提卡地区的绘画陶瓶上的斯基泰弓箭手》,Groningue,1963。

利剑,而"剑的利刃和剑柄几乎是一体的,为的是方便攻击最近的敌人"①。俄瑞斯忒斯既是全副武装的战士,又是弓箭手②。合唱队将会总结这一切,然后以自己的立场说道:俄瑞斯忒斯的胜利,或者说是阿波罗神谕的胜利,可以说"最终是计谋的胜利"③。

　　然而,这一问题的阐明主要是得益于对《奠酒人》中的动物寓意的研究。

　　关于厄勒克特拉,剧中只说她有一颗狼的心④,也就是说她擅长计谋和隐藏。而关于俄瑞斯忒斯,他是一条蛇,不仅在他母亲的梦中是这样(梦到他出生在她胸前,形状像蛇⑤),就是他也这样定义自己:"我会变成蛇杀了她。"⑥但他与母亲克吕泰涅斯特拉的关系是可逆转的,他母亲本身也是一条蛇⑦。她是一条蝮蛇,夺取了老鹰的孩子⑧,她是"海鳝或蝮蛇"⑨;真正的蛇是她,而如果说俄瑞斯忒斯也是蛇的话,那他也是一条被遗弃的饥饿不堪的小蛇,"因为他们年龄

---

① 《奠酒人》,158—161。
② 关于弓箭手和全副武装的战士之间的对立,参见欧里庇得斯,《赫拉克勒斯》(*Héraclès*),153—164。得益于沃斯(M. F. Vos)所收集的资料文献,我们可以继续更新这一研究主题,作者将某些陶瓶解读为:斯基泰弓箭手在向青年预备公民传授狩猎的技术(请参照第 30 页)。我觉得这种观点非常合理,我个人极为赞同;也请查看图片 1。
③ 《奠酒人》,955。
④ 《奠酒人》,421。
⑤ 《奠酒人》,527—534。
⑥ 《奠酒人》,549—550。
⑦ 在《阿伽门农》中,她曾是一头母狮、母牛,只有一次是能通灵的蛇(1233),并与吞吃水手的女海妖斯库拉(Skylla)相提并论。在沃尔伦(W. F. WHALLON)的论文中,〈胸前的蛇〉(The Serpent at the Breast),《美国语文学协会翻译与校对》,第 89 期,1958,页 271—275,作者看到了这种逆向性:"克吕泰涅斯特拉与俄瑞斯忒斯相对于对方来说,都扮演了蛇的角色"(页 273),但是他并没有总结出这一点所带来的所有可能的后果。
⑧ 《奠酒人》,246—249。
⑨ 《奠酒人》,994。

还太小，还不能获取猎物带回巢穴"①。他和厄勒克特拉都是如此。因此，在《阿伽门农》中所展示的景象又再次出现了，但只是相反了，也就是说，他们不再是叫喊着要为被夺走的孩子报仇的秃鹫，而是被夺去父母的小鹰②。然而，俄瑞斯忒斯也是威严的成年动物；为回应把儿子看作蛇③的克吕泰涅斯特拉，合唱队宣告："他来到了阿伽门农的家中，他是双重狮子，双重阿瑞斯"④，他会"一下子就能把两条蛇的头砍断"⑤，这里的"两条蛇"指的就是克吕泰涅斯特拉和埃吉斯托斯。确实，蛇在复仇女神欧默尼得斯的头上又再次出现了⑥。俄瑞斯忒斯的命运并非被杀；他是一个双重人物，是猎杀者也是战士，是蛇也是狮子。在《欧默尼得斯》(Euménides)中，他将会再次陷入被献祭的危险之中。

在《欧默尼得斯》中，就自然和文明之间的矛盾，我试着进行以下阐述：在这三部曲的前两部悲剧中，自然和文明之间的矛盾一直以或明显或隐晦的形式不断展现出来；而它们的矛盾将会完全显现出来，并最终通向政治世界。我们只是从表面上将目光从人类世界转移开，为的是观察神灵之间的争斗，而争斗最终的原动力必定是来自人类和城邦。

在悲剧的序幕中，女祭司皮提亚(Pythie)的讲述指出了德尔菲起源的一种说法，这是埃斯库罗斯自己的观点：那是一种延续，"没有

① 《奠酒人》，249—251。

② 参见弗洛玛·塞特林，《主题……》，页 483。鹰和蛇的搏斗，其中需要勉强提到一点：这场搏斗将威严的动物和"不自由的狡猾的人"相对立起来（亚里士多德，《动物的历史》[Histoire des animaux]，第一卷，1，488 b），这是一个古希腊艺术和文学的传统主题(topos)；参见《伊利亚特》，12，200—209，亚里士多德，同上，9，1，609 a.。

③ 《奠酒人》，928。

④ 《奠酒人》，937—938。

⑤ 《奠酒人》，1047。

⑥ 《奠酒人》，150。

暴力"①,在那里,连杀死巨蟒皮托(Python)这种事也不会发生。当地的女神们分成相互交错的两组:大地之母盖亚和她的女儿菲碧(Phoibé)一组,忒弥斯(Thémis,即"法律")和福珀斯(Phoibos,即太阳神阿波罗)属于另一组。延续的法则使自然和文明得以交替。而最后提到的福珀斯拥有宙斯的支持,而从提洛岛(Délos)到帕尔纳索斯山(Parnasse),雅典人一直陪伴着他:"赫菲斯托斯的子孙们为他开路,帮他驯服了非常艰险崎岖的土地。"②后来,皮提亚向诸神发出祈求,最终这一祈求顺理成章地传达到宙斯,并使诸神分成两组。一边是雅典的庇护女神雅典娜,另一边是"科吕喀亚山洞之神女,鸟类的庇护所"③,这远离了闹腾的狄俄尼索斯④(Dionysos,别称 Bromios)、普雷斯托斯河(Pleistos)和大地的震撼者海神波塞冬(Poséidon)。

这里所提到的狄俄尼索斯当然不是无足轻重的,这是作为猎杀者的狄俄尼索斯⑤。他唆使女祭司们去斗殴闹事,去杀死彭透斯⑥,复仇女神为俄瑞斯忒斯准备的也是同样的下场。从悲剧的一开始,我们就不断被提醒着:自然界是可以被宙斯整合并控制的,而这一过程的完成可以不用任何暴力——雅典诉讼就是这样实现的——,类似的情况屡见不鲜。如果否认这种情况的存在,那就等于否认现实的一个重要组成部分。

因此,在《奠酒人》中的猎杀者俄瑞斯忒斯就变成了猎物。他是一只逃脱了猎捕之网的幼鹿⑦(一只活蹦乱跳的幼鹿⑧),也是一

---

① 《欧默尼得斯》,5。

② 《欧默尼得斯》,13—14。

③ 《欧默尼得斯》,22—23。

④ 《欧默尼得斯》,24。

⑤ 计-皮埃尔·格潘在他的研究(前揭,页 24)中提出来的看法。

⑥ 《欧默尼得斯》,25—26。

⑦ 《欧默尼得斯》,111—112。

⑧ 《欧默尼得斯》,252。

只野兔,将它献祭是为克吕泰涅斯特拉的死而付出的代价①。埃斯库罗斯再一次用了"猎杀"②这一专用词语。复仇女神厄里倪厄斯是狩猎者③,但她们是单纯的动物狩猎者。以下这些人物身上都具有一部分的兽性:阿伽门农、克吕泰涅斯特拉和俄瑞斯忒斯,但复仇女神们身上是纯的兽性。她们是蛇④,也是猎犬⑤。她们这种纯的动物特性在第 193 行诗中表现很突出(借由阿波罗之口):"(厄里倪厄斯)适合在嗜血的狮子的洞穴中生活,而不是来到这个雅典的预言神庙,让他人遭受你们的迫害。"而阿伽门农攻打特洛伊时所统帅的希腊军队⑥,也可谓是嗜血的狮子。复仇女神厄里倪厄斯甚至超越了兽性和动物性,她们是"被蔑视的女神,是经历了悠久历史的顽童,她们不被认同,既不算是正统的神,也不是人,甚至也不算是野兽"⑦。

很自然地,与她们相关的颜色及其象征意义进一步说明了这一事实。这些"黑夜之子"⑧只认识黑色⑨,以至于她们的仇恨也是黑色的⑩,并受到飞蛇和阿波罗的白色之箭的威胁⑪。复仇女神们也会收到专属于她们的献祭,克吕泰涅斯特拉让她们想起了她的献祭:"你们难道不是经常舔舐⑫我给你们的祭品吗——那不是酒的浇祭,而是血的浇祭? 难道我不是在晚上,在众神都不注意的一点

---

① 《欧默尼得斯》,327—328。
② 这样,在第 424 行诗中,"猎杀"一词的具体意思是:发出叫声,把猎犬放出去进行猎杀。
③ 《欧默尼得斯》,231。
④ 《欧默尼得斯》,128。
⑤ 《欧默尼得斯》,132。
⑥ 参见弗洛玛·塞特林,《主题……》,页 486。
⑦ 《欧默尼得斯》,68—70。
⑧ 《欧默尼得斯》,416。
⑨ 《欧默尼得斯》,351—370。
⑩ 《欧默尼得斯》,832。
⑪ 《欧默尼得斯》,181—183。
⑫ "舔舐"比"啜饮"(马宗)与《阿伽门农》中的第 828 行一样。

钟的时候,在祭坛为你们献祭了数个祭品,成为了你们丰盛的晚餐吗?"①至于祭品的构成,那全都是"大自然"的产物,但完全不是农业产物,这些祭品都在毁灭性的献祭中被吞食无余②。复仇女神所吃的祭品有两种极端:"纯"的和"自然"的东西,但都是生的东西。她们不喝酒,但她们吃人。同样,欧里庇得斯笔下的酒神的信徒和女祭司们在撕碎彭透斯之前,都喝产自大地的奶和蜂蜜③,吞食生的山羊肉。复仇女神也将魔掌伸向俄瑞斯忒斯:"你是要被献祭给我们的被养肥的祭品,你是鲜活的肥羊,在祭坛上也不会杀死你,你将会活活地成为我们的大餐。"④这里,反献祭指的是真正的原意,而并非在阿伽门农之死时所提到的那种模仿意。但这种反献祭在第264—265行诗中表达得最为震撼:"相反,是你,活生生的你,应该要满足我的饥渴欲,为我们提供一份从你身体中汲取的鲜红的祭品。"这里,"一份鲜红的祭品"指的是 pelanós,而 pelanós 是一种纯植物的祭品、面饼或者液体。厄勒克特拉在阿伽门农的坟墓上所放的祭品就是 pelanós⑤。而鲜红的祭品是一种异常残忍可怕的形象。

对复仇女神的称呼从厄里倪厄斯转变成欧默尼得斯,但称呼的转变并没有改变她们的本性。她们是暗夜女神,悲剧三部曲在她们的黑夜庆典中结束。她们通常会收到被宰杀的祭品:属于她们的动物祭品⑥(σφάγια)和牺牲品⑦(θυσίαι)。但是,从此以后,她们就成为生长保护神,有权要求初次的收获和幼畜等祭品作为"出生献祭和结

---

① 《欧默尼得斯》,106—109。
② 关于这种说法,请参照卡尔·墨利(K. Meuli)的作品,页 301—310。
③ 在欧里庇得斯的《酒神的伴侣》(Bacchantes)的第 142 页:酒从地里流出来,信使的大段描述主要突出了在喀泰戎山上相遇的三个随从的节制(不喝酒):"真如你所说的,不要醉酒。"(686—687)
④ 《欧默尼得斯》,304—305。
⑤ 《奠酒人》,92。
⑥ 《欧默尼得斯》,1006。
⑦ 《欧默尼得斯》,1037。

婚献祭"①。

　　血腥残酷的复仇女神,她们变成了植物、农作物和养育活动(包括动物饲养和人的喂养)的保护神:"但愿土地丰产,牛羊繁殖,物产丰富,让我的城邦变得繁荣昌盛! 但愿人类也生生不息,繁衍不止!"②很让人吃惊的是,我们从猎杀的词汇转变成了农业和养育成长的词。女猎手们占有了一席之地③,雅典娜要求欧默尼得斯(即复仇女神)从此要成为作物的保护者④、翻耕土地的园丁以避免田地杂草丛生⑤。但她们残暴的一面仍然还是存在的,在城邦内部,因为雅典娜重新启动了厄里倪厄斯"计划",对她们"既不是无秩序地放任也不是独断专制"⑥,这样,恐惧被尊敬所代替⑦,而且这也在城邦内部划出了界线:"毁灭作物幼芽的火焰将不会跨过你们的界线。"⑧对于这些"能掏空内脏的沾染鲜血的利齿"⑨而言,其阴暗兽性的一面必须保留,但只能在对外敌的战斗中才能展现:"同一鸟笼的鸟之间的敌对,我不称之为战斗。"⑩这样,每位神在不同类型的献祭中的身份问题已经得到解决。

---

① 《欧默尼得斯》,835。

② 《欧默尼得斯》,907—909,也请参照 737—948 行。

③ 《欧默尼得斯》,855。

④ 《欧默尼得斯》,911。

⑤ 《欧默尼得斯》,910。

⑥ 参见第 525—526 和 696 行诗。

⑦ 《欧默尼得斯》,691。

⑧ 《欧默尼得斯》,940—941。

⑨ 《欧默尼得斯》,859—860。

⑩ 《欧默尼得斯》,866;马宗的翻译:"同一鸟笼中的鸟之间的搏斗。"我认为这种翻译不妥。这样的话,这种形象就与《乞援人》(226)中的形象很类似了,而达那俄斯(Danaos)通过这种形象表达的是乱伦的禁忌:"吃鸟肉的鸟还是纯正的鸟吗?"

七、索福克勒斯作品中的"菲罗克忒忒斯"和预备公民培训制

我们将要读到的这篇研究论文①，是在之前的研究基础之上所进行的更为深入的阐述和补充。我试图想要阐明的是雅典预备公民培训制的矛盾之处②。作为预备公民，当他在立下誓言的时候，就发誓其言行要符合武装战士共同的道德标准以及军队方阵之间、正义之战和团结之战的作战要求："我将不会抛弃我的战友。"至于阿帕托利亚庆典(fête des Apatouries)，它是在大的氏族内部举办的，在庆典过程中，要成为预备公民的青年会割下他们的长发献祭，这会使我们进入一个完全不同的世界，即计谋的世界和欺骗(apate)的世界。边境的领土之争致使"黑色的"密兰托斯(Mélanthos)和"金黄色的"克珊托斯(Xanthos)成为对手，而前者因为使用诡计，所以才战胜了后者，并最终成为了雅典的国王。这种矛盾实际上是整个预备公民培训制的矛盾，而在这种雅典体制之外，还有各种仪式和程序，也正

---

① 第一版发于《经济·社会·文明年鉴》(Annales E. S. C.)，1971，页623—638。

② 〈黑色猎杀者和雅典的预备公民制度的起源〉(Le Chasseur noir et l'origine de l'éphébie anténienne)，《经济·社会·文明年鉴》，1968，页947—964，其英文版发表在《剑桥语文学会会刊》(Proceedings of the Cambridge Philological Society)，第194期，1968，页49—64。关于阐述的详细过程，我推荐大家参考该文章，在此，我只总结了文章的主要结论。

是通过这些仪式和程序,希腊的青年才最终完成了从孩子到成人的身份变化,也可以说,他们最终变成了战士①。预备公民与武装战士完全不同,因为他们进行军事活动的空间位置不同,而且所参与的战争性质也不同。预备公民主要负责城邦的边境地区,属于边境军,他们围绕着城邦巡查,但却并不进入城邦内部,柏拉图在《法律篇》中就谈到了预备公民的真正作用,即管理领土(*agronómos*)。体制上来说,预备公民是边境防御的主要负责者,其通常的战斗方式并不是全副武装的正面交锋,也不是传奇般的激战,而是一种埋伏(可以是暗地里的埋伏,也可以是明朗化的埋伏),也是一种计谋。所有这些特点都显示出它比较传统的组织模式,有点类似于"在荆棘丛林中的野战考验",很多比较"原始的"社会(尤其是非洲)都很精通于此。此外,古希腊神话研究通常会揭示出:这种考验因猎杀而变得惨烈,而且猎杀是由大家一起或者一小群人共同执行的,而这些青年人都有权使用阴谋诡计(*apátē*)②。但是,这种运用计谋的权利是严格规定了时间和空间条件的。除非是在丛林中迷路——就像利西翠妲(Lysistrata)之歌中的墨拉尼翁(Melaniōn)一样③,即"黑色狩猎者"(在上一篇文章中用过这个名字)——否则,参与考验的青年必须要返回原地才行。关于雅典预备公民的誓言,参与训练者可能很想知道的是:在训练过程中,什么时候才要立下誓言④?在"军事训练"那两年的初期还是末期?因为,公元前 4 世纪时,预备公民培训制总共归为两年。而预备公民所立下的誓词中,既没有谈到计谋,也没有谈

---

① 长久以来,亨利・让-梅尔(H. JEAN-MAIRE)的作品《论斯巴达式的教育和古希腊的青年仪式》(*Couroi et Courètes*)对这一主题在文学领域的研究享有盛名,Lille et Paris,1939。

② 关于在古希腊时期的狩猎,参见 A. BRELICH 的文章,页 175,页 198—199。

③ 《利西翠妲》(*Lysistrata*),783—792。

④ 古代的传统是完全相反的:吕枯耳戈斯(LYCURGUE)所见证的当然是最直接的,但也只适用他那个时代,当他提到誓言时说:"所有的公民在登记到某个区的登记簿上的时候,他们都要发誓,因为他们成为了预备公民。"(*Contre Léocrate*,页 76)

到边境区,而是恰恰相反。事实上,这是一种武装战士的誓言。誓言最后的结束语就是下面这句名言:"国家的边界、小麦、大麦、葡萄树、橄榄树和无花果树"是任何东西中最有价值的。未来的武装战士的战场将会是没有确切界限的空间,是一切耕地所及之处。这里提到的"国家的边界"并不算是错误,因为它指的不是引起争端的边界(*eschatiá*)——如密兰托斯和克珊托斯(或者古希腊故事或历史上的其他人或群体)之间的边境领土之争——而是指真正确定国家位置的实际界线,即耕种的土地。当然,这种理想版图已经被历史完全打乱了。长久以来,战斗的形式一直局限于青年人、预备武装战士和夜间士兵的特定范围内,但在伯罗奔尼撒(Péloponnèse)战争时,已经逐渐扩展到了所有人,甚至到公元前4世纪时,雇佣兵已经逐渐被公民兵所取代①。

正如我刚才所总结的那样,《菲罗克忒忒斯》(*Philoctète*)中的某些问题还有待于进一步阐述。《菲罗克忒忒斯》是现存的索福克勒斯的七部悲剧中的倒数第二部,于公元前409年上演,当时正值伯罗奔尼撒战争,而对雅典人来说这场战争具有悲剧意义。在这里,我们并不是要揭开《菲罗克忒忒斯》中的什么"秘密",即悲剧评论者们还未发现的东西。事实上,是否有这样的"秘密"存在?这本身就是更加值得怀疑的一个问题。但是,将一部如希腊悲剧一样深深铭刻在公民礼仪进程中的文学作品与一种体制规划进行对比,这是已经被证实的有效方法,而且有助于在阅读中激发新意,即关于作品历史和结构方面的新见解。

关于菲罗克忒忒斯的传说,在《伊利亚特》中简单提到过(2,

---

① 关于这一发展的大致情况,请参考我的研究论文〈雅典武装战士的传统〉(La Tradition de l'hoplite athénien),让-皮埃尔·韦尔南,《古希腊的战争问题》(*Problèmes de la guerre en Grèce ancienne*),Paris et La Haye,1968,页161—181,重点是页174—179。色诺芬(Xénophon)的作品是这一发展的见证,关于这一点,参见阿兰·施纳普(A. SCHNAPP)的研究,发表于 M. I. Fineley 编的《古希腊的土地问题》(*Problèmes de la terre en Grèce ancienne*),1972。

718—725），在《小伊利亚特》(*Petite Iliade*) 和《塞浦路斯之歌》
(*Chants cypriens*)①中也讨论过，在索福克勒斯之前就已经成为埃
斯库罗斯和欧里庇得斯的悲剧(已遗失)的主题②。索福克勒斯对这
一传说的叙述结构非常简单：菲罗克忒忒斯被蛇咬伤后就留了利
姆诺斯岛(Lemnos)上。他跛着脚，而且浑身散发着难闻的气味，但
他拥有赫拉克勒斯百发百中的弓箭。菲罗克忒忒斯就是这样在岛上
艰难度日，辛苦地熬了十年，直到有一天他被长途跋涉来接他的希腊
军队带到了特洛伊，之后他的创伤也在那里被治愈了。因为预言家
赫勒诺斯(Hélénos)被奥德修斯俘虏以后，说出了攻陷特洛伊的条
件：只有把菲罗克忒忒斯和他手中的毒箭一起带到特洛伊，才能成功
攻城③。与欧里庇得斯在公元前 431 年所著的《美狄亚》(*Médée*)一
样，在埃斯库罗斯的悲剧中，促使菲罗克忒忒斯最终回归希腊军队的
主要人物就是奥德修斯；但是埃斯库罗斯剧中的奥德修斯，首先是使
用计谋夺走菲罗克忒忒斯手中的弓箭，而欧里庇得斯剧中的奥德修
斯则是用游说(*peithō*)的方式成功劝服了菲罗克忒忒斯，而且是发
生在奥德修斯与特洛伊使节展开辩论的过程中——这里所涉及的是
直接的政治策略主题④。

关于悲剧情节的简单结构，较之前两位悲剧作家，索福克勒斯的
创新性是双重的：与欧里庇得斯一样，埃斯库罗斯在剧中也让菲罗克

---

① 参见塞弗兰斯(A. SEVERYNS)对《小伊利亚特》的概括，《普罗克鲁斯的古文集研
究》(*Recherches sur la Chrestomathie de Proclos*)，第四卷，Paris，1963，页 83，1，
217—218；关于《塞浦路斯之歌》，同上，页 89，1，144—146。

② 迪翁·克里索斯托(Dion Chrysostome)对这三部作品进行了概括和比较，52，59。
相对于前两位悲剧诗人而言，索福克勒斯对神话传统的创新性问题，参见 E.
SCHLESINGER，〈索福克勒斯剧中的菲罗克忒忒斯的结构策划〉(Die Intrige im
Aufbau von Sophokles' Philoktet)，《莱茵州立博物馆》(*Rheinisches Museum*)，N.
F.，第三卷，1968，页 97—156(尤其是页 97—109)。

③ 《小伊利亚特》中是这样描述的。

④ "最有策略最雄辩的一场辩论"，这就是迪翁·克里索斯托对此的评价，52，第二
卷。

忒忒斯与利姆诺斯岛上的居民——他们构成了合唱队——进行对话。在欧里庇得斯的剧中,有一个人物叫阿克托耳(Actor),他是菲罗克忒忒斯的心腹,也是利姆诺斯岛上的居民。而在索福克勒斯的作品中,主人公的孤独是完全意义上的孤独:他生活在"一片没有居民的干涸的土地上"①,利姆诺斯岛上的居民没有扮演任何角色,甚至都没有提及他们的存在②。合唱队是由战舰上的希腊军队构成的。另外,当品达在他的第一本《皮西亚颂歌》(*Pythique*)中谈到:在寻找菲罗克忒忒斯时,提到的不是他的名字,而是"长得很像神灵的一位英雄"③;但在欧里庇得斯的作品中,奥德修斯(埃斯库罗斯在剧中用到的也是这个人物)是由狄俄墨得斯(Diomède)④陪同一起来到岛上的,这是唯一出现在《小伊利亚特》中的人物。此外,索福克勒斯的创新之处在于,他把阿喀琉斯的儿子涅俄普托勒摩斯(Néoptolème)塑造成一个重要的角色:奥德修斯派涅俄普托勒摩斯去用计谋欺骗菲罗克忒忒斯,并夺取他的弓箭。悲剧中最重要的部分就是年老的菲罗克忒忒斯和年轻的涅俄普托勒摩斯之间的对话,前者拖着受伤的身体在荒岛上流浪了十年之久,而后者,剧中不断强调的就是他的青春洋溢。

　　这样,索福克勒斯的这部悲剧激起了众多剧评家浓厚的研究兴趣。在研究中,他们所突出强调的是种种"不正常"(确实存在的抑或是猜想的)——我们经常会谈到"索福克勒斯式的巴洛克"风格——,这对该作品的"正统性"提出了质疑,抑或是对其"正统性"进行的印证。此处的"正统性"是较索福克勒斯的其他作品而言的。这种研究

---

① 《菲罗克忒忒斯》,221。也请参照第300—304行诗:整个岛被描述成一个非常排外的地方,602:"没有任何土著居民靠近他的生活。"

② 可以说,索福克勒斯并没有借助利姆诺斯岛丰富的神话传说,主人公菲罗克忒忒斯甚至是生活在这之外。

③ 《皮西亚颂歌》,1,53。

④ 索福克勒斯在第591—592行诗中通过"商人"之口提到了这一传统,也就是奥德修斯乔装打扮成的希腊军的一个巡视兵。我们在这里就忽略奥德修斯(在埃斯库罗斯的作品中)是一个人,还是有人陪他一起,似乎前一种猜想更可靠一些。

热情来源于多种动力:《菲罗克忒忒斯》是唯一一部保存完整的、不涉及任何女性角色的古希腊悲剧,也是唯一一部其剧中问题是靠神灵才得以解决的悲剧①;其中,神灵与人类之间的关系非常特别,以至于我们会想:这是否也是在强调——就像索福克勒斯的其他两部悲剧一样——与人类的无知和盲目相对的神界的协调性,或者是相反地,索福克勒斯并无意像欧里庇得斯一样将人类世界的混乱影射到神界②。

在此,我只从这一争论中提出一点,也是最重要的一点:《菲罗克忒忒斯》为我们提供了在索福克勒斯作品中唯一的一个悲剧英雄转变的典型。尽管年轻的涅俄普托勒摩斯忠实于自己的本性,但他起初还是接受了奥德修斯用计谋欺骗菲罗克忒忒斯的做法,他对菲罗克忒忒斯说了奥德修斯教他说的谎话,目的是为了夺取他手中的弓箭;然而,涅俄普托勒摩斯后来改变主意了③,他决定对菲罗克忒忒斯实话实说④,还把弓箭还给了他⑤,并最终愿意离开利姆诺斯岛和特洛伊战场,想与菲罗克忒忒斯一起重返家乡⑥。这与索福克勒斯笔下的人物行为并没有巨大的差异,这些人物全都与城邦世界相对抗,也与神界相抗争,神的机制最终被打破⑦。试图用"心理学"——

---

① A. SPIRA 则认为(《探讨索福克勒斯和欧里庇得斯笔下的"解围之神"》,Francfort,1960,页 12—32):这一结尾与悲剧的结构完全契合。

② 请参阅 C. M. BOWRA 的相反论证,《索福克勒斯的悲剧》,Oxford,1944,页 261—306。作者算是有理有据地支持 H. D. KITTO 的观点:《悲剧中的形式和含义》(*Form and Meaning in Drama*),London,1956,页 87—138。

③ 这种转变在第 1270 行可以看出来(动词 μεταγνῶναι)。

④ 《菲罗克忒忒斯》,895。

⑤ 《菲罗克忒忒斯》,1286。

⑥ 《菲罗克忒忒斯》,1402。

⑦ 进行总体研究的最好作品是诺克斯(B. KNOX)的《主人公的性格:索福克勒斯的悲剧研究》(*The Heroic Temper: Studies in Sophoclean Tragedy*),Cambridge,1964(《菲罗克忒忒斯》,参见页 117—142)。也请参照同一作者的作品:《古希腊悲剧的第二思考》(Second Thoughts in Greek Tragedy),《希腊、罗马和拜占庭研究》(*Greek, Roman and Byzantine Studies*),第 7 期,1966,页 213—232。

至少悲剧评论家是这么称呼的——来解释这种转变,这很明显是有点太过头了,必然会有失误。但这种"心理解释派"的研究者们也引起了很大轰动,其中反响最大的是维拉莫威兹(Tycho von Wilamowitz)。他仅通过"悲剧技巧"和戏剧透视法来解释《菲罗克忒忒斯》的难题和人物的转变,这无法提供一种全面的解释,而且在这一解读过程中,很可能导致以下后果:索福克勒斯剧中的人物,作为悲剧性英雄,最终却只沦为了戏剧中的人物而已①。

因为读者也存在这种疑虑,所以这一研究的目的是:通过重新对比涅俄普托勒摩斯的"转变"和开篇提到的预备公民训练制,从而推进与之相关的讨论。

索福克勒斯最后的那几部悲剧作品《菲罗克忒忒斯》和《俄狄浦斯在科罗诺斯》(Œdipe à Colone)最显著的特点之一就是:地点问题变得越来越重要了,琼斯(J. Jones)称之为"人与地点之间的相互依赖"②。行为地点被描述③为边界(eschatiá),即领域的界限。在整个古希腊文学中,很少这么明显地谈到粗犷的自然和被抛弃的或野蛮化的人。菲罗克忒忒斯的孤独是通过"不毛之地"(érēmos)一词体现出来的,这个词重复出现了至少六次④。在用词方面可见,菲罗克忒忒斯曾被遗弃在荒岛上,当奥德修斯提起此事时说:"是我遗弃了波阿斯(Péas)的儿子(菲罗克忒忒斯)。"⑤"遗弃"一词,在这里的意思是指被置于一个"异域空间":"通常,有遮风避雨的房子,有耕地,离耕地不远的地方有广阔的自然的空间。但在某些情况下,江河或海洋可以被看作是另一领域的标志。但主要是远离房

---

① 参见诺克斯的《重人公的性格:索福克勒斯的悲剧研究》,页 36—38。
② 琼斯,《亚里士多德与古希腊悲剧》(*Aristotle and Greek Tragedy*),Oxford,1962,页 219。
③ 《菲罗克忒忒斯》,144。
④ 《菲罗克忒忒斯》,228,265,269,471,487,1018。
⑤ 《菲罗克忒忒斯》,5 正如菲利普·卢梭(Ph. Rousseau)所言:只有父亲才有权"遗弃"一个新生儿。

子、花园和耕地的荒芜之地，动物成群地生活在那里，是一种异域空间，一种与居住地相对立的领域（agrós）。"①正如琼斯所说的那样，这种孤独并不是鲁滨逊（Robinson Crusoé）式的孤独②。这也不是合唱队明确描绘出的田园世界："他就像田地里的牧羊人，也无法吹响牧神潘的长笛。"③这种粗犷的领域通过以下布景非常鲜明地呈现了出来：这一幕的场景大概是在宫殿的门口，这是通往岩洞的入口④。

与这个粗犷的领域鲜明相对的是另外两个领域，它们共同构成了《菲罗克忒忒斯》的"空间三角"⑤：第一个是特洛伊战场，也就是由全副武装的公民所代表的城邦领域；第二个是家庭（oîkos）领域，菲罗克忒忒斯和涅俄普托勒摩斯的家庭领域。主人公将要在这两个领域之间作出抉择。

菲罗克忒忒斯似乎与耕地领域完全不相容："他当时没有谷物作为食物，没有神圣土地里出产的种子，也没有任何其他果实，而我们人类是需要吃粮食来养活自己的……啊！多么可怜的人啊，他已经十年没有感受到看着酒流出来的喜悦了！"⑥被遗弃的主人公，没有

---

①　让-皮埃尔·韦尔南，《神话与思想》（Mythe et Pensée），第一卷，页 161—162。第 702—703 行重新谈到了遗弃的问题：菲罗克忒忒斯被描述为"就像一个被奶妈遗弃的孩子"。

②　相反地，莎德瓦尔德（W. SCHADEWALDT），前揭，第 217 页，写于 1941 年："菲罗克忒忒斯在利姆诺斯荒岛上过着古代世界的鲁滨逊式的生活。"（Hellas und Hesperien，副标题为"古代和现代文学论集"，页 238）

③　《菲罗克忒忒斯》，213—214。

④　文章强调的是舞台布局和背景："这时，那个可怕的流浪汉走了出来。"（146—147）

⑤　参见库克（A. COOK），〈索福克勒斯的《菲罗克忒忒斯》的作用模式〉（The Patterning of effect in Sophocles' Philoctetes），发表于期刊 Arethusa，1968，页 82—93，然而，我在这里并不是以他的精神分析法来考虑问题的。

⑥　《菲罗克忒忒斯》，708—715。在第 709 行诗，索福克勒斯使用αλφησταί一词，在荷马的作品中，这个词指的是吃面包的人，即矮人。关于这个词的意义，参见我的研究论文《〈奥德赛〉中的土地和献祭的宗教意义》，《经济·社会·文明年鉴》，1970，页 1280，见注释。

家庭,也没有同伴,"没有得到任何兄弟般的关怀"①,他甚至还以为自己的父亲已经去世了②。奥德修斯使他处于社会性死亡的状态:"一个人如果没有朋友,也不归属于人和城邦,那他就只是活人中间的行尸走肉。"③奥德修斯在解释遗弃菲罗克忒忒斯的理由时说:由于他的痛苦叫喊,希腊联军"无法安心地进行浇祭和献祭"④,换句话说,他的存在导致公共祭献活动无法进行。菲罗克忒忒斯在考虑要登船的时候,他自己也说起过这一点:"自从有我陪同一起启程的那天起,怎么可能还为神灵献祭或者浇祭呢?"⑤"野蛮"一词最适合用来定义菲罗克忒忒斯的处境,准确说来,他是被"野蛮化"⑥了。这个用来修饰他的词,原本是用来定义动物的野蛮性的⑦。正如我们所说的,他"可以说是与动物的世界有了很亲近的关系。"⑧不断地折磨着他的痛苦(他自己将其定义为"野蛮"),正是他自身的野蛮部分⑨。

因此,菲罗克忒忒斯很明显地感觉到自己处于人性和动物兽性的交界处。在他所居住的洞穴中,几个迹象显示出他还具有人的特性:"一个笨重的木制盆,看似出于技艺拙劣的木匠之手。那儿还有

---

① 《菲罗克忒忒斯》,171。

② 《菲罗克忒忒斯》,497。赫拉克勒斯告诉他(1430)他的父亲实际上还活着。

③ 《菲罗克忒忒斯》,1018。

④ 《菲罗克忒忒斯》,8—9。

⑤ 《菲罗克忒忒斯》,1032—1033。

⑥ 《菲罗克忒忒斯》,226。参见第 1321 行:"你变成了一个野蛮人。"

⑦ 他的居所是一个动物的住处(αὔλιον,954,1087,1149);他吃的是跟动物一样的食物(βορά,274);关于后面这个词,请参照我在上文中的注释,页 144,注释 5。

⑧ 艾弗里(H. C. AVERY),〈赫拉克勒斯,菲罗克忒忒斯,涅俄普托勒摩斯〉(Heracles, Philoctetes, Neoptolemus),发表于期刊 *Hermes*,第 93 期,1965,页 279—297;引用的这句话是在页 284。主人公自己也证实了这种"密切关系":"啊,山中的野兽,我的同伴们"(936—937);也请参照第 183—185 行诗。

⑨ 请参照以下诗句:173,265—266;以及第 758 行,正如评注者所说的,他的疼痛被比作是一只野兽疼得来回转,菲罗克忒忒斯的脚被"兽化"了;参见比格斯(P. BIGGS),〈在索福克勒斯悲剧中的疾病主题〉(The Disease theme in Sophocles),《古典语文学研究》,1966,页 223—235。

人可以用来维系他生命的东西（指他的弓箭）。"①长期以来，就是这用于做饭的火，才最终保住了主人公的生命②。这种极限的情形下，完全要以猎杀为主才能存活，这是菲罗克忒忒斯——在远离城邦和耕地的条件下——唯一能活下去的保障："这样的话，悲惨的他必然要如此生活，在身体痛苦的折磨之余，还要忍痛射杀飞禽。"③但菲罗克忒忒斯与动物之间、他的同伴们以及他的牺牲品之间的关系是可以逆转的；由于奥德修斯设下诡计夺取他的弓箭，所以当他手中没有弓箭的时候，狩猎者也有被猎杀的危险："我的弓箭将不能再射杀飞禽或山中的野兽了，而我，可怜的我，将会因此而丧命，最终，我也会成为那些曾经是我的食物的野兽的盘中餐④。我曾猎杀的野兽也会来猎杀我。"⑤用来猎杀的工具就是赫拉克勒斯留给菲罗克忒忒斯的那把弓箭，在悲剧一开场的时候，奥德修斯就跟涅俄普托勒摩斯说起过这把箭："它箭不虚发，百发百中，而且中箭者必死无疑。"⑥我们经常指出，这把箭是伤口的恶化剂：百发百中且无药可救，而且这两个特点始终共存⑦。但是，需要明确地补充说明一下：弓箭是菲罗克忒

---

① 《菲罗克忒忒斯》，35—36。

② 《菲罗克忒忒斯》，297。

③ 《菲罗克忒忒斯》，164—166。参见第 286—289,710—711,1092—1094 行。狩猎的画面和主题，已经在前面引用过的 C. J. FUQUA 的论文中提到过了。

④ 这里的用词很有特点：δαις 一词通常指的是人的食物，与动物吃的食物（βορά）相反；他这样指的是动物的食物，这种用词非常特别（《伊利亚特》，24,43）；相反，动词φέρβω 通常被用于指动物。所以，索福克勒斯把这两个词的意义正好颠倒过来了。

⑤ 《菲罗克忒忒斯》，955—958。也参见 1146—1157。

⑥ 《菲罗克忒忒斯》，105。

⑦ 关于在神话传统中这两种特点互为补充、同时并存的补充事实，参见《Les Monosandales》，发表于期刊：*La Nouvelle Clio*，7—9(1955—1957)，页 469—489；关于《菲罗克忒忒斯》，参见威尔逊（E. WILSON），《创伤与弓箭》（*The Wound and the Bow*），页 244—264；哈什（W. HARSH），〈索福克勒斯的《菲罗克忒忒斯》中弓箭的作用〉（The role of the Bow in the Philoctetes of Sophokles），《美国语文学杂志》第 81 期，1960，页 408—414；比格斯，〈在索福克勒斯悲剧中的疾病主题〉，《古典语文学研究》，1966，页 231—235；H. MUSURILLO 作品的页 121。

忒斯"生命"的保障。在讲到赫拉克利特(Héraclite)时,索福克勒斯做了一个关于"弓箭"(βιός)和"生命"(βίος)的文字游戏①:"你夺走了我的弓箭,也就夺走了我的生命。"②然而,这把箭也将菲罗克忒忒斯与人类世界隔离开了。有一种深化版本,讲的是菲罗克忒忒斯自己被赫拉克勒斯的箭射中③。索福克勒斯所用的并非这一版本,他剧中的"菲罗克忒忒斯"是犯了更加直接的过错,因为他侵犯了克律塞岛(Chrysé)的女神圣殿④。但是,一个弓箭手不能成为一个武装战士,我们将会看到,伤势痊愈的菲罗克忒忒斯就不再是真正的弓箭手。在欧里庇得斯的《赫拉克勒斯》中有一段著名的对话,涉及到弓箭手和武装战士以及他们分别的德行标准⑤,武装战士的代言者只体现了那个时代的德行标准,他宣称:"弓箭并不是一个人英勇的证据。"⑥这里的"英勇",主要是指"忠于职守,目光毫不逃避地看着在面前飞驰而过的、耸立于战场上的满地长矛,始终坚定地守卫自己的岗位"⑦。弓箭维系了菲罗克忒忒斯的生命,但也令他成为被诅咒的狩猎者,总是处于生与死的边缘,正如他始终处于人性和兽性的边缘一样;他曾经被"一条能致命的毒蛇咬伤"⑧,但是蛇并没有要他的命。"他看起来注定要成为地狱之神的

---

① "弓箭的名字就是'生命',而它原本构架的名字已经不存在了。"其他关于菲罗克忒忒斯和赫拉克勒斯的弓箭之间的密切关联,参见莱因哈特(K. REINHARDT)的《索福克勒斯》(Sophokles),Francfort,1947,页212。

② 《菲罗克忒忒斯》,931。

③ 比较知名的版本是 Servius,Ad Aeneid.,3,402。

④ 《菲罗克忒忒斯》,1327—1328。因此,认为他绝对无罪的观点是完全错误的:比如 H. D. KITTO的《悲剧中的形式和含义》(Form and Meaning),伦敦,1956,页135;况且,合唱队也强调了菲罗克忒忒斯的罪责,并将他的命运与伊克西翁(Ixion)的命运进行比较,后者是因爱慕赫拉并意图侵犯赫拉而受到宙斯的惩罚(将他绑在永远旋转的地狱的车轮上,676—685)。

⑤ 《赫拉克勒斯》(Héraclès),153—164。

⑥ 《赫拉克勒斯》,162。

⑦ 《赫拉克勒斯》,162—164。

⑧ 《菲罗克忒忒斯》,266—267。在我看来,如果现在还绞尽脑汁要找到究竟是哪种动物咬了菲罗克忒忒斯的话,那就实在太荒谬了!

祭品"①;他也要求过死,但却无法达成愿望②;我们再重复一遍前面讲过的:他只是"活人中间的行尸走肉"③、"一副空壳、一缕青烟的影子、一个虚幻的幽灵"④;从政治和社会的角度来看,他的状态就是一种社会死亡⑤。

　　奥德修斯就是将这样一个年老粗犷的人遗弃在一个如此荒凉的地方,而涅俄普托勒摩斯正处于青少年时期,基本上还只算个孩子。菲罗克忒忒斯甚至把他看作自己的儿子。艾弗里(H. C. Avery)曾就此做过计算⑥:涅俄普托勒摩斯曾被叫过 68 次"孩子"或"我的儿子",而其中 52 次"我的儿子"是菲罗克忒忒斯叫的。然而,这个孩子有两次被称作"男人"。第一次出现在第 910 行诗句中,当他开始承认用诡计欺骗菲罗克忒忒斯的时候;第二次也是最后一次出现这种称呼,这次出自赫拉克勒斯之口,是在悲剧的最末尾处。当赫拉克勒斯邀请菲罗克忒忒斯重回特洛伊战场的时候,他说"与这个男人"⑦一起并肩作战。在我看来,这种简单的关系拉近,会让人产生这样的一种印象:涅俄普托勒摩斯很好地转变了自己的地位,在悲剧进展的过程中,他已逐步通过了预备公民训练的考验⑧。

　　亨利・让-梅尔(H. JEAN-MAIRE)在他的论文《论斯巴达式的教育和古希腊的青年仪式》(*Couroi et Courètes*)中阐述了以下现象:王室子孙的传说故事曾被当作范例,用于激励从事公民和军事训练

---

① 《菲罗克忒忒斯》,860。

② 《菲罗克忒忒斯》,797—98, 1030,1024—1217。

③ 《菲罗克忒忒斯》,1018。

④ 《菲罗克忒忒斯》,946—947。

⑤ 莎德瓦尔德(W. SCHADEWALDT)在一篇著名的研究论文中指出了这一点:〈索福克勒斯与苦难〉(Sophokles und das Leid),1941。索福克勒斯作品中所有的人物都是一些边缘人物,我们可以将"苦难"的含义进一步拓展。

⑥ 在上述引文中,第 285 页。

⑦ 《菲罗克忒忒斯》,1423。

⑧ 我认为这一点之前并无相关的评论,但某些评论者也已研究了涅俄普托勒摩斯的转变过程,但是并未援引预备公民培训制来说明这一转变。

的年轻人。在《菲罗克忒忒斯》中所讲述的就是一个国王的儿子的经历。自悲剧的开场，奥德修斯就提到他："他是阿喀琉斯的儿子，是全希腊最骁勇善战的孩子。"①合唱队的第一段是为了提醒涅俄普托勒摩斯：他是王权的继承者，"我的儿子，在几年后，最高权力将会由你掌握"②。现在我们再重读一下奥德修斯和涅俄普托勒摩斯之间的第一次对话，它鲜明地展现出了一个足智多谋的军官和一个初涉战事的年轻军人的形象。奥德修斯谈起此前接受的命令，并以此为理由去解释说明菲罗克忒忒斯被"遗弃"在利姆诺斯岛上的经过③。奥德修斯提醒涅俄普托勒摩斯：自己是为他服务的，并听从他的命令④。正如诺克斯所认为的那样，这是涅俄普托勒摩斯第一次建功立业⑤。毫无疑问，没有任何迹象表明涅俄普托勒摩斯曾使用过武器。奥德修斯请这位年轻人去告诉菲罗克忒忒斯：阿喀琉斯的武器被他的儿子拒绝了，并把武器交给了奥德修斯⑥。此时，奥德修斯正是在教唆他堂而皇之地说谎，但这是一个很特别的谎言；菲罗克忒忒斯在结尾又重新说起这个谎言，此时，涅俄普托勒摩斯揭穿了整个骗局⑦，并把事情的真相和盘托出，而菲罗克忒忒斯当时却没有表现出任何的失望之意。此外，《埃阿斯》(Ajax)的作者非常清楚地知道：奥德修斯可能真的一度继承过阿喀琉斯的武器。所有这一切能说得通的前提就是，我们要承认涅俄普托勒摩在他的士兵生涯中才刚刚起步。

有一个细节甚至说明索福克勒斯所指的可能是誓言，即标志着从预备公民到武装战士这一转变的誓言。奥德修斯对涅俄普托勒摩

---

① 《菲罗克忒忒斯》，3—4。

② 《菲罗克忒忒斯》，141—142。

③ 《菲罗克忒忒斯》，6。

④ 参见在诗句 15 和 53 中的动词和名词："为……服务"、"服从"。

⑤ 《主人公的性格：索福克勒斯的悲剧研究》(The Heroic Temper：Studies in Sophoclean Tragedy)，页 122。

⑥ 《菲罗克忒忒斯》，63，64。

⑦ 《菲罗克忒忒斯》，1364。

斯说:"你没有立过誓。"①字面上来看,奥德修斯指的是那些向海伦求婚的人所立下的誓言,但这也有可能指的是青年预备公民的立誓,因为涅俄普托勒摩斯也在现场,所以这种所指意就更加明确了②。正如我们所看到的,涅俄普托勒摩斯的第一次建功立业实质上就是一场计谋③,正如阿帕托利亚庆典(*Apatouries*)的起源传说所讲到的那样,它发生在预备公民培训的正常地点,也在城邦公民范围之外。在这一幕的开始,奥德修斯使用的是探测性的语言、军事间谍语言④。这种圈套也是一种狩猎。当奥德修斯成功说服涅俄普托勒摩斯用计谋去夺取菲罗克忒忒斯的弓箭的时候,这个年轻人这样回答他:"如果是这样的话,必须要通过狩猎来抓住他。"⑤当菲罗克忒忒斯昏倒的时候,涅俄普托勒摩斯以神示的方式说道:"我看到的是,我们抢到了弓箭也没用,如果没有菲罗克忒忒斯的话,一切都是徒劳"⑥;而菲罗克忒忒斯提到自己的双手时指出:我的双手已经变成抓捕我的那个人的追逐目标⑦。

当然,这种猎杀和战争词汇都是一种隐喻:"菲罗克忒忒斯"并不是"红色的勇气勋章"(即他不是"勇气的象征");涅俄普托勒摩斯的猎杀将会发生在语言层面:"你要通过你自己的语言来欺骗菲罗克忒忒斯"⑧;欺骗的语言——奥德修斯回避了使用武力和说服的方式⑨——是一种双重含义的语言,就像他的"商人"这一别称一样,都具有双重含义⑩。

---

① 《菲罗克忒忒斯》,72。

② 《菲罗克忒忒斯》,813。

③ 这里的用词依然体现了其特性。

④ 奥德修斯派去了一个人作为这一圈套的载体,通过这个人来施展他的计谋。

⑤ 《菲罗克忒忒斯》,116。

⑥ 《菲罗克忒忒斯》,839—840。

⑦ 《菲罗克忒忒斯》,1005—1007。

⑧ 《菲罗克忒忒斯》,54—55。

⑨ 《菲罗克忒忒斯》,54—59。

⑩ 《菲罗克忒忒斯》,130。在这一悲剧中的语言的角色问题值得我们重点(转下页注)

　　如果要谈军事方面的隐喻,那么理解下面这一点就显得尤为重要:从定义来看,预备公民的身份是一种过渡身份,涅俄普托勒摩斯完全无法认证自己的行为,而只能服从于既定权利①。预备公民学习的是如何使用计谋,而完全不是道德准则。作为"新生的老师"②,奥德修斯以自己的方式进行总结教导,他对涅俄普托勒摩斯说:"我们以后再展示诚实的一面,这一次,把你自己短暂地借给我——最多一天——做一件厚颜无耻的事情。此后,在你的整个余生,你将会成为所有人当中最一丝不苟的人。"③预备公民建功立业所要遵循的道德准则,会随着训练的完成而逐渐消失,不可能有任何的延续。在涅俄普托勒摩斯欺骗菲罗克忒忒斯的时候,涅俄普托勒摩斯甚至还表达了他们对武装战士的楷模(指赫拉克勒斯)的共同向往和崇敬,这是很明显的。涅俄普托勒摩斯难道不是战士舞之父吗④? 这代表着他最终会转变想法,并成功完成预备公民的训练。然而,奥德修斯却尝试以宙斯之名去说服菲罗克忒忒斯跟随他去特洛伊战场,并推荐他加入夺取特洛伊的战斗精英组⑤。而事实上,奥德修斯可能很难

（接上页注）进行深入研究;参见 A. PODLECKI,〈索福克勒斯的悲剧《菲罗克忒忒斯》中的词语力量〉(The Power of the Word in Sophocles' Philoctetes),《希腊、罗马和拜占庭研究》(*Greek, Roman and Byzantine Studies*), 第 7 期, 1966,页 233—250。

① 《菲罗克忒忒斯》,925。

② 这一表述要归功于茹昂(F. Jouan)。

③ 《菲罗克忒忒斯》,82—85。

④ 让·普尤(J. POUILLOUX)指出在欧里庇得斯的《安德洛玛刻》(*Andromaque*, 1135)中就已经暗示了这一传统——让·普尤和乔治·鲁(G. ROUX),《德尔菲之谜》(*Enigmes à Delphes*),Paris,1963,页 117。译注:吕西安(LUCIEN)的《舞剧和舞蹈》(*De Saltatione*)(第二卷)也已非常明确地证实了这一传统。跳这种舞的主要是青年预备公民,标志着他们成功融入社会整体,也标志着从少年时的野性过渡到了手持武器的公民。有时也会在某些仪式上跳,标志着城邦的更新和繁荣。之所以说是战士舞之父,是因为后来的青年预备公民会跳这种战士舞去纪念阿喀琉斯(Achille)和涅俄普托勒摩斯(Néoptolème-Pyrrhos),也会边跳边模仿涅俄普托勒摩斯和奥德修斯所设的圈套,目的是为了纪念青年预备公民战胜少年野蛮本性,成为手持武器的真正公民的那一刻。

⑤ 《菲罗克忒忒斯》,997。

提出这种建议,因为纵观他所扮演的角色,很明显就看出,他都没有选择德行(ἀρετή),而是选择了计谋(τέχνη)。尽管预言家赫勒诺斯(Hélénos)所传达的神谕证实菲罗克忒忒斯带着他的弓箭自愿现身战场,这是攻下特洛伊的必要条件①,但奥德修斯只想着弓箭或者考虑要强制性地将菲罗克忒忒斯带到特洛伊②。他的言行都似乎说明弓箭和他的主人是可以分离的。他说:除了菲罗克忒忒斯之外,我们可以让其他的弓箭手,如透克洛斯(Teucros)使用这把箭③。如果我们查看奥德修斯出现的那三场,就会发现军事词汇集中用于描述诡辩家们。他是纯的政治家吗? 可能是吧,如果从这一意义上来看,那么修昔底德笔下的克里昂(Cléon)、与白橡树神(Méliens)对话的雅典人,他们也都是纯的政治家。索福克勒斯甚至有意使他成为一个雅典政治家④。奥德修斯结束了对涅俄普托勒摩斯的训诫,同时呼唤众神的使者赫尔墨斯、胜利女神尼刻和城市保护女神雅典娜⑤。曾假扮商人的奥德修斯解释他的命令说:忒修斯(Thésée)的后代们,雅典的国王,他们已经出发去追涅俄普托勒摩斯了⑥。奥德修斯最后一次的介入说明:他将向"整个军队"进行汇报⑦,用政治术语来说

---

① 这段也出现在奥德修斯的陈述中(603—621)和涅俄普托勒摩斯最后一次试图说服菲罗克忒忒斯跟他一起走的那部分(1332)。

② 诺克斯(B. KNOX)注意到了这一点:"事实上,奥德修斯不断重复的只是在强调一件事情,唯一的一件事情——那把弓箭。"《主人公的性格:索福克勒斯的悲剧研究》(*The Heroic Temper:Studies in Sophoclean Tragedy*),页 126。请参照诗句68,113—115,975—983,1055—1062。

③ 《菲罗克忒忒斯》,1055—1062。

④ 然而,在我看来,研究索福克勒斯剧中人物的"关键"是没有用的,这是从 18 世纪以来我们用来消遣的小把戏,比如被流放的阿尔西比亚德斯(Alcibiade)与菲罗克忒忒斯有些相似;最后参见詹姆士(M. H. JAMESON),〈策略与菲罗克忒忒斯〉(Politics and the Philoctetes),发表于《古典语文学研究》,第 51 期,1956,页 217—227。

⑤ 《菲罗克忒忒斯》,133—134。

⑥ 《菲罗克忒忒斯》,562。

⑦ 《菲罗克忒忒斯》,1257。

的话,那就是:他将会召集公民大会。这样就说明我们是处于悲剧领域,而不是历史或政治哲学等领域。作为纯粹的政治家,奥德修斯因政治上的过犹不及而离开了城邦,他是菲罗克忒忒斯的完全的对立面,一个是极度开化之人,另一个则是被野蛮化的人。同时,他也是另一个版本的克瑞翁,是丧失城邦者(ápolis)——该词是借用《安提戈涅》(Antigone)中的合唱队所使用的术语,用于指称只有一种技艺(téchnē)的人——,而远非建设城邦者(hupsípolis),他跟菲罗克忒忒斯一样(只是出于相反的原因),也是一个丧失城邦者(ápolis)①。这样,尽管从某种意义上说他完成了自己的使命,但他在《菲罗克忒忒斯》所描写的历险中失去了一切。在这一幕的开场中②,涅俄普托勒摩斯是被他称作"儿子"的,但其实涅俄普托勒摩斯最终是成为了菲罗克忒忒斯的"儿子"和伙伴③。在奥德修斯和菲罗克忒忒斯之间,涅俄普托勒摩斯是必不可少的调解者。奥德修斯和受伤的菲罗克忒忒斯都站在他们各自的极端,无法进行交流。阿喀琉斯的儿子作为预备公民(或称"青丁"),与粗犷的大自然紧密相连,这使得他能够很好地与菲罗克忒忒斯进行交流;作为士兵以及未来的公民,他必须服从奥德修斯的权威。但一旦菲罗克忒忒斯和涅俄普托勒摩斯重新融入"正常"的城邦生活中,奥德修斯就成了没必要再出现的人物。因此,当赫拉克勒斯来到这里帮忙解围的时候,奥德修斯就消失了,他没有参与最后一幕。在这一幕中,是赫拉克勒斯最终解决了问题,并确保了菲罗克忒忒斯和涅俄普托勒摩斯重返城邦。

事实上,还有一个真正的悲剧问题有待解决。为了要使涅俄普托

---

① 《安提戈涅》,370;参见 H. FUNKE,〈丧失城邦者克瑞翁〉(Kreon Apolis),《古希腊与西方》(Antike und Abendland),第 12 期,1966,页 29—50。

② 《菲罗克忒忒斯》,93—130。

③ 莱因哈特(K. REINHARDT)在《索福克勒斯》(Sophocles,Francfort,1947,上文页 176)中,理由充分地对以下两种关系进行了比较:奥德修斯和涅俄普托勒摩斯之间的关系,以及在《安提戈涅》中克瑞翁与他的儿子海蒙(Hémon)之间的关系。

勒摩斯跨越从预备公民到武装士兵之间的那个阶段,像菲罗克忒忒斯鼓励他的那样,即他做回原来的自己①,而这还是不够的。他返回了最初的本质(*phúsis*)②,但他们两人所共同要求的武装战士的道德准则是以参加战争为前提的。当菲罗克忒忒斯提出一个问题(我们在所有古希腊悲剧中都会遇到这个问题):"我要怎么办呢?"③在涅俄普托勒摩斯最后一次请求他一起参战之后,像安提戈涅一样,他选择了家庭价值:"带领我们回家吧,然后住到斯基罗斯岛(Skyros)上。"④菲罗克忒忒斯向涅俄普托勒摩斯表达了对他父亲的感激之情,他做出了选择,而痛苦和弓箭仍伴随着他。而涅俄普托勒摩斯则担忧:如果伯罗奔尼撒半岛的人来破坏他的领土,他该怎么办?菲罗克忒忒斯的回复是:他会用赫拉克勒斯的箭助其一臂之力。事实上,涅俄普托勒摩斯也做了同样的选择。用军事术语来说,这被称为一种潜逃,而维拉莫威兹在第一次世界大战期间所写的并没有错⑤!

家庭价值与公民价值是相对立的,而他最终选择了家庭价值,这就显得更加引人注目了。索福克勒斯很清楚⑥,菲罗克忒忒斯是莫里斯人(Malide)的首领,被认为是欧埃达(Oeta)山之人⑦。这是他居住地附近的一座山,而更重要的是,赫拉克勒斯曾被送到这座山上火葬,他在这里将自己的弓箭交给了菲罗克忒忒斯。但是,这里所说的赫拉克勒斯,指的并不是弓箭手赫拉克勒斯,而是作为菲罗克忒忒斯的"再生之父"⑧、猎杀者、野兽屠杀者和"手持青铜盾牌的战士"⑨

---

①　《菲罗克忒忒斯》,950。

②　《菲罗克忒忒斯》,902。

③　《菲罗克忒忒斯》,1063,1350。

④　《菲罗克忒忒斯》,1368;这句话在诗句 1399 中又被重复了一遍。

⑤　前揭书,页 280。

⑥　《菲罗克忒忒斯》,725。

⑦　《菲罗克忒忒斯》,453,479,490,664,728,1430。

⑧　艾弗里(H.C. AVERY)已经在他的文章中提到过这些问题了:〈赫拉克勒斯,菲罗克忒忒斯,涅俄普托勒摩斯〉,发表于期刊 *Hermes*,第 93 期,1965。

⑨　《菲罗克忒忒斯》,726。

的赫拉克勒斯,是武装战士赫拉克勒斯。正如索福克勒斯所有的悲剧作品一样,在人类还没来得及反应过来的时候,诸神的计划已经完成①。菲罗克忒忒斯重新融入人类社会,这也是涅俄普托勒摩斯在预备公民训练期间所建立的重大功绩。事实上,菲罗克忒忒斯在经历十年磨难后第一次听到希腊语的时候②,就意味着他重新与语言产生关联,这也是他重新融入人类社会的开端。只要他带着弓箭去特洛伊,赫拉克勒斯承诺会让人细心照料他,并找人治好他身上的伤,事实上,这些确实都实现了。但最值得注意的是,这个过程也见证了赫拉克勒斯——一直贯穿着整部悲剧的始末——是如何成为武装战士的典范的。所有的古希腊人都知道,菲罗克忒忒斯在一次对战③中用赫拉克勒斯的弓箭射杀了帕里斯,但很难将这次功绩说成是武装战士的功绩。然而,赫拉克勒斯在这一幕的最后是怎么说的呢?"跟这个男人(涅俄普托勒摩斯)一起出发去特洛伊城吧(……),你将会用我的箭射杀帕里斯——那个让你遭受苦难的元凶"④,而且,赫拉克勒斯也立刻用"个人战斗价值"与"在其他希腊人旁边作战而取得的功绩",来区分"弓箭的胜利"之处和"菲罗克忒忒斯的胜利"之处。他说道:"你将攻陷特洛伊城,也将获得你的那份战利品,那是为你在所有希腊战士当中所表现出的骁勇而赐予的奖赏⑤,你会通过欧埃达的船把它送到你父亲波阿斯的宫殿。作为回报,你将会获得军队,为了纪念我的箭⑥,请带着军队到我火葬的地方去。"⑦所以,源自弓箭的回报,也将回归赫拉克勒斯的火葬之地。 总之,这是弓箭手菲罗克忒忒斯和武装战士菲罗克忒忒斯的分离。至于涅俄普

---

① 关于这一点,BOWRA 反对 KITTO 的观点,前者的观点毫无疑问是对的:参见上文页 162,见注释 2。
② 《菲罗克忒忒斯》,220—231。
③ 《菲罗克忒忒斯》,919—920,1376—1379。
④ 《小伊利亚特》的梗概:上文已引用过,页 160,见注释 1。
⑤ 《菲罗克忒忒斯》,1423—1426。
⑥ 《菲罗克忒忒斯》,1430。
⑦ 《菲罗克忒忒斯》,1432。

托勒摩斯,他的情况也会改变。他成功转变成身经百战的战士。他自认为是能攻陷特洛伊的人,但却担心弓箭在攻陷特洛伊的过程中会起到的作用。奥德修斯这样回答他:"没有弓箭的话,你无法攻陷特洛伊;只有弓箭而没有你,也无法攻陷特洛伊。"[1]这一次,赫拉克勒斯对阿喀琉斯的儿子也说了类似的话,只是话的内容不是关于武器,而是关于菲罗克忒忒斯:"没有他(菲罗克忒忒斯)的话,你无法攻克特洛伊城;而他也一样,没有你,他也无法攻克特洛伊城。"[2]从人与弓箭的联合,到人与人的联合,最终到战士与战士的联合。赫拉克勒斯还说:"犹如分享共同命运的两头雄狮[3],相互团结,相互依靠。"[4]这正体现了预备公民宣读的誓言:绝不抛弃同伴。

野蛮之人终于重新融入城邦,预备公民也终于成为了武装战士。这样,只剩下一种转变还有待实现,那就是大自然本身的转变。直到这一幕的末尾,利姆诺斯岛仍是一个了无人烟的荒岛,一片粗犷蛮荒之地,那里只有凶残的野兽。菲罗克忒忒斯所居住过的山洞被定义为"不止一处的居所"[5],然而菲罗克忒忒斯所告别的是一片荒野,尽管他在那里所遭受的苦难仍历历在目;这片土地不会被"文明化",但可以说,其荒蛮的迹象有所改变。这有点像莎士比亚(Shakespeare)戏剧《暴风雨》(*Tempête*)中的岛屿,时而是卡利班[6](Caliban)的怪兽之岛,时而是阿里尔[7](Ariel)的精灵之岛。林泽仙女(Nymphes)代替了野兽,一个湿润的世界出现了[8]:"我们走吧! 到我离开的这一

---

[1] 《菲罗克忒忒斯》,1428—1433。

[2] 《菲罗克忒忒斯》,115。

[3] 这里指的是他们是军事上的战友,参见埃斯库罗斯(Eschyle),《七雄攻忒拜》,354。也请注意决斗在战斗中的运用强化了团结一致的主题。

[4] 《菲罗克忒忒斯》,1436—1437。

[5] 《菲罗克忒忒斯》,534。

[6] 译注:莎士比亚的戏剧《暴风雨》中半人半兽的怪物。

[7] 译注:莎士比亚的戏剧《暴风雨》中的一个淘气的精灵。

[8] 西格尔(CH. SEGAL)并没有完全领会其细微的区别,他在另外一篇很好的文章(〈希腊文学中的自然和人类世界〉,发表于期刊 *Arion*,2,1,1963,(转下页注)

刻,我至少要向这片土地致敬。永别了,收留我这么久的居所①;润泽林木的林泽仙女们,以及喧闹有力的波浪(……)我这就要离开了,阿波罗(Apollon Lycien)的泉和水。"②至于海,也不再被阻隔,而是汇集于此:"永别了,涵盖着海浪的利姆诺斯岛,欢快地远航漂流吧,毫无阻碍地将我送走。"③这表达了一种"顺利的安全远航"(eúploia)的心愿,该剧就在这样一种祝愿之下,在宙斯和海洋女神的指引之下,最终落下帷幕④。依靠神的旨意,人类才重新成为大自然的主人。这就是《菲罗克忒忒斯》中最后的逆转。

(接上页注)页 19—57)中写道:"他最后的话并不是在欢迎人类世界,而是对这片蛮荒之地进行最后的告别,尽管他在这里受尽苦难,但在它和他之间总是存在一种关联。"

① 更确切地说,这里用的是"宫殿"一词,但是在这里"宫殿"的意义却完全不同它在诗句 147 中的意思,在这里,它既具有讽刺意味,又是美丽假象的标志。请参照上文,页 164,注释 4。

② 《菲罗克忒忒斯》,1452—1461。

③ 《菲罗克忒忒斯》,1464—1465。

④ 这一"心愿"是重复了涅俄普托勒摩斯在谎言和计谋奏效后所说的话(具有双重含义);779—781。

图 1   身体一部分被盾牌遮挡的武装战士正要出发去狩猎,盾牌上有凯尔特
人的三腿装饰画,他旁边带了一条猎犬,他的两侧各站有一个斯基泰人弓箭
手。黑色绘图的双耳尖底瓮(公元前 6 世纪末),卢浮宫博物馆,F(260)
《古代陶瓶文集》(Corpus Vasorum Antiquorum, C. V. A.),卢浮宫,
第五分册,法国,第八分册,111 He. 54, 4;沃斯(M. F. Vos),
《斯基泰人弓箭手》(Scythian Archers),n. 166.
图片来源:许泽维尔(Chuzeville)的照片 (卢浮宫)

附录　关于叙拉古博物馆的一个陶瓶

　　自从 1915 年在叙拉古博物馆附近的福斯科(Fusco)大墓地出土以来(我们在这里看到的是它的主要画面,另外一面画的是酒神狄俄尼索斯的一个女祭司坐在两个森林之神的中间),这个陶瓶(图 2)经常被拿来探讨和评论。各种方式的评论都为该研究作出了贡献。特伦德尔(A. D. Trendall)以严谨的方法最终确认了该组作品的作者,是最古老的"帕埃斯图姆(Paestum)画家"之一,是"狄耳刻(Dircé)的画师"。整个作品似乎都涉及悲剧的场景(主要集中在森林之神的悲剧,其中最常见的是年轻的森林之神的悲剧,正如本文所涉及这个作品一样),其创作时期大约在公元前 380 至前 360 年[①]。

　　我们能立刻确认出主要人物[②],即菲罗克忒忒斯。他留着胡子,头发如荆棘般错杂浓密,坐在山洞中央的一张豹皮上,岩洞的边缘以红色的拱形结构为界,用不规则的黑色线条勾画而成。与此同时,大

---

① 参见特伦德尔(A. D. TRENDALL),《帕埃斯图姆陶器——关于帕埃斯图姆的红图陶瓶研究》(*Paestan Pottery. A Study of the Red-figured Vases of Paestum*),Rome,1963,页 7—18,no 7。

② 参见帕切(B. PACE),〈菲罗克忒忒斯在利姆诺斯岛上——巴赫西斯的陶瓶绘画艺术〉(*Filottete a Lemno. Pittura vascolare con riflessi dell'arte di Parrasio*),发表于期刊 *Ausonia*,第 10 期,1921,页 150—159。

图 2　叙拉古博物馆的红色画面的钟形双耳爵(36319);《古代陶瓶
文集》(*Corpus Vasorum Antiquorum, C. V. A.*),意大利,
(《叙拉古考古博物馆》),17 世纪,第一分册,公元前 4 世纪,
8;《卢卡尼亚的红图陶瓶研究》(*The Red-figured Vases
of Lucania*),坎帕尼亚和西西里岛(Campania and
Sicily),牛津,1967 年,Campanian,第一卷,
n°32,第 204 页。

图片来源:博物馆的照片

块的白色斑点刻画出了岩石表面的凹凸不平①。他把受伤的左脚靠在岩壁上，右手拿着一根羽毛，可能是为了缓解疼痛，左手握着他的弓箭。在他头的上方有一些鸟，那是他最后的狩猎成果；这里我说的是"他最后的狩猎成果"，因为他挂在左边的箭筒是"空的"。在他的左胳膊下方，有一个被插进土里的双耳尖底瓮。出现在岩洞上方的两个人也是顺理成章的。在左边，站在一块岩石上的是雅典娜：她戴着头盔，手持战士的圆形盾牌；在右边的是奥德修斯，从他头上的水手帽（*pilos*）和胡子就能辨认出来，他手中拿着一个"封好的"箭筒（里面可能装有菲罗克忒忒斯的箭？）。在左边，还有一个人倚靠着一棵树，那是一位脱了衣服的青年预备公民，他把一件编织的短披风扔在了身后，而他解开的肩带看起来像是将他的身体和树连为一体，我们可以把他看作是狄俄墨得斯（Diomède），因为在欧里庇得斯的作品中，是他陪着奥德修斯一起来到利姆诺斯岛的；或者他也可能是索福克勒斯作品中的涅俄普托勒摩斯②。这个问题就是次要问题了，因

①　此处，我受到了阿里亚斯（P. E. ARIAS）所发表的评论的启发：《古代陶瓶文集》（*Corpus Vasorum Antiquorum*），（缩写为 *C. V. A.*），Rome，1941。

②　第一个假设是帕提提出来的；塞尚（L. SECHAN）《古希腊悲剧与陶瓷艺术的关系研究》[*Études sur la tragédie grecque dans ses rapports avec la céramique*]，Paris，1926，页 491）阐述了"画面通过青春的一面让我想到了索福克勒斯剧中的涅俄普托勒摩斯"。争论仍然悬而未决，因为我们知道，从同一个大墓地中还发掘出了另一个钟形的双耳爵，而且上面的绘画都是出自同一个画师之手（特伦德尔，《帕埃斯图姆陶器——关于帕埃斯图姆的红图陶瓶研究》，Campanian I，n° 31，页 204，版面插图 80—82）。毫无疑问，画面展现的是奥德修斯和狄俄墨得斯（Diomède）抓捕多隆（Dolon）的场景，然而狄俄墨得斯被画成一个没有胡须的赤裸的青年预备公民。在这个问题上，我算是半个门外汉，如果以这种状态强加定论的话，就只能导致冒失，然而某些专家正因为太冒失而急于解决这些棘手的问题，结果却导致了很多问题，比如从戏剧转移到了绘画艺术。比如，当我们读到比伯（Marg. BIEBER）的《希腊和罗马戏剧史》（*The History of the Greek and Roman Theater*，Princeton，1961 年，页 34 和图片 119）时，就不得不感到惊愕诧异了："陶瓶绘画是以舞台设置为基础的，而对于索福克勒斯的《菲罗克忒忒斯》而言，其舞台设置就只有一块大的岩石和一棵树，然而欧里庇得斯的《菲罗克忒忒斯》的舞台上还有一个围绕着主角的洞穴。陶瓶也验证了欧里庇得斯的悲剧中（转下页注）

为很确定的一点是：这是一位青年预备公民，他似乎受到了女战神雅典娜的引导①。而真正的谜是来自于右边那个锦衣华服的年轻女人，也就是她的身份问题，她的右手放在岩石上，看起来像是在跟奥德修斯交谈。正如维耶米埃（P. Wuilleumier）所言，她"与该场景的所有这些文学和艺术形象都格格不入……"②。所有对此的解读都不太有说服力③，而且目前来看，文学方面没有与此相对应的任何资

（接上页注）有一个女性合唱队，并用雅典娜作为前来解围的神灵（deus ex machina），从而取代了索福克勒斯剧中的赫拉克勒斯。"事实上，作者忘记了以下几点：1. 索福克勒斯与欧里庇得斯一样，都将主人公的居所设置在洞穴中；2. 艺术家们还拥有除了古代戏剧之外的素材来源；3. 叙拉古博物馆的陶瓶上的那位年轻女性人物，根本不能代表一个合唱队；4. 在欧里庇得斯的戏剧中，雅典娜没有任何理由成为最终前来解决问题的神灵，更具体地来说，除非这个陶瓶体现了这一点，而这个可能性不大。韦伯斯特（T. B. L. WEBSTER）并未考虑过这种可能性，我比较赞同他的观点，可惜他运用的论据却并没有意义（《欧里庇得斯的悲剧》，页58）："我们可能需要做一个大胆的假设：那个年轻男性人物是被雅典娜变年轻的奥德修斯。"之所以说这种假设没有意义，是因为奥德修斯当时是与狄俄墨得斯一起在场的，无需再做这种假设。

① 《古代陶瓶文集》（*Corpus Vasorum Antiquorum*）（缩写为 C. V. A.）中的评论，非常合理地强调：雅典娜的动作具有雄辩的刚强的气概。

② 〈古意大利地区的陶瓷艺术的问题〉（Questions de céramique italiote），《考古杂志》（*Revue archéologique*），第 33 期，1931，页 248。

③ 帕切曾猜测那可能是一位林泽仙女，是岛屿的拟人化形象，也可能是战争和狩猎女神本狄斯（Bendis），但是我们很难想出这位女神在这里出现的原因。塞尚（L. SECHAN）（前揭，页 491）排除了这些猜测，也不认为这位女性人物是劝诱女神珀托（peithō，阿弗洛狄忒的伴友）。他认为这是一个体现诱惑力的女性人物，是从我们不知名的一部悲剧中借用的人物。另外，S. SETTI 在最近关于这一陶瓶的评论中重新提到了帕切的猜测，并认为那个年轻女性人物是一位林泽仙女，并赋予这一神话故事、年轻女人和这个陶瓶一种与葬礼有关的含义。而他所用的论据都不太有说服力。尤其是，如果真如作者所言，在墓穴中挖掘出来的所有陶瓶上的所有绘画，都要被赋予地下墓葬和葬礼的含义，那么我们就必须得认真回顾古希腊神话的知识了。作者也倾向于将该叙拉古陶瓶的画与欧里庇得斯的悲剧相联系，而与葬礼的有关含义就更加让人质疑了；无论如何，文学传统和绘画传统偶然的完全契合是不现实的。同样，在卡斯特罗地区（Castro，即古代的伊特鲁里亚地区：Etrurie）的挖掘工作中发现的文献资料，就与利姆诺斯岛的菲罗克忒忒斯、帕拉墨得斯和赫尔墨斯相关，这也是大家没有料想到的（参见兰布雷希茨（转下页注）

料。无论如何,我们都无法确信她是某位女神。没有任何明显迹象能体现出她是神,而且她也没有跟雅典娜一样因站在岩石上而增高。不管怎样,还是要提一下,在菲罗克忒忒斯的传说的所有版本中,都没有任何女人形象。因此,目前不可能确认这个女性人物的身份。

后来的评论试图从另外一个角度去阐释这一问题,但因为新的资料随时都可能出现,所以这些评论都是暂时、不确定的。事实上,一旦要研究这个问题,就很难不去涉及对称和颠倒的关系,因为岩洞和菲罗克忒忒斯之间的关系,无论从哪个方面看都存在着对称和颠倒关系。让我们试着将这些相反和对称的关系加以分类。

这两位男性人物与两位女性人物之间的对立是非常明显的。两位女性人物都戴着手镯和项链,都穿着衣服,而两位男性人物都是全

(接上页注)[R. LAMBRECHTS],〈新发现的伊特鲁里亚人的镜子与菲罗克忒忒斯的传说〉[Un miroir étrusque inédit et le mythe de Philoctète],《罗马历史研究院期刊》[Bulletin de l'Institut historique de Rome],第 39 期,1968,页 1—25)。关于新发现的这个镜子,艺术家本人在上面写着帕拉墨得斯的名字,也是想通过这种方式告诉我们:如果没有这一标记,我们原本是没办法确认其中的人物的。对于我个人而言,我不敢冒失地提议那位年轻女性人物的名字,但在此我要指出的是,F. H. PAIRAULT 女士(罗马法国学院成员,她本人从事叙拉古陶瓶的研究)曾读到过这份文献资料的手稿。她在给我写的信中写道:她个人完全同意我的看法,而且她也为那位不明身份的人起了一个名字,即阿帕忒(Apaté)。事实上,她指出:"古希腊陶瓶中出现过大量女性形象,从妖魔到胜利女神,但都是神秘的形象,通常是拟人化的抽象。"阿帕忒这一人物曾经出现在一个著名的带名称的陶瓶上,大约是跟我们所说的这个叙拉古陶瓶为同一时期的作品,在意大利的卡萨诺(Canusium)(阿普利亚,Apulie)发掘的带画卷的双耳爵,它就被命名为"大流士陶瓶"(vase de Darius,那不勒斯博物馆,3252;参见博尔达[M. BORDA],《阿普利亚陶器》,贝加莫,1966 年,页 49,版画插图 14)。这位阿帕忒的奇装异服(身着豹皮,每只手中都握着一个火把)与我们前面所说的年轻女性人物大相径庭,而且,绘画(历史-悲剧方面的)风格也截然不同;请查看大流士陶瓶,安蒂(C, ANTI),〈大流士陶瓶和普律尼科司作品中的波斯人〉(Il vaso di Dario ed i Persiani di Frinico),《考古学》,4,1,1952,页 23—45(关于阿帕忒,请见页 27)。《古代艺术百科全书》中的"阿帕忒"一文(第一卷,页 456,图片 625),作者是贝尔蒙德·蒙塔纳里(G. BERMOND MONTANARI),仅仅是提供了另一个关于阿提卡地区的绘画的例子,只是时间上来看,这是更早之前的作品。

裸或脱去了衣服,而且这是符合古代传统风俗习惯的。然而,同一性别的两个人物之间也存在着少年和成年之间的对立。青年预备公民自然是没有胡须的,身体纤细优美,头发被头巾遮盖住了;而与之相反,奥德修斯的水手帽被系到了后面,所以大量的头发露在外面。而且,奥德修斯的胡子被很仔细地修剪整理过,这与菲罗克忒忒斯杂乱修长的胡子也是截然不同的。另外,高处的神与低处的人通过是否佩戴武器体现出他们的对立(在这里,青年预备公民解开的肩带就具有这方面的意义)。但是左边的女性人物雅典娜,她全身配备武器,这显示出了英姿飒爽的男性气概和战士的勇猛之势。她的胳膊很强壮,而胸部却不明显。反之,奥德修斯手持箭筒,那是计谋的象征。如果这个箭筒里面装的确实是菲罗克忒忒斯的箭,那么他的诡计甚至就是双重性的,即武器上的和行动上的。两位年轻的人物不仅存在性别上的对立(右边的女性人物很突出的特点是:衣着华丽精致,身着宽大的带褶皱的长裙;而且胸部明显隆起),青年预备公民与岩洞保持一定的距离,也就是与粗犷的自然保持距离,相反地,右边那位年轻女人则用右手去触摸岩洞的外壁。此外,这种对立还能通过衣着的细节体现出来:青年预备公民的短披风上装饰的图案与菲罗克忒忒斯的长袍上的图案是一样的,这可能就透露出一种(如同索福克勒斯所描述的)精神层面的相似关系;而右边年轻女性腰带上的装饰,则与奥德修斯手中箭筒的装饰极为相似。由这种审慎的对位法,我们总结出了最明显的对称关系:男性的赤裸和女性的精致装扮[①]。因此,我们可以说,左边的场景似乎是集中体现战士的英姿和道德准则,以及传统的战士的价值;而右边着重体现的则是谋略的技巧和女性的诱惑。其中,菲罗克忒忒斯则处于这两种冲突面的中间。但是,兼具男女两种特性的人物,部分地推翻了这种对立,比如左边这位全副武装成战士样子的女性人物(即雅典娜),以及右边代表计谋的成年人形象(即奥德修斯)。通过这种画面,青年预备公民——通过野

---

① 这一观点归功于 Maud Sissung.

蛮世界和"女性"诡计①的迂回锻炼后,最终成长为勇猛的战士——
的悲剧得到了进一步的体现和深化。

---

① 关于预备公民的"女性"方面的问题,请参照前面页 149,注释 7。